EN MANOS DE UN MAFIOSO

Un romance del odio al amor

ROSIBEL SEQUERA

amazon.com/author/rosibelabysai

goodreads.com/rosibelabysai

tiktok.com/@rosibelwattpad7

instagram.com/rosibelabysai

Lista de reproducción de
EN MANOS DE UN MAFIOSO

Estimado lector, cuando escribía mi novela hubo ciertas escenas en que las canciones de esta lista *playlist* me sirvieron de inspiración. Podrás encontrarlas en Spotify si pinchas en este enlace:

https://open.spotify.com/playlist/1ItcNZ7d9CkgERQO0KUfmu

- Die For You, The Weeknd
- Call Out My Name, The Weeknd
- SNAP, Rosa Linn
- Want You Back, 5 Seconds of Summer
- Lover Of Mine, 5 Seconds of Summer
- Sweat, ZAYN
- Snowman, Sia
- You Belong With Me, Taylor Switf
- I Wanna Be Yours, Arctic Monkeys

UNO

Alina Klara

Todos, en algún punto de nuestras vidas, nos volvemos adictos a algo. En mi caso, al trabajo, a los libros y a los estudios. Me pareció la mejor manera de sobrellevar la pérdida de mis padres.

Fallecieron cuando cumplí los dieciocho, en un accidente de coche. Iban camino a mi fiesta. Creo que eso es lo que lo hace más doloroso. Tal vez si no hubiera planeado ninguna celebración, ellos seguirían aquí conmigo.

Pero de eso se trata la vida, ¿no? De suponer que, si hubiéramos hecho las cosas diferentes, el resultado hubiera sido otro.

Regresé a mi país, Rusia, tras vivir casi toda mi vida en Estados Unidos, en Nueva York. De niña siempre quise visitar mi país de origen, pero mi padre no lo veía como una buena elección para pasar las vacaciones. Supongo que, al final, mi vida siempre estuvo aquí.

Soy médica residente y cursaba mi último año. Estaba especializándome en cirugía cardiovascular en el Hospital Clínico Central de Moscú. Fui enviada aquí antes de obtener mi título de Medicina, y nuevamente cuando fui por la especialización, habían pasado ocho largos años. Sin embargo, ya estaba cerca de cumplir mi sueño.

El corazón era algo que siempre me había llamado la atención: su funcionamiento, el cómo estaba formado y si podía romperse a causa de un dolor demasiado fuerte.

Todos los días presenciaba actos de amor puro en el hospital. Era ese tipo de amor que, a pesar de los momentos difíciles, no se rendía, el que luchaba hasta el final.

Siempre he admirado eso, el luchar por una persona. Yo por lo único que había luchado era para aprobar cada semestre en la universidad, y sí que me había costado.

El hospital era otra cosa a la que me volví adicta. Pasaba la mayor parte del tiempo aquí, y cuando no, estaba en casa con mi nana.

Una fuerte alarma me interrumpe mientras reviso los expedientes de varios de mis pacientes.

«Paciente de accidente automovilístico, ruptura en la arteria coronaria izquierda. Preparen la sala de operaciones de Cardiología con urgencia. Dr. Joshua D'Souza, dirigirse a la sala de operaciones junto con la residente Alina Klara».

Salgo corriendo a la sala de operaciones principal, la sala que siempre utilizaba Joshua. El paciente debía de estar grave, la arteria coronaria izquierda irrigaba únicamente a la parte izquierda del corazón, por lo que, si esta tenía una ruptura, el corazón se encontraba en extremo peligro.

Llego al ascensor cuando justo está cerrándose con una paciente en silla de ruedas dentro.

—¡Carajo! —maldigo.

El cardio que hago en las mañanas me debería de servir para subir corriendo las escaleras.

Cuatro pisos, ¡cuatro malditos pisos!, ¿no pudieron poner la sala principal de Cardiología en la primera planta?

Llego sin aire en los pulmones, pero nada de eso importa cuando veo llegar al paciente en una camilla empujada por varias enfermeras. Entro en la sala de operaciones, me desinfecto las manos y una enfermera me ayuda con el material de protección. Cuando termino, entro a la sala. Joshua tenía al paciente listo para operar.

—¿Qué tenemos?

Tiene unos cuantos cortes en el rostro y la cabeza vendada. Tenía el pecho del todo abierto, Joshua se me había adelantado.

—La arteria coronaria izquierda se rompió en el accidente, si no la suturamos y detenemos el sangrado, el corazón dejará de latir. —Una enfermera me extiende una cánula de succión: había demasiada sangre alrededor del corazón—. Tú coserás la arteria.

—¿Yo? Nunca lo he hecho, no tengo experiencia. Solo le quedan minutos de vida —le contesto. Me entra el pánico al ver que no cambia de opinión—. ¡¿Por qué no lo haces tú?!

—Alina, no te desesperes, esto te servirá para aprender.

—¡Pero es una maldita vida, es un ser humano! ¡No un muñeco de prácticas! ¡Morirá si no lo hago bien!

Estaba gritando, y no era nada profesional, pero no importaba. A lo mucho, le quedarían diez minutos al paciente.

—Morirá si no haces nada —lo dijo con tanta tranquilidad que me irritó.

—Bien —digo, lo hago a un lado y me pongo frente al paciente—. ¿Nombre y edad? —pregunté, si moría, al menos sabría quién era y podría ir al funeral.

—Alexei Voronin, veintiocho años de edad.

Solo asiento e inicio la operación.

Por favor, no mueras Alexei.

Les indico a las enfermeras que inicien el proceso para detener su corazón. Le suministran los medicamentos y, minutos después, sus latidos disminuyen hasta que se detienen por completo. De inmediato, activan la máquina de circulación extracorpórea, que se encargaba de hacer circular la sangre por todo el cuerpo.

Ya no era consciente de lo que sucedía a mi alrededor, mi único objetivo era salvar a Alexei. Joshua estaba haciendo su parte, pero sin duda no se comparaba a la mía. Intento mantener mis nervios a raya, al igual que mis pensamientos negativos.

Nunca había tenido que llevar el peso de una vida en mis manos. Eso siempre lo hacía Joshua. Mi trabajo era solo observar, suturar al finalizar la intervención y realizar prácticas en simuladores o muñecos diseñados especialmente para este tipo de profesiones. Cuando estoy a punto de coser la arteria, el equipo que mide la presión alrededor del corazón activa sus alarmas.

—¡Necesito succión ahora!

Tomo la cánula de quien sea que me la haya pasado y succiono el exceso de sangre, salida a borbotones de la arteria que estaba suturando Joshua.

—Ten más cuidado, si no lo mato yo, mucho menos lo harás tú —digo entre dientes.

El miedo, sin duda, aún no me abandonaba, pero ahora una seguridad crecía en mí. Ahora sabía que podía hacerlo.

Era maravilloso cómo las decisiones producían cambios en tu vida. Después de ese día, mi carrera como cirujana cambiaría. Pero lo que no sabía era el cambio que traería a mi vida haberle salvado la vida a Alexei Voronin.

DOS

Alina Klara

El miedo que sentí anoche solo lo había sentido dos veces en mi vida: cuando murieron mis padres y al operar a Alexei. Era consciente de que los cirujanos no podíamos tener miedo, pero al final de la noche solo éramos hombres y mujeres luchando contra la muerte.

Alexei Voronin, ¿por qué su apellido me era tan familiar? Sin duda, era ruso. Su apellido me lo indicaba. En cuanto estuve fuera de peligro, pude apreciar sus facciones con detenimiento. Era de pómulos altos, con una quijada marcada, tenía la nariz perfilada y un suave indicio de barba adornaba su rostro.

También era alguien importante, si no, ¿por qué le darían la *suite* presidencial?

Después de salir de la cirugía, desinfectarme y tomarme un respiro para dejar salir la adrenalina causada por el momento, me quedo a su lado. Necesitaba saber si la operación había salido bien, aunque si estaba vivo, suponía que sí.

Su corazón era sano y fuerte. A pesar de que lo habíamos detenido, luchó cada segundo en la mesa de operaciones. Lo que me hizo creer en mí misma, y cada vez que veía el monitor para saber el estado en el que se encontraba, no había más que indicaciones de que seguiría latiendo.

Un hombre de traje negro —que parecía ser más costoso que mi piso— entra en la habitación, sacándome de mis pensamientos.

—¿Quién eres? ¿Y qué haces aquí? —dice, dedicándome una mirada desconfiada; parecía ese tipo de hombre al que, con solo verlo, tu instinto te incitaba a querer poner la mayor distancia posible. Pero a mí no me causó reacción alguna su tono o su mirada. En realidad, al igual que con Alexei, me resultaba familiar.

—Soy Alina Klara, residente de último año en Cardiología. Fui quien operó al Sr. Voronin. —Me levanto e intento igualarme a su altura, pero me sacaba casi dos cabezas.

—¿Tú? —dice con burla—. ¿Cómo una residente pudo haber tratado una situación tan delicada como la de Alexei Voronin? ¿Sabes quién es él? ¿Sabes qué te pudo haber pasado si moría en tus manos? —Se acerca hasta tal punto que tengo que alzar el cuello para poder sostenerle la mirada.

—Yo...

¿Por qué el tono que usaba conmigo lo había escuchado antes? Era como si estos dos hombres hubieran estado conmigo tiempo atrás. Pero tal cosa era imposible, nunca los había visto. Y si Alexei hubiera sido ingresado a este hospital antes, lo habría visto, no es como si una persona como él pudiera pasar desapercibida.

—Déjala, Dimitri.

Una voz ronca interrumpe lo que parecía ser un comentario nada agradable por parte del hombre de traje.

El tal Dimitri quita su mirada de mí para posarla en Alexei.

—¿Cómo te encuentras?

El tono que usaba ahora era cálido, si es que se podría clasificar como eso. En el fondo, denotaba ¿cariño? Sí, creo que sí.

—Bien, solo me duele el pecho y la cabeza.

—¿Eso es normal, doctora Klara? —Un par de ojos se posan sobre mí.

Ahora sí soy doctora, ¿eh?

—Sí, Sr. Voronin —digo dirigiéndome a Alexei e ignorando por completo al hombre del traje—. Sus heridas fueron graves. Una contusión de primer grado en el cráneo y ruptura en una de las arterias. La cabeza tal vez le duela por un par de días, y en cuanto a su corazón, deberá someterse a chequeos regulares para descartar cualquier riesgo para su salud.

—¿Quién me operó? —dice, alternando la mirada entre ambos.

—Yo —respondo dando un paso al frente—. Yo estuve a cargo de la cirugía.

—Déjeme agradecerle, docto... —dice, intentando levantarse y dejando en el aire la oración.

—Mi nombre es Alina Klara. —Me acerco a la cama y, tomándolo del hombro, vuelvo a acomodarlo sobre las almohadas—. Sr. Voronin, no puede levantarse, por lo menos tiene que pasar unos días en cama para que pueda hacerlo. Y aún no soy cirujana, soy residente de último año.

—¿Una residente me operó? —pregunta, sorprendido.

—Eso mismo dije, fue imprudente que dejaran tu vida en manos de una simple residente. Pudo haberte matado.

—Sr. Dimitri, o como se llame, con todo respeto, quiero dejarle algo en claro. Soy muy capaz de realizar este tipo de operaciones gracias a que tengo al mejor mentor. Por último, usted no es nadie para venir aquí y rebajar mi trabajo, así que puede meterse sus malditos comentarios por el trasero. —La cara del hombre se torna de varios tonos de rojo a causa de la ira, y eso solo me hace sonreír para mis adentros—. Ahora, si me disculpan, tengo más pacientes que atender. Sr. Voronin, presione aquí —digo y le señalo el dispositivo MMCall—, y una enfermera me avisará si necesita algo.

~

SALGO de la habitación con paso airado. ¡Dios!, no podía creer que hubiera hombres así de desagradables. Sí, puede que antes de hacer la operación hubiera dudado de mí, pero después de que inicié cada corte y sutura, lo hice sin dudar.

Cuando llego al corredor, me encuentro a Joshua.

—Con que soy el mejor mentor, ¿eh? —dice subiendo y bajando las cejas.

—¡Oh!, cállate, Joshua, soy capaz de darle ese título a alguien más si no dejas de hacer eso con tus cejas..., y deja de escuchar las conversaciones de los demás.

Nos reímos mientras nos dirigimos a la cafetería. Me moría de hambre.

—Iba a entrar a la habitación cuando te escuché. Y nunca podrías encontrar a alguien mejor que yo.

—Damas y caballeros, habló el ser más humilde de este mundo.

Después de eso, comimos y charlamos un poco. Cuando empezaba a hacer mis rondas, un par de horas después junto con él, recibo un llamado a través de mi propio dispositivo MMCall de la habitación de Alexei.

—Joshua, tengo que irme, es mi paciente. Nos vemos luego.

Si lo pensaba bien, era nuestro paciente, pero lo había dejado en mis manos. Suponía que era su forma de decirme que ya estaba lista para tomar mayores responsabilidades.

¿Qué habrá pasado? La palabra «emergencia» seguía reluciendo en la pantalla del dispositivo, lo que me ponía de los nervios.

Corro lo más rápido que puedo, su habitación se encontraba en la última planta. Ahí es donde se encontraban las habitaciones privadas y la *suite* presidencial.

Entro al ascensor y pulso el botón que dice VIP. El recorrido es lento debido a las constantes paradas que tiene que hacer.

Cuando llego a la última planta y las puertas se abren, me detengo en seco. Había hombres armados en ambos lados del pasillo. ¿Este hombre era hijo del presidente y no lo sabía?

Al llegar a la puerta de su habitación, un tipo me detiene antes de poder abrirla.

—Identificación.

—¿Es en serio?

—Señorita, su identificación.

—Dios santo —susurro antes de dársela.

—Bien, señorita Klara, ahora necesito revisar que no venga armada.

—En tu vida pondrás tus manos encima de mí. Y si lo hubiera querido matar, le hubiera enterrado el bisturí en el corazón mientras lo operaba.

—Tengo que cumplir con mi trabajo, señorita.

—Y yo también necesito hacer mi trabajo, así que déjame pasar, que el Sr. Voronin me espera.

Al ver que no se mueve, me le acerco.

—Déjame pasar o le diré al Sr. Voronin que me prohibieron la entrada, y tú y todos tus amigos se quedarán sin trabajo. Él es mi paciente.

Ninguno me detiene cuando lo hago a un lado y entro a la habitación.

9

TRES
Alexei Voronin

Los italianos habían atacado uno de mis almacenes y herido a un grupo de mis hombres, iba a hacerlos pagar con sangre por eso. Nadie me atacaba en mi maldito territorio.

Cargo dos Glock junto a un par de ametralladoras en la camioneta, mis hombres se movilizan hasta estar agrupados.

—¡Los quiero muertos a todos! —grito antes de subirme a la camioneta.

Salimos en caravana del Almacén 03, estábamos a solo quince minutos del principal, ahí era donde guardaba una pequeña parte de las municiones. Esas ratas habían sido tan idiotas al creer que tendría todo en un solo lugar. Si querían joderme, tendrían que poner más empeño en la tarea.

—Alexei, no te expongas más de lo necesario —me recuerda mi padre. Lo miro por el espejo retrovisor y asiento.

Nada me pasaría, nunca había recibido más que un roce de bala. Mi conductor maniobra en una curva al mismo tiempo que una explosión retumba a lo lejos.

—Esos desgraciados —murmuro.

Desaparecieron después de que les di caza por un año y ahora aparecían. ¿Por qué?, esa era mi pregunta. Lucas Moretti no daba un paso sin pensarlo dos veces. Llevábamos años en guerra, y lo conocía tan bien como él a mí.

Preparo las armas cuando nos acercamos. Donde estuvo un almacén, ahora no había más que escombros y humo.

Me tenso cuando una ola de disparos azota mi lado de la camioneta, cuatro todoterrenos se dirigían a nosotros.

—Cuando te diga, baja las ventanillas de este lado —le indico a mi conductor. Pongo la ametralladora en posición y aguardo—. ¡Ahora!

En segundos, lo único que se escucha es el sonido de los disparos. Todos mis hombres atacan, a pesar de que eran menos, estaban armados hasta los dientes. Me arrimo contra la puerta cuando una bala me pasa cerca de la cabeza: la bala astilla una de las ventanillas aún arriba. Tomo la radio y doy la orden de usar el lanzagranadas.

Cada terminación de mi cuerpo se sacude cuando dos de los todoterrenos explotan. Al mismo tiempo, dos de mis camionetas salen volando.

—¡Tienen un lanzacohetes! —grita mi padre.

Recargo la ametralladora y disparo con todo a los dos grupos restantes. La camioneta pierde su curso por unos segundos, lo que nos hace sacudirnos. Miro por encima del hombro cuando algo pasa zumbando junto a la camioneta. Volteo a tiempo para ver como los dos todoterrenos se vuelven inservibles, ahora eran un par de hojalatas en llamas.

La camioneta derrapa hasta detenerse de manera abrupta frente a los restos del almacén. Bajo de la camioneta y la cierro de un portazo.

—Hay que recoger todo esto antes de que alguien llame a la policía. —Miro a mis hombres—. Desaparezcan todo, los cuerpos que estén en mejor estado, envíenselos a Lucas. Es hora de devolver el último regalo que nos envió

Lo último lo digo entre dientes.

El sonido de una puerta al abrirse nos pone alertas a todos, saco mi arma y me acerco a donde provino el ruido. Un cuerpo cae con un golpe seco al suelo, un gemido sale del hombre a medida que se arrastra.

—¿A dónde crees que vas? —Lo tomo del cabello y lo obligo a ponerse de rodillas. Tenía el rostro ensangrentado, de su boca sale sangre a borbotones con cada respiración—. Estás hecho mierda.

—Por favor... —suplica.

Chasqueó la lengua.

—Hagamos algo, me dices cuál será el siguiente movimiento de tu jefe y acabaré con tu agonía.

Traga saliva antes de responder.

—La princes-sa... —Tose llenándome la camisa de sangre.

—¿Cuál princesa? ¿Planea secuestrar a la hija de algún mafioso?

Vuelve a toser, así que lo dejo caer al suelo.

Suspiro y lo mato con un solo tiro, ya había sufrido bastante, y no era tan cruel como para dejarlo todo moribundo.

—Envíen ese —ordeno y camino hacia mi padre—. Hay que alertar de un posible secuestro a alguna de las hijas de nuestros socios —le digo y él asiente—. Bien, quédate a cargo, iré a comprobar que los medios aún no sepan nada de esto.

Palmeo su hombro, me acerco a una de las camionetas y me subo a ella. Miro una última vez a mi padre antes de retroceder y perderlo de vista. No me gustaba que siguiera involucrándose en este mundo más de lo que ya lo estaba, me preocupaba que un día lo hirieran y pudiera perderlo.

Tomo mi teléfono y comienzo a buscar el número del jefe de policía justo cuando me llega un mensaje.

«**Desconocido:** Espero que queden pedazos para tu funeral».

¿Qué...?

De lo siguiente que me entero es que el mundo está dando vueltas. Mi cabeza golpea el volante con fuerza, tiñendo mi vista con puntitos negros. Me sacudo en el momento en que un fuerte dolor azota mi pecho y mis oídos comienzan a pitar.

Creo pensar en un claro antes de que todo se vuelva negro, un claro con una niña sentada en una roca.

No se puede comprender lo aterradora que es la muerte hasta que uno está al borde de experimentarla. No entendía el dicho de «vi mi vida pasar frente a mis ojos», pero cuando sucedió el accidente, lo entendí.

Aunque «accidente» no era la palabra correcta, lo que me ocurrió fue un intento de homicidio. En mi profesión —la de un mafioso—, todo el mundo desea eliminarte, solo eres alguien a quien desean quitar del trono.

Los mafiosos somos seres despiadados y quizá tenemos cierta afición por matar a sangre fría. Pero también somos calculadores, no damos un paso sin pensarlo dos veces y estudiar las consecuencias que esa acción traería. Siempre tenía que pensar con la cabeza fría, las emociones eran una debilidad, una distracción, y no podía permitírmelo. Si lo hacía, tendría una debilidad, y si la tengo, sabrían cómo destruirme.

—Alexei —me llama Dimitri, mi padre. Él me encontró en un orfanato cuando era un recién nacido. Mi madre me abandonó, así que nunca supe quién fue ella. Dimitri aparentaba ser

13

un hombre frío, pero muy dentro de él había un gran corazón. El día que me encontró, estaba buscando a quién adoptar, a quién sería su sucesor después de que se retirara.

—¿Sí?

—Fueron los italianos, tenían a alguien esperándote.

La sangre me hierve al escucharlo y el hecho de que lo supusiera no disminuía el enojo.

Esos hijos de puta no encontraban la forma de quitarme el poder y solo consiguieron ponerme una maldita trampa. Eran unos cobardes. Si tuvieran las bolas, ellos mismos me hubieran puesto un arma en la frente, y aunque no hubieran logrado matarme, al menos no morirían siendo unos cobardes.

—Necesito irme de aquí, no puedo perder más tiempo.

Intento levantarme, pero me detiene.

—Recuerda lo que dijo la doctora Klara. Necesitas recuperarte, Alexei.

—No pienso quedarme aquí viendo cómo esos malditos italianos generan caos en mi país. Ya tuve suficiente con el almacén.

—Hijo, escúchame, casi mueres, ¿entiendes eso? Puede que no seas de mi sangre, pero eres lo más valioso que tengo. No me importa si pierdes todo el imperio, pero tú necesitas recuperarte. Y la doctora Klara tiene que estar al pendiente de tu salud.

Podía ver la desesperación en su mirada, la misma que había en sus palabras. La mayor parte del tiempo no demostraba lo que sentía, pero era mi padre, lo más importante en mi vida.

—Lo entiendo, padre, pero comprende que no puedo dejar que me ataquen de nuevo, mucho menos en mi territorio. Y sobre la doctora, pues ella vendrá conmigo, si eso te hace sentir más tranquilo.

—¿Contigo?

—Sí, conmigo. Si quieres que ella esté pendiente de mi salud, entonces vendrá.

—Bien, pero no te esfuerces tanto. Si no, yo me haré cargo hasta que sanes del todo.

—Hecho, ahora hablemos con la doctora.

La llamo a través del dispositivo que me indicó que pulsara por si la necesitaba.

La señorita Klara tenía un hermoso nombre. Era rusa, por lo que pude ver. Y algo que me resultó extraño cuando desperté fue la sensación de familiaridad que tuve al verla de pie frente a mí. Pero... ¿de dónde la conocía?, ¿o dónde la había visto antes?

Alina llega en cuestión de minutos. Se le veía claramente molesta.

—¿Puedes decirles a tus gorilas que no intenten impedir que entre a esta habitación de nuevo? O te juro que lo siguiente que recibirán será una patada en las bolas.

Era hermosa, sin duda, tenía un cuerpo perfecto, todo estaba más que bien proporcionado. No era por sonar a cliché, pero sin duda, parecía haber sido diseñada por los mismos dioses, aunque se veía mejor saltando sobre mí...

¡Qué demonios! Ese golpe que me di en la cabeza debió de dejar graves secuelas.

—¿Qué?

—Imbécil —dice por lo bajo y sonrío al notar su creciente molestia—. Entonces dime, ¿estás bien? ¿Te duele algo?

—Sí, lo estoy —respondo, intentando aclarar mi mente, ¿por qué esa maldita imagen no salía de mi cabeza?—. Doctora Klara, necesito hablarle de algo, y no es un tema que esté en discusión, así que escuche atentamente. Y tomaré en cuenta lo que dijo sobre mis guardias.

—Bien, lo escucho —dice con un tono que dejaba muy en claro que odiaba seguir órdenes.

¡Maldición!, esta mujer tiene carácter.

Y me gusta.

—Volveré al trabajo, tengo unos asuntos muy importantes por resolver y mi padre no quiere que descuide mi salud. Entonces, le propuse que usted viniera conmigo y él aceptó.

Y lo siguiente que hace me sorprende más: comienza a reírse como si lo que hubiera dicho fuera lo más gracioso del mundo. El hecho de que no tomara en serio lo que dije me molestó.

—¿Qué es tan gracioso?

—El que creas que voy a ir contigo como si fuera tu enfermera personal. Déjame decirte que yo fui quien te salvó la vida, además de que soy una futura cirujana. No puedo descuidar mis estudios, así que no puedo ir contigo. No, mejor dicho, no quiero ir contigo, Alexei —contesta, haciendo énfasis en la palabra «quiero».

Mmm, mi nombre en sus labios se oía de maravilla. Esa combinación entre su acento neoyorquino y el ruso me gusta.

En realidad, me encanta.

—Sí que lo harás, cariño, en este país todo el mundo hace lo que yo quiero.

—¿Quién eres? ¿El maldito presidente? ¿O un rey? ¿Por qué piensas que todos estamos a tus pies?

—Tú te me puedes arrodillar cuando quieras, cariño.

—No me digas cariño, imbécil. Si quieres que siga pendiente de tu salud fuera de este hospital, yo necesito ganar algo.

—Bien, ¿qué es lo que quieres?

—Que me pagues lo que gana un cirujano, y será por cada

vez que vaya a tu casa a revisarte. Además, no perderé mis turnos, iré a verte cuando esté libre.

—No creo que eso sea posible.

—No te pregunté si lo podías hacer posible, lo harás si quieres que siga pendiente de tu salud. Si no, búscate a otra persona. No me importa lo que te pase, yo ya hice mi trabajo, y fue salvarte la vida.

¿Por qué me molestaba en insistirle para que aceptara? Con facilidad, podría encontrar a otra persona, alguien menos refunfuñona y más fácil de tratar.

Sin duda, buscaría a alguien más.

—Tenemos un trato, señorita Klara.

CUATRO
Alina Klara

¿Quién se creía que era para hablarme así?

Sin duda, ese hombre es un maldito arrogante. No puede andar por la vida dándoles órdenes a las personas como si fueran sus esclavos, esperando que obedecieran como perros, o por lo menos, yo no pienso hacerlo.

Así que la mejor opción fue negociar. Y no le pedí el dinero porque lo necesitara, sino que después de graduarme quería abrir un lugar donde todas las personas de bajos recursos pudieran ser atendidas sin tener que preocuparse por los gastos económicos. Todo esto quería hacerlo por Raquel, mi nana. Hace cuatro años, cuando estaba en mi primer año como residente, ella y su esposo tuvieron un accidente automovilístico. Por desgracia, el hombre falleció.

Un año después, Raquel fue ingresada al hospital de emergencia por un ataque al corazón, la misma fecha en que su esposo había fallecido. El dolor por la pérdida la fue consumiendo con el paso de los días, a tal punto que le rompió el corazón. Literalmente.

La operaron de emergencia. Yo era la única residente libre ese día y me tocó ser la ayudante de Joshua. Gracias a él, ella estaba viva. Cuando salió de los efectos del sedante, estuve ahí con ella, al igual que en las terapias, y la ayudé a pagar las facturas del hospital. Con el tiempo, se formó un vínculo. La consideraba la abuela que nunca tuve.

Dejo salir un suspiro cuando llego a la puerta de mi piso. Mi casa era algo sencilla pero rentable, y el Distrito Novo-Peredelkino era lo más cercano que había conseguido del hospital. Tenía tres habitaciones y dos baños, vivía junto con mi nana y mi perrita Luna. Era mi pequeño refugio, tenía hasta una mini-biblioteca.

Los ladridos de Luna se escuchan cuando meto la llave en la cerradura.

—Hola, mi princesa —la saludo mientras mueve su colita.

Era una bola de pelos, una *yorkshire terrier*, mi mejor amiga.

—Hola, Trululu.

Otra de mis personas favoritas, sin duda, era mi nana. Ella y Luna eran mi mundo.

—¿Cómo estás? ¿Cómo sigues? —le pregunto.

Hace unas semanas volvieron los dolores en el pecho, eran ya cuatro años desde que la operaron. Había hablado con Joshua en varias ocasiones, buscando la manera de disminuir sus molestias, pero todos los resultados llevaban a lo mismo. Su corazón se estaba cansando de trabajar, junto a la cirugía y el dolor que había sufrido, era demasiado.

—Mucho mejor, las pastillas que me recetó Joshua me han ayudado mucho. Linda, me hago vieja, ese hombre se ve que te quiere y... Sabes que podrías darme nietos con él, ¿no? Es un hombre muy apuesto, sus hijos serían hermosos.

—¡Ay, nana! Sabes que Joshua es mi amigo, además de mi mentor —contesto, entrando a mi habitación—. Y tampoco

19

tengo tiempo para tener una relación ahora, tengo muchas cosas que hacer.

—¿Como cuáles? Sabemos que el trabajo es una de esas tantas cosas, pero ¿cuáles son las demás?

—Pues tengo un nuevo paciente, e iré a revisarlo en mis tiempos libres. Se puede decir que es un hombre con cierto poder, además de ser un arrogante.

—No te agrada mucho, ¿verdad?

—La verdad, no —le digo, sincerándome—. Pero es mi trabajo, no importa qué tan mal me caiga, es una vida.

—Tienes un gran corazón, Alina. El día que decidas formar una familia, el hombre que elijas será muy afortunado de tenerte.

—Gracias, nana.

—Aunque, Joshua, podría ser el afortunado —susurra.

—¡Nana!

—Está bien, linda, solo decía. —Levanta las manos en señal de paz—. ¿Cómo se llama tu paciente? —pregunta al mismo tiempo que entra en la cocina.

—Alexei Voronin.

Un vaso se estrella contra el suelo, sobresaltándome.

—¿Nana? ¿Estás bien? ¿Qué pasa?

Me acerco a ella para asegurarme de que no se cortó con nada, pero lo único preocupante era la palidez en su rostro.

—Vo... Voronin.

—Sí, nana, ¿qué pasa con eso? Es solo un nombre.

—No es solo un nombre, Alina, es el apellido más poderoso del país. O del mundo.

—¿Es hijo de un rey o algo así?

—Algo parecido, su padre es Dimitri Voronin. Un hombre muy poderoso también.

¿El hombre de traje?

—Él y su padre no se parecen en nada, nana.

—Alexei es adoptado, él heredó todo el imperio de Dimitri. Y me atrevería a decir que su hijo es más poderoso y peligroso que él.

—¿Peligroso? A qué te refieres, nana, es solo un hombre con aires de superioridad. Además, cuando lo tenía con el pecho abierto en mi mesa de operaciones al borde de la muerte, no parecía muy peligroso.

—No subestimes a ese hombre, Alina. Créeme cuando te digo que es peligroso, nunca, pero jamás bajes la guardia cerca de él.

—Está bien, nana, pero dime por qué es peligroso.

—Hace unos años, hubo unos rumores. Decían que Alexei y su padre, además de ser los empresarios más poderosos del país, también eran los *pakhan*[1] de la mafia.

—¿Mafia?

¿Desde cuándo los mafiosos andan por ahí como si no fueran los hombres más peligrosos?

Y más importante aún... ¿Le salvé la vida a un mafioso?

Nada de esto tenía pies ni cabeza, tenía conocimiento de que en el mundo había mafiosos, pero siempre he creído que eran como en las películas, que vendían drogas, armas y esas cosas.

Era una idea descabellada que él fuera un mafioso.

—Nana..., eso es imposible. Estoy segura de que los mafiosos no andan por ahí dejando que sean operados por una residente, y más si son tan peligrosos como dices. Además, ¿por qué habría ido a un hospital público en vez de a uno privado?

Mi mente se esforzaba por entender el significado de sus palabras. Desde que lo vi en el quirófano, sentía una clase de vacío en mis recuerdos, como si hubiera olvidado algo que era importante. Tenía pequeños *flashbacks* de un niño con rizos de oro jugando conmigo junto a un lago.

Tal vez nos conocimos de niños, pero si lo que decía mi nana era cierto, no veía como pudimos tener relación alguna. Mis padres eran personas buenas, nunca se hubieran involucrado en un mundo como ese.

—Esos rumores llevan años, mi niña, podrían ser simplemente eso, rumores. Pero aun así, prométeme que tendrás cuidado sin importar si es un mafioso o no.

—Está bien, nana, te lo prometo. Ahora anda a descansar un poco, voy a recoger los cristales del vaso roto.

—Tu cena está en la refrigeradora, te quiero, mi Trululu.

—Y yo a ti.

Se termina de despedir, dándome un abrazo y un beso en la frente.

Busco la escoba y recojo los cristales. Cuando termino, intento leer, pero las palabras que dijo mi nana no dejaban de repetirse en mi cabeza como en un bucle.

Así que hago lo que cualquier persona con curiosidad haría.

Entro al buscador y escribo: «Familia Voronin».

CINCO
Alexei Voronin

Alina llevaba una hora de retraso, hoy era su día libre y dijo que llegaría a las cinco. Eran las seis de la tarde.

Los pasillos de mi casa se sentían cada vez más estrechos, ya había recorrido la sala cuatro veces, y el recibidor, cinco más. Ahora me encontraba de pie frente a las escaleras que daban a la puerta.

Odiaba que me hicieran esperar, ¿quién se creía esta mujer como para pensar que tenía derecho a lo contrario?

Esa mujer era insoportable.

—Cálmate, Alexei, no puedes someterte a mucho estrés, recuerda —me repite mi padre por enésima vez.

—Sí, lo sé, ¿pero por qué tarda tanto en llegar?

Nunca me había sentido tan ansioso.

—A lo mejor se le presentó alguna situación, no entiendo por qué te preocupa tanto que no llegue.

Y yo tampoco lo entendía, este tipo de emociones nunca me dominaban, pero ahora estaba cayendo bajo el poder de la ansiedad. Desde que llamé al hospital preguntando si hoy era su día libre, y me confirmaron que sí, me encontraba en este estado. Una hora después me escribió, diciéndome que venía.

No tenía idea de cómo había conseguido mi número, quizá se lo había dado Dimitri.

Unos golpes en la puerta me sacan del trance, debía de ser ella. Camino hasta la puerta y la abro sin darle tiempo de volver a llamar.

—Llega tarde, Klara.

—Tuve un contratiempo, y no me llames por mi apellido.

—Solo pasa.

Apenas pone un pie adentro, mira a su alrededor con detenimiento.

—Sí que te crees hijo de un rey.

—Lo soy, Klara.

Frunce el ceño al escuchar su apellido de nuevo, pero lo deja pasar.

—¿En serio? Por qué el apellido Voronin no sale en ninguna parte de la monarquía. —Sonrío, alguien había estado investigando sobre mi familia.

—No es ese tipo de realeza.

—Entonces, según tú, ¿cuál es? —Se cruza de brazos, lo que me hace bajar la mirada a su pecho por unos segundos.

Era exasperante en todo el sentido de la palabra.

—¿No te cansas de ser así?

—¿Así cómo?

—Estar todo el tiempo a la defensiva.

—No estoy a la defensiva.

—Claro, y no tienes una personalidad encantadora —suelto con sarcasmo.

—Sí la tengo.

—Bien, Klara, tú ganas. Vamos a mi oficina para que me revises.

Me sigue en silencio, observando todo a su alrededor, por fin esa boquita tan linda que tenía se quedaba en silencio.

Entramos a mi oficina, era donde mayormente realizaba mis negocios, por desgracia, también había asesinado a muchos aquí —mi alfombra resentía ese hecho—, pero no era la gran cosa.

La habitación era de tonos sombríos, al igual que el resto de la casa. No me gustaban los colores brillantes. Un escritorio de madera oscura se encontraba al fondo. Atrás de este se encontraban varios estantes, en ellos había muchas piezas de valor. Me encantaba coleccionar.

—Esto es hermoso.

No puedo evitar la sonrisa que se forma en mi rostro. Tenía muy buen gusto.

—Supongo que sí.

Seguimos un rato en silencio, hasta que hablo.

—¿Dónde me pongo?

Señala uno de los sofás negros y tomo asiento en él.

—Si noto alguna anomalía en los latidos de tu corazón, volverás de inmediato al hospital, ¿entendido?

—Sí.

—Bien, quítate la camisa.

—¿No me invitarás un trago antes?

La mirada que me da podría haberme asustado en otras circunstancias, en cambio, me hace reír entre dientes.

—No puedes beber, eso te pondría en condiciones críticas.

—Lo sé, me lo dijiste mil veces antes de irme del hospital.

—Bien, ahora quítate la camisa.

Esta vez lo hago sin rechistar, era fácil molestarla, pero ahora mismo parecía no estar de muy buen humor.

El maletín —que no había visto que llevaba hasta ahora— lo pone a mi lado y de él saca un estetoscopio.

25

—Voy a escuchar tu corazón, necesito que no hables ni te muevas.

Se acerca a mí, tanto que puedo distinguir el olor de su champú.

«Esencia de rosas», me pregunto...

Acerco mi nariz a su cuello, cuidando de no hacer ningún movimiento brusco, y cuando llego a mi destino, todo se estremece en mi interior.

«Esencia de rosas y vainilla».

Me encantaba el olor de la vainilla. En cuanto a las flores, no me gustaba verlas por sus colores, pero disfrutaba de su aroma.

—¿Qué haces?

Me sorprendo al escuchar la voz de Alina.

—Nada, creí haberte visto algo en el cabello.

—Claro. —Se aleja por completo de mí, y admito que tenerla cerca unos segundos se sintió agradable—. Tu corazón está bien, los latidos son estables y se escuchan fuerte. Debes seguir tomando tus medicinas al pie de la letra, nada de alcohol, nada de ejercicio y nada de emociones fuertes. Y la más mínima molestia que tengas, llámame o ve al hospital de inmediato.

—¿Eso es todo? —pregunto al ver que recoge sus cosas.

—Sí, solo necesitaba saber si tu corazón estaba trabajando bien, y lo está haciendo. Sin duda es un milagro que sigas vivo, así que no desperdicies esta segunda oportunidad que te dieron.

¿Una segunda oportunidad? Para qué me la darían, el mundo estaría mejor sin mí.

—¿Alguna duda? —pregunta al notar mi silencio.

—¿Qué tienes? —pregunto sin pensar.

Alina era alguien fácil de leer, sobre todo a través de sus ojos. Y su mirada solo era el reflejo de dos cosas: vacío y dolor.

—¿De qué hablas?

—Algo te tiene angustiada, puedo verlo, Klara.

—No sé de qué hablas, y aunque lo hubiera, no es tu problema. Eres mi paciente, no mi terapeuta.

Cuando estoy a punto de contestar con algo para nada agradable, mi padre entra a la habitación.

—Doctora Klara, un gusto verla.

Alina le sonríe.

—Señor Voronin.

—¿Cómo se encuentra Alexei? ¿Todo en orden?

Observo a mi padre con ojo crítico, su manera de tratarla era muy diferente a como lo había escuchado dirigirse a ella por primera vez.

—Todo perfecto, solo asegúrese de que tome sus medicamentos y cuide de que no se exponga a emociones fuertes. O donde se requiera un exceso de fuerza.

—Estaré al pendiente. ¿Algo más?

—No, eso es todo. —Termina de recoger sus cosas y se dispone a irse—. Señores Voronin, nos vemos en dos días.

Y con eso se va.

Estaba seguro de que su estancia aquí no había sido ni de media hora. Algo sin duda la tenía preocupada, y yo quería, no, necesitaba saber el qué.

—Dimitri.

Detengo a mi padre antes de que se retire de la habitación.

—¿Qué pasa?

—Si me dices que no a lo que diré a continuación, igual lo haré. Pero solo lo digo para que tengas conocimiento.

—Bien.

—Quiero que la investigues, quiero saber todo de ella. Aunque si tú no lo haces, encontraré quien lo haga, me sobra gente que trabaje para mí.

—¿Con qué fin quieres investigarla? Ella no es más que tu doctora.

Ahora es él quien me estudia con atención.

—Solo quiero conocer a la persona que está al pendiente de mi salud, quien me salvó la vida.

Dimitri suspira, sabiendo que no me rendiría fácilmente, porque cuando quería algo, siempre lo conseguía.

—Bien, pero que esto no se te escape de las manos, Alexei.

—No lo hará.

Ella no se me escapará de las manos.

SEIS

Alina Klara

¿Cómo una persona podía ser tan... arrogante? Sí, eso, arrogante.

Alexei gritaba su arrogancia por todos lados, aunque también era alguien confuso. Por momentos te trataba bien, como todo un caballero, pero al siguiente segundo te trataba mal. Aunque, siendo sincera, tampoco le había dado mi mejor trato a él. Se suponía que, como era mi paciente, debería tratarlo con respeto, sobre todo, pero era como si algo se accionara en su presencia, salía una parte de mí que no sabía que existía.

Las palabras de mi nana me vinieron a la mente cuando dijo que eran un tipo de realeza distinta a la monarquía. La diferencia de la que hablaba, ¿sería por ser de la mafia? ¿De verdad eran mafiosos?

Por Dios, estábamos en la vida real. No era uno de los tantos libros que leía, en la realidad los mafiosos no se parecían nada a él, eran como el Chapo o Pablo Escobar. No él, que parecía un modelo de Calvin Klein.

Puede que todos esos rumores fueran falsos, porque, como

había dicho mi nana, tal vez solo eran dos hombres con aires de grandeza y realeza por ser dueños de casi todo el país.

Y mi nana...

Su condición había empeorado, eso me hacía pensar en que el corazón es algo raro, no solo por los sentimientos que se decía albergar en él, sino por el cómo funciona, su estructura. Un día podía estar trabajando bien y al siguiente luchar por completar un latido. Por eso me preocupaba por el corazón de Alexei, ahora funcionaba bien, pero de un momento a otro podía fallar.

El corazón de mi nana se encontraba delicado, ella era aún joven —tenía casi cincuenta años—, pero había pasado por mucho. Hoy en la mañana la llevé a urgencias, los dolores en el pecho fueron muy fuertes esta vez y Joshua me dio el diagnóstico. En cualquier momento dejaría de latir y no podríamos hacer nada para ayudarla, al menos no con ese corazón. La otra opción sería un trasplante, pero conseguirlo era casi imposible. A su edad, costaría mucho para que le dieran un corazón. Los donantes prefieren dárselo a alguien joven con más probabilidades de vivir, y lo entendía, pero era mi nana y no quería perderla. Me pasé toda la mañana con ella, cuidándola hasta que se quedó dormida. Después de eso, fui a casa de Alexei.

Mi piso se sentía raro sin ella, solo estaba Luna. Estaba tan acostumbrada a tenerla aquí conmigo que el lugar se sentía vacío, pero debía comenzar a hacerme la idea de que ella no siempre estaría conmigo. Nadie era eterno por más que quisiéramos.

El teléfono suena en la sala, pero estaba tan cómoda en el sofá de la minibiblioteca que me era imposible levantarme, así que espero a que dejen el mensaje.

«Señorita Klara, soy Dimitri. Necesito que venga ahora mismo, por favor, es una emergencia».

Me tenso al escucharlo.

Diablos, solo habían pasado cinco horas desde que lo vi.

¡Cinco horas!

Tomo mi maletín y salgo del piso sin tomarme la molestia de cambiarme, detengo al primer taxi que veo y le doy la dirección. En el camino, llamo a una ambulancia.

—Más rápido, por favor —le suplico al conductor.

Quince minutos después, estoy en su casa. Abro la puerta sin tomarme la molestia de tocar.

—¡Alexei! —grito para que me oigan.

—¡Señorita Klara! ¡Aquí!

Subo las escaleras lo más rápido que puedo y llego a lo que creo es la habitación de Alexei.

—Hace media hora no paraba de decir que le dolía el pecho y después comenzó a sudar —dice Dimitri.

—¡¿Hace media hora?! —contesto, era demasiado tiempo en ese estado—. ¡Dije que tenían que llamarme a la más mínima molestia!

Creo escuchar a Dimitri decir algo, pero ya tenía mi atención en Alexei.

—Alexei, abre los ojos. Mírame, por favor, necesito que abras los ojos.

Los abre poco a poco, sus pupilas se encontraban dilatadas y sus ojos se iban por sí solos. Estaba pálido y tenía los labios de un color morado oscuro.

—Klara —susurra apenas.

—Aquí estoy, Alexei, necesito que te mantengas despierto, por favor. La ambulancia está en camino. —Toco su frente. ¡Demonios!, estaba hirviendo en fiebre—. ¡Necesito una toalla húmeda!

Dimitri sale de la habitación en busca de una.

—Alexei, Alexei —lo llamo. Maldición, no abría los ojos—. ¡Alexei! —grito y le doy una suave bofetada.

—¡Ah!

—Lo siento, pero necesito que te quedes conmigo, no te duermas.

Dimitri llega con la toalla y la pongo sobre la frente de Alexei. Saco el estetoscopio del maletín y rompo su camisa, mandando a volar los botones que había en ella, pongo el estetoscopio sobre su pecho y escucho con detenimiento.

No. No. No.

Sus latidos eran muy lentos.

La sirena de la ambulancia comienza a escucharse a lo lejos, solo esperaba que llegara a tiempo.

—Solo unos minutos más, Alexei. Por favor, resiste.

Me quedo a su lado cuando llega la ambulancia, les doy a los paramédicos el nombre del hospital donde trabajo y le digo a su padre que nos dé el alcance en su coche. No me apartaría de su lado.

Tomo su mano una vez que estamos en la ambulancia, le suministran medicamentos para mantenerlo despierto y acelerar sus latidos.

—¿Hace cuánto lo operaron? —me pregunta el paramédico.

—Hace cinco días —respondo de forma automática.

Apenas era capaz de articular palabra, observaba su rostro sin pasar nada por alto, la manera en que la palidez de su semblante no le restaba atractivo, ni sus rasgos duros. En cómo luchaba por mantener los ojos abiertos a pesar de los medicamentos que le habían dado para ayudarlo. Como si sintiera mi mirada, dirige sus ojos hacia mí y veo lo que nunca pensé ver en él. Miedo, estaba asustado, y lo entendía mejor que nadie.

Como me encontraba frente a su rostro, no tengo

problemas en darle un beso en la frente y tomar su mano entre las mías. Les da un suave apretón al sentirme.

—Estarás bien, eres Alexei Voronin, la persona más arrogante que he podido conocer. Saldrás de esta y muchas más, no tengo dudas de ello —susurro cerca de su oído—. Sé que tienes miedo, lo entiendo, pero estoy aquí por más que nos odiemos. Si necesitas un ancla, entonces aférrate a mí, no dejaré que te vayas, no así.

Veo lo que parece una pequeña sonrisa tirando de sus labios y no puedo evitar sentirme mejor al saber que lo he distraído de su miedo.

—No te odio —logra decir.

—Claro, y tú no tienes una linda sonrisa —le contesto, devolviéndosela como él lo hizo horas atrás—. Estaré aquí cuando despiertes, te lo prometo.

Eso le digo al ver que ya no puede mantener los ojos abiertos, minutos después, llegamos al hospital.

Suelto su mano, a pesar de que no quería hacerlo, y veo como se lo llevan para operarlo. Esta vez no me dejarían hacerlo a mí, ya que estaba muy alterada, y un cirujano no podía tener una conexión emocional con su paciente.

Y yo acababa de crear una más fuerte de lo que creía.

SIETE
Alina Klara

Ya habían pasado cinco horas desde que se llevaron a Alexei a cirugía y quien llevaba la batuta de esta era Joshua. Eso me tranquilizaba un poco, ya que él era el mejor y sabía que haría todo para salvarlo.

Dimitri se encontraba a mi lado, no había soltado el teléfono en lo que iba de la noche, y aunque entendía ruso, me era casi imposible seguir el ritmo de aquella conversación.

Decido levantarme y dirigirme a la cafetería, necesitaba un café con urgencia. Los pasillos se encontraban tranquilos a estas horas, calculé que eran cerca de las cuatro de la mañana, sacando por la hora en la que me había llamado Dimitri. Las pocas enfermeras que estaban trabajando se encontraban hablando entre sí —les encantaba el chisme, y a quién no la verdad—, los doctores de turno hacían sus rondas para después ir a descansar a sus habitaciones o a la cafetería.

Cuando llego, la encuentro casi vacía, a las cinco de la madrugada terminaban la mayoría de los turnos. El mío comenzaba a esa hora y no había dormido nada.

Saludo a Sara, la camarera que siempre estaba en la madru-

34

gada —más de una vez me había tocado hacer doble turno—, y le pido lo de siempre. Un moca —un café con chocolate— y un sándwich. Algo simple, pero era mi comida favorita de este lugar.

Le pido un café negro para Dimitri y le llevo también un sándwich, estaba segura de que tampoco había comido nada las últimas horas. Al regresar, lo encuentro en la misma posición y hablando por teléfono.

—Ten.

Lo acepta. Comienzo a darle sorbos a mi café y a mi sándwich. Pero me detengo cuando veo que Dimitri no hace nada para comer el suyo.

Maldición.

Así que le quito el teléfono de la oreja y lo dejo sobre mi muslo.

—Come, por Dios. Llevas toda la noche hablando por ese aparato, te va a dar algo en la espalda si sigues en la misma posición un segundo más —le increpo, poniéndole mala cara, aunque la que él me pone es mucho peor.

—Era una llamada importante —me regaña, pero comienza a comer, y eso es suficiente para mí.

—Sí, igual que las mil anteriores. Estoy segura de que podrás continuar con esa llamada después de que comas.

—Ya entiendo lo que Alexei ve en ti, tienes un carácter fuerte, y eso le llama la atención.

¿Lo que ve en mí?

—Da igual lo que ve o no ve en mí. Usted es igual que él, no se cuidan, y por esa misma razón él está en ese quirófano ahora luchando por su vida.

—Es mi hijo, es lógico que seamos similares.

En eso tiene razón, yo era igual a mi padre...

—¿Por qué tardó tanto en llamarme? —pregunto, era algo

que no entendía, había sido clara al decir que me llamaran a la más mínima molestia.

—Él dijo que no quería fastidiarla, que solo era una pequeña incomodidad.

Ese idiota. Iba a escucharme cuando despertara.

—¿Fastidiarme? Maldición, si soy su maldita doctora, mi trabajo es estar pendiente de su salud. ¿Es que se cree inmortal, o qué mierda, como para pensar que un dolor en el pecho no significa nada después de haber sido operado? —digo alterada—. Sr. Voronin, me va a disculpar, y estoy segura de que no me voy a arrepentir de lo que diré, pero si Alexei vuelve hacer algo así de nuevo, yo misma lo mataré. No me importa si es nieto del rey, o qué sé yo, es un idiota de primera.

Y lo único que hace el hombre es reírse de mi arrebato.

—¡Ay, Alina!, me recuerdas tanto a tu... —se corta antes de terminar la última palabra, pero había dejado muy en claro lo que quería decir.

Pero era imposible, porque yo no los conocía de nada. Sí, se me hacían familiares, pero no los conocía. Y mis padres nunca hubieran tenido una relación con la familia Voronin.

—¿A mi madre? ¿Qué querías decir, Dimitri?

Me pongo de pie frente a él para evitar que se vaya.

—Nada, fue solo un error —dice, evitando mirarme.

—¡Eso no fue un error! ¿Qué querías decir? ¡Dime, Dimitri! —le exigí, estaba alterada, y una opresión comenzaba a formarse en mi pecho.

Él no pudo conocer a mis padres, era imposible. Yo no tenía ninguna relación con los Voronin, esto no era posible.

Mi respiración se va acelerando a medida que los recuerdos llegan a mi mente en una especie de bucle.

Yo y un niño de rizos dorados, jugando en un claro.

Mis padres hablando con dos hombres.

Yo en una mansión.

Sangre.

Esto era un error, era un error.

Mi vida, mis padres...

¿Había algo en mi pasado que tenía que recordar? ¿Algo que a su vez me bloqueaba las memorias de mi niñez?

Ese niño de rizos dorados no podía ser Alexei, me negaba a creer tal cosa.

Todo a mi alrededor comienza a girar: veo varias caras intentando acercarse, pero solo corro. Corro hasta que siento la fría brisa azotar mi rostro.

Intento controlar el ataque de ansiedad, pero algo me controla a mí. Un recuerdo que no podía ver, pero que estaba ahí y era doloroso.

Necesitaba ver qué o quién era.

¿Quién soy yo en realidad? ¿Los Voronin eran mafiosos? ¿Sí existían? ¿Por eso mis padres murieron?

No entendía nada...

Mis piernas se doblan hasta que toco el suelo, podía sentir como si tuviera piedras en mis rodillas. Pero no podía ver nada.

Mis manos se cierran alrededor de mi cuello, sentía como si mi cabeza estuviera siendo aplastada. Me ardía la garganta, el aire no llegaba, no podía respirar.

¿Qué estaba pasando?

Quería gritar, pedir ayuda o seguir corriendo. Pero me encontraba en las garras de algún recuerdo.

El terror también comienza a apoderarse de mí, ¿moriría así?

Mi cabeza toca el suelo, podía sentir unas manos moviéndome, pero me encontraba mirando un punto fijo.

El cielo estrellado, la luna, el aire en mi rostro y mis padres.

A lo lejos, escucho la voz de ellos y solo me concentro en llegar a donde están.

Pero algo me detiene: una mano.

Sin saber por qué, sin saber si en verdad era él, sin saber si ya estaba muerta o si esto era una alucinación, lo digo:

—Alexei, déjame ir.

—Aún no, Klara, aún no es tu momento. Aún tenemos que vivir nuestro momento.

Después de eso, todo se vuelve oscuridad.

¿Estaba muerta? Y lo que me había dicho Alexei, ¿era real?

OCHO

Veintiún años atrás

Hoy era mi fiesta de cumpleaños, cumpliría cinco. Mis padres querían hacerme una gran fiesta, pero yo solo quería verlo a él. Al chico de los rizos de oro.

Hace una semana le pregunté a mis padres si podía invitarlo, pero solo me dijeron que no.

—¿Por qué? —les pregunté.

—Porque no, Anastasia, ya harás nuevos amigos.

Aún no entendía por qué no podíamos seguir jugando, siempre estaba sola en «la casa gigante». Así la llamaba mamá, pero yo prefería decirle «el castillo»; era menos aterrador y sonaba más bonito que «la mansión Smirnov».

La mayor parte del tiempo me la pasaba en mi torre. Era tan alta que los monstruos que decía mi madre que vendrían cuando me portaba mal no podrían alcanzarme. Aquí estaba segura, aquí nunca me harían daño. Eso decía papá después del cuento de buenas noches.

Ver por la ventana de la torre era muy divertido cuando había muchas personas caminando por los alrededores del castillo, todos se veían tan pequeños, como si fueran hormigas. Las personas iban y venían con cosas, desde aquí no podía ver qué eran, pero todas eran para mi fiesta de cumpleaños.

—Anastasiaaa... —me llama mamá, canturreando a lo lejos—. ¿Dónde está mi hermosa cumpleañera?

Sonrío cuando la veo entrar. Siempre me habían dicho que era muy avanzada para mi edad, hablaba muy bien y ¿razonaba? —sí, creo que esa era la palabra—, lo que también hacía muy bien.

—Hola, mami, ¿la gran fiesta está lista? —Me toma en brazos, para después ir al baño.

—Está casi lista, papá está haciendo todo para que sea perfecta.

—¿Y Rizos de Oro? ¿Va a venir?

Bajo la mirada, no quería que me dijeran que no de nuevo.

—Mi niña, papá dijo que no... y lo sabes.

—Pero no entiendo por qué, él siempre es bueno conmigo. Siempre me está cuidando de los monstruos.

—Lo sé, Ana, y él es muy valiente por eso, pero también es peligroso.

—¿Por qué? Te juro que él nunca me ha hecho daño, mami.

—Él no, pero su familia es peligrosa, al igual que todas las demás. Sé que la mayor parte del tiempo comprendes todo, pero esto lo entenderás cuando seas grande.

—¿Grande? Pero si ya soy grande.

Se ríe cuando lo digo: ¿por qué se reía?

—Eso es verdad, mi niña, eres grande y muy valiente por asistir a esta fiesta.

—Odio las fiestas.

—Y yo también, pero para tu próximo cumpleaños haremos lo que tú quieras.

—¿Lo prometes?

—Lo prometo.

HABÍA muchas personas en el castillo, tenía una torre de regalos a mi lado, pero aun así estaba triste.

No conocía a nadie, había muchos hombres que parecían ser «los hombres malos» que me había dicho Rizos de Oro, y niños que nunca habían querido jugar conmigo. Nunca me dijo su nombre, ahora que lo pensaba, pero siempre sonreía cuando lo llamaba por su apodo.

Un hombre alto, con traje negro y corbata, se agacha frente a mí. Su rostro era feo, una cicatriz le recorría la cara y daba miedo. A su lado venía otro señor, este parecía molesto.

—Hola, niña, ¿has visto a tu padre?

Niego con la cabeza, no me gustaba su voz tampoco.

—Déjala, Lucas, tú mismo lo dijiste, es solo una niña —dice el otro señor.

—Te he visto antes —le digo—. Tú eras quien te llevas al chico de rizos de oro.

Una sonrisa siniestra recorre sus labios, doy un paso atrás cuando él se agacha, quedando a pocos pasos de mí.

—Así que eres tú la niña de la torre. Alexei no para de hablar de ti.

¿Alexei?

—No... no sé quién es, señor.

—Y tampoco te dijo su nombre. Niño listo.

—¿Vino con usted?

Asiente, me indica que me acerque con una seña.

—Está en el coche, será un secreto entre los dos, ¿sí? —asiento con una sonrisa. ¡El mejor regalo de cumpleaños!—. Feliz cumpleaños, Anastasia.

Sonrío y salgo corriendo a la entrada. Busco con la mirada un coche con rayas blancas, me dijo que buscara en él una vez, que si lo veía, seguro estaría ahí.

En la esquina del castillo, cerca de la torre, estaba él. Usaba un traje, nunca lo había visto con traje.

Si era tan pequeño, ¿por qué lo utilizaba?

—¡Rizos de Oro! —grito, llamando su atención. Corro hasta llegar a donde está.

—Feliz cumpleaños, niña de la torre. Pensé que no te vería.

Nos abrazamos hasta que siento que me falta el aire.

—Y yo que no vendrías..., gracias.

—Cuando mi padre dijo que vendría a hablar con el tuyo, no lo pensé dos veces para venir con él.

—¿Mi papá conoce al tuyo?

—Creo que sí. Ahora, ¿qué quieres hacer?

—Vamos a mi torre, quiero mostrarte algo.

Lo tomo de la mano y usamos el camino secreto. Cuando pasamos por la oficina de mi padre, me detengo al escuchar unos gritos.

—¡Yo no tuve que ver con la muerte de Marizza! —gritó papá.

—¡La dejé a tu cuidado, Lucios! ¡Confié en ti y me traicionaste!

—Lucas, por una vez en tu vida, piensa lo que vas a hacer, te juro por Dios que no tuve que ver con su muerte. Pero tendré que ver con la tuya si no dejas de apuntarle a mi esposa y no te largas de mi casa.

—Caballeros, es mejor que esta conversación la dejen para otro día. Abajo hay una fiesta de cumpleaños de una niña de cinco años y, Lucas, yo solo vine a acompañarte, así que no hagas una estupidez.

Siento que tiran de mi brazo, pero no puedo dejar de oír. Me acerco un poco más a la puerta para poder ver.

42

Papá estaba al lado de mamá, un hombre apuntaba a mamá y otro estaba entre los dos.

—No me importa que tu hija esté de cumpleaños, perdí a mi esposa y a mi hija el mismo día. ¡Mientras tú estás aquí muy feliz con tu familia!

—Lucas, baja el arma —dice papá, las lágrimas corrían por el rostro de mamá. Quiero acercarme para ayudarla, pero cuando me ve, niega con la cabeza.

—Hoy te hago una promesa, Lucios, no descansaré hasta que el linaje Smirnov deje de existir. Y comenzaré hoy...

Y entonces, el sonido de un disparo se escucha.

Corro a donde está mamá cuando su cuerpo cae al suelo, pongo las manos sobre su estómago al ver un líquido carmesí machando su vestido.

—Mami, Mamiii... —Abre los ojos con dificultad—. Mami, mírame, estoy aquí. No te vayas, ¿sí?, tenemos más fiestas a las que ir así no queramos.

—Mi niña —dice con dificultad—. Escucha bien, ¿sí? Eres muy fuerte. Vas a estar bien. Te amo más que a nada. No lo olvides.

Cerró los ojos lentamente y no volvió a abrirlos.

—Mami, por favor, no te vayas...

La sacudo, queriendo que abra los ojos.

Agarro sus manos y las sostengo. Debería estar llorando y gritando, pero no podía.

—Anastasia, tenemos que irnos —dice papá.

—¡¿Por qué no la cuidaste?!

—Ana, ahora no, por favor.

Lágrimas manchaban el rostro de papá, tira de mí, pero yo no quería irme.

—¡No quiero irme! Tengo que estar cuando mamá despierte.

—Ella no va a despertar, mi niña.

—*Claro que... sí.*

Unos brazos me arrancan a mamá, pataleo para que me suelten.

—*Llévate a Ana contigo. Nos vemos en la casa.*

—*¡No!* —*grito.*

Las lágrimas por fin salen, me ardía la garganta por gritar.

Pero yo solo quería regresar con mamá.

Yo solo quería estar con mi mamita.

NUEVE

Alina Klara

Los pitidos del monitor que mide los signos vitales me despiertan. No sabía cuánto tiempo llevaba inconsciente, pero era de noche, podía ver las luces de la ciudad a través del gran ventanal. La habitación en la que me habían puesto era demasiado grande, era una de las vip. ¿Cómo era posible que me hubieran dado una de estas habitaciones? No tenía el suficiente dinero para pagarla y no era lo suficientemente importante como para que me la dieran.

Seguía vestida con la misma ropa que llevaba la noche anterior, me levanto y tomo asiento en la orilla de la cama. Me desconecto del monitor para ponerme de pie. Cuando salgo al pasillo, este se encuentra solo y tranquilo. Bueno, a excepción de un hombre armado que estaba sentado frente a la puerta de mi habitación.

—Señorita Klara, ya despertó —dice, poniéndose de pie.

—Supongo que lo hice. ¿Por qué estás aquí?

—El Sr. Voronin me pidió que la cuidara.

¿Cuidarme? ¿De qué demonios tenía que protegerme?

—No necesito que me cuiden. Ahora..., ¿cuál de los dos Voronin te lo pidió?

—El Sr. Dimitri, señorita.

Tenía que ser una broma, no recordaba mucho de lo que había pasado. Le llevé un café, después hablamos y luego... nada. No había más que otro vacío en mis recuerdos.

—¿Dónde está ahora?

—Venga, sígame, la llevaré con él.

Fuimos por el pasillo hasta llegar al elevador, debíamos de estar en el penúltimo piso, pero lo que no entendía era por qué todo estaba tan silencioso.

—¿Dónde están todos los que deberían estar aquí? —pregunto.

—El Sr. Voronin ordenó que este pasillo estuviera vacío y que nadie pudiera subir sin su autorización.

—¿Por qué se toma tantas molestias conmigo?

—Eso no lo sé, señorita.

—Dime, Alina, por favor, ¿cómo te llamas?

—Harry, señorita.

—Bueno, es un gusto, Harry.

Antes de que pudiera responder, se abren las puertas del ascensor, la diferencia de este pasillo y donde había estado era que aquí había un guardia cada cinco pasos. Creo que me ofendía un poco que solo hubiera puesto un guardia para mi «protección».

—¿Quiénes demonios son los Voronin, Harry?

—Esa es una información que no puedo darle, Alina.

Con un demonio, yo misma les preguntaría a esos dos quiénes eran en realidad.

—¿Dónde están?

—Última habitación, la esperaré aquí.

Me volteo para mirarlo por encima del hombro cuando ya había avanzado unos pasos.

—¿Esperarme? ¿Por qué?

—Eso es algo que debe decirle el Sr. Voronin.

Pongo los ojos en blanco y sigo mi camino. Los guardias ni se movían, apenas si parecía que respiraban, eran como unas estatuas. Todo estaba en absoluto silencio, a excepción del pequeño «pip» que se escuchaba adentro de la habitación de Alexei. Entro sin tomarme la molestia de tocar.

—¡No puedes hacer...!

Dimitri interrumpe lo que decía cuando me ve aparecer.

—¿Quiénes demonios son ustedes? ¿Y qué está pasando? —pregunto.

—Alina, eso es algo que no sé si nosotros deberíamos de explicarte.

—Pero ¿qué es lo que hay que explicar? ¿Y por qué necesito protección? Soy una simple médica residente —digo agotada, sentía que no había dormido en años.

—Klara, necesito que te calmes, ya Dimitri me contó lo que sucedió cuando te dio ese ataque de pánico y no quiero que te vuelvas a desmayar.

—Y a ti que te importa lo que me pase, se supone que tú acabas de salir de cirugía y deberías estar sedado.

—Klara..., me operaron hace dos días.

¿Qué...? ¿Había pasado dos días en cama?

—Un desmayo no dura dos días —digo, frunciendo el ceño.

—Entraste en trance, Alina, no te podíamos despertar, era como si algo te hubiera retenido —dice Dimitri.

—¿Trance? Fue como un coma de cuarenta y ocho horas, ¿o qué?

Necesitaba respuestas y ellos no querían dármela, algo estaba pasando aquí.

—Se supone que la doctora aquí eres tú, Klara —suelta Alexei.

—¿Qué tal salió tu operación? —pregunto para cambiar de tema.

Dimitri se dirige a la ventana a hablar por teléfono, pero lo que llama mi atención es que lo hace por medio de susurros.

—Todo resultó bien, al parecer me sometí a muchas emociones, y eso afectó mi corazón. Al menos, eso es lo que dice el «doctorcito».

—Casi mueres, Alexei, por eso te dije que tenías que pasar unos días en cama, pero al parecer eres demasiado cabezota hasta cuando se trata de tu propia vida.

—¿Es preocupación lo que escucho en tu voz? —dice con una sonrisita.

—No me importas ni un poco, Alexei Voronin.

—Eso no es lo que recuerdo de la ambulancia. —Niega con la cabeza—. No puedes mentirme, Alina Klara.

Por más que lo quería negar, había una corriente entre los dos que se tensaba cada segundo que pasábamos cerca del otro.

—Alina, quieres respuestas, ¿no? —interrumpe Dimitri.

—Sí, ¿por fin vas a dármelas?

—No, yo no —contesta, acercándose a la puerta.

—¿Entonces quién?

—Tu padre —añade al momento de abrirla.

¿Qué?

El mundo y mi respiración se detienen, mi corazón comienza a latir de modo errático y la sangre se agolpa a mis pies.

Era imposible lo que veía, era imposible. Yo había visto su

48

cuerpo en la morgue, había ido al funeral de mis padres hace ocho años, cuando tenía dieciocho. Él no podía ser real.

Me pongo de pie cuando veo que entra a la habitación. Esto no era real, tenía que salir de aquí.

—No es real, no es real, no es real... —susurro, retrocediendo.

—Alina.

Era su voz, se escuchaba como su voz, pero no podía ser real.

—Tú estás muerto, yo vi tu cuerpo —digo en otro susurro. Mi espalda toca el ventanal, enviando un escalofrío a todo mi cuerpo.

—Necesito que te calmes y me escuches.

—¡Yo fui a tu funeral! ¡Yo te enterré! ¡Te lloré cada maldito día desde que me dijeron que tú y mamá habían muerto en ese accidente! ¡Así que no eres real!

No sé en qué momento había comenzado a llorar, pero sentía mis mejillas húmedas.

—Alina, lo que viste ese día en la morgue no fue mi cuerpo, ni en el funeral tampoco.

—Esto es mentira, no sé qué clase de juego retorcido es este, pero no me interesa ser parte él.

—Lucios, no sé si este sea un buen momento. Hace dos días tuvo un colapso y ayer otro mientras dormía.

Escucho decir a lo lejos a Alexei.

—No sé quiénes demonios son los Voronin, pero si es cierto que son lo que dicen, tú no deberías conocerlos. ¡Ni siquiera deberíamos estar teniendo esta conversación! ¡Porque se supone que tú estás muerto!

Intenta acercarse y lo único que se me pasa por la cabeza es acercarme yo a donde está Alexei.

—Por favor, dime que estoy soñando, dime que es solo un

mal sueño —le ruego en voz baja, no sé por qué, pero de todas las personas que había en esta habitación, necesitaba que fuera él quien me dijera que nada de esto era real.

—*Printsessa*, me gustaría decirte que nada de esto es real. Pero si no quieres hablar con él ahora, haré que se vaya.

Sus dedos recorren mis mejillas, en el proceso, llevándose las lágrimas que caían.

—Haz que se vaya, por favor. Solo quiero dormir y olvidarme de esto y de todo.

Me atrae a su pecho, dejándome llorar sobre él.

—Lucios, hablaremos mañana, le dirás todo lo que quieras, pero ahora déjala.

—¿Contigo? No lo creo.

—Dije que la dejes en paz, no me importa que seas su padre. Lo que está ocurriendo ahora no es sencillo de procesar, y mucho menos para ella después de todo lo que ha pasado.

—¿Es que crees que la conoces?

—La conozco más de lo que crees, y te lo pediré una última vez, déjala en paz.

A los segundos, escucho pasos alejándose, y yo solo puedo sentir cómo mi cuerpo se relaja mientras Alexei pasa sus dedos por mi cabello. Me acomoda mejor sobre su cuerpo, teniendo cuidado con los vendajes que cubrían su pecho.

—No dejaré que te hagan daño, no volveré a permitir que eso suceda.

Quería preguntar a qué se refería, pero el sueño me estaba venciendo y ya no tenía fuerzas.

—Estaré aquí cuando despiertes, *printsessa*.

DIEZ

Anastasia Smirnova

PRIMER ENCUENTRO, ANTES DEL QUINTO
CUMPLEAÑOS

L a pequeña Anastasia nunca había ido a un parque, siempre estaba en su torre. Salir era demasiado peligroso hasta para una niña que no le había hecho nada al mundo. Estaba más emocionada de lo que había dejado ver a sus padres cuando le dijeron que iría al parque a jugar. Su casa llevaba varios días con mucho revuelo y la niña creyó que esa era la razón por la que la habían dejado salir. A sus cuatro años, su necesidad de ver el mundo era mucho más grande que ella, era una niña muy inteligente hasta para su propio bien.

Sus padres no habían ido con ella, lo que la entristeció un poco. Veía por la ventanilla cómo los árboles pasaban a una velocidad increíble. Detrás, un coche en el que iba un grupo de seguridad la seguía.

El exterior era más hermoso de lo que imaginaba, los libros no eran suficientes para hacerle justicia, las aves volando, el sol colándose por la ventanilla dándole en el rostro. Bajó la ventanilla para sentir la brisa y ver el naranja otoñal de las pocas hojas que quedaban en los árboles. Pero hasta admirar la belleza de la naturaleza era peligroso.

—Señorita Smirnova, no puede bajar la ventanilla —le advirtió el copiloto, sacándola de su ensoñación.

—¿Por qué? —preguntó triste, nunca la dejaban hacer lo que quería.

—Órdenes de su padre.

Anastasia no entendía qué podía ser tan peligroso para que no le permitieran bajar la ventanilla. Por más lista que era, no comprendía qué tan arriesgado podía ser lo que hace su padre como para que cuidaran cada paso que daba. Pero había cosas que era mejor que una niña no supiera, aunque la ignorancia también podía ser peligrosa.

El resto del recorrido lo pasó admirando el paisaje desde la ventanilla, a donde se dirigían no era un parque normal, se encontraba en un punto alejado de Moscú, en una de sus Siete Colinas. Su ubicación solo era conocida por hombres como el padre de Anastasia, ahí jugaban los hijos de hombres importantes. Este lugar contaba con una protección mayor a la de un presidente: los hijos eran el mayor tesoro para un mafioso. Y Anastasia Smirnova era la vida de su padre.

Lucios y Alina Syoma se habían conocido de una forma digna de una novela romántica. Isidora Blinova, la madre de Alina, trabajaba para Antonio Smirnov, el padre de Lucios Smirnov. Isidora era la encargada de su seguridad, era quien protegía al viejo Smirnov con su vida. Pero un día se enamoró de Jasha Syoma, uno de sus soldados, él era el diseñador personal de armas de Antonio y también era muy solicitado. Después de Isidora, él era quien manejaba mejor las armas.

Un día decidieron casarse, para después tener a Alina Syoma. Ella siguió los mismos pasos que su madre. En este mundo, el solo respirar te podía costar la vida, y así fue para Isidora, que fue secuestrada por los italianos durante ocho meses y después enviada a su esposo en una caja. O, al menos, su cabeza.

Desde ese día, para Alina y su padre todo se había vuelto sombrío, le habían arrebatado a la luz de sus vidas. Alina se concentró en entrenar para dar todo de ella y Jasha se metió de lleno en su trabajo. Desde entonces, lo único que los unía era el pasado y la relación padre e hija. Años más tarde, Alina fue seleccionada por Antonio para que fuera miembro del anillo de seguridad de Lucios. Era solo una soldado más, pero eso no evitó que Lucios viera la luz que desprendía, no evitó que se enamorara perdidamente.

Pero Alina Syoma no quería involucrarse en ese mundo más de lo que ya estaba, aunque no escogíamos a quien amábamos. Ese fue el inicio de un amor clandestino. Aun cuando los descubrieron, Lucios nunca dejó de luchar por Alina, y gracias a eso tuvieron la bendición de Antonio. El día de la boda, Alina fue entregada por su padre. Aunque ese día tenía que ser perfecto, ocurrió todo lo contrario, pero era una historia que será contada en otro momento. Semanas después de la boda, Alina dio la noticia de que esperaba a un bebé, esperaba a la pequeña Anastasia Smirnova. Después de eso, todo había sido perfecto, y esta era la historia favorita de Anastasia, aunque sus padres omitían muchas cosas de esta.

Anastasia se dio cuenta de que habían llegado al parque cuando abrieron la puerta. El aire frío le dio de lleno en el rostro, pronto estaría nevando en estas colinas. Niños corrían por todos lados, había hombres armados en todos los puntos. El parque era gigante y hermoso, al igual que todo a su alrededor.

—¿Puedo jugar? —preguntó a la fila de hombres y mujeres que la seguían.

—Sí, señorita, pero no se aleje demasiado.

Apenas escuchó lo último porque ya había echado a correr al parque.

En muy pocas ocasiones había tenido la oportunidad de

hablar con niños de su edad, a su casa siempre iban hombres que no jugaban con ella, ya que siempre iban a hablar de negocios con su padre y no traían a sus hijos. Tantos colores a su alrededor que ya no sabía hacia dónde mirar. Al final, se acercó a un par de niñas que hablaban entre sí. Cuando notaron que Anastasia se les acercaba, la miraron con desdén y retomaron su camino de inmediato. La pequeña Ana pensó que tal vez las habían llamado y por eso fue que se alejaron de ella, pero al intentar hablar con todos los demás, huyeron también, unos incluso corrieron para marcar distancia. Era evidente que nadie quería jugar con ella.

Siguió un pequeño sendero que llevaba a un lago congelado y se sentó en una piedra que había cerca de este. Se sentía desanimada y no comprendía por qué todos se alejaban, quizá...

¿Había algo malo en mí? ¿O había hecho algo para molestarlos? Pensó.

Comenzó a lanzar piedras pequeñas al lago, viendo cómo estas no rebotaban a causa del hielo y frustrándose por ello.

—Sí, es mejor cuando no está congelado.

Escuchó una voz a su espalda.

Al darse la vuelta, había un niño como de su edad, alto y con rizos de oro.

—¿Quién eres? ¿Y qué hacías ahí espiando?

—Niña, no estaba espiando, la verdad es que siempre vengo aquí, y esa piedra es mi asiento. Estás en mi lugar secreto.

—No era muy secreto porque yo lo encontré.

—Ah, eres una listilla. Aunque me resulta difícil de creer, ya que no entendiste que ninguno de los niños que están en el parque quieren jugar contigo.

—No... eso no es cierto. Solo están ocupados.

Anastasia sentía que se le llenaban los ojos de lágrimas. Era cierto, nadie quería jugar con ella, no tenía amigos.

—Que es lo mismo a no querer jugar contigo.

—Porque eres tan... pridurok[1].

—Esa es una palabra muy fuerte para una niña, ¿de dónde conoces esa palabra?

—Mi padre la dice a veces —contesta avergonzada, no solía andar soltando palabrotas, pero ese chico la había molestado—. Y no soy niña, tengo nombre.

—Sé quién eres, todos aquí lo saben, es la razón por la que no quieren jugar contigo.

—¿Por mi nombre? ¿No les gusta?

—No es eso, le tienen miedo a tu apellido, a tu padre.

—Mi padre no es malo —dijo, dejando en claro que le molestaba que insinuara eso.

—Por supuesto —afirmó el niño, pasando por su lado y tomando asiento donde estuvo Anastasia minutos antes.

—Y si es tan malo, ¿por qué estás aquí hablando conmigo?

Puso los brazos en jarra para mirarlo desde toda su altura.

—Porque estás en mi lugar secreto —contestó, enfatizando el «mi».

—Ahora también es mío.

—Nada que ver, niña glupyy.

—¡Que no soy una niña tonta, pridurok! —le gritó.

—Plokhaya devochka[2].

—Dikiy[3].

—Zhidkiy[4].

—Ah, ¡te odio! —gritó exasperada. Anastasia duró unos segundos fuera de sí al verlo sonreír: tenía una bonita sonrisa.

—No puedes odiarme, apenas si me conoces —le dijo aún con esa sonrisa radiante en su rostro.

—Sí puedo.

—No puedes.

—¡Que sí!

—Y yo digo que no.

Anastasia no entendía por qué no dejaba de sonreír.

—¡Bien! Tú ganas, *pridurok.*

—*Eso ya lo había dado por hecho,* printsessa.

—*No soy una princesa —contestó, frunciendo el ceño.*

—*La torre en donde vives me dice que sí.*

Pasos apresurados se acercaban a ellos. Por instinto, el niño se puso frente a Anastasia para protegerla. Pero solo eran los soldados de Lucios.

—*¡Señorita Smirnova! —dijeron al llegar—. ¿Se encuentra bien?*

Miraron al niño como si fuera su mayor amenaza.

—*Sí, solo estábamos hablando —respondió, saliendo detrás del niño.*

—*Señorita, tenemos que irnos, sus padres la están esperando.*

Una mujer se acerca y la toma de la mano para guiarla durante el camino de regreso, pero antes de irse se voltea hacia el niño de rizos de oro.

—*¿Te veré aquí de nuevo?*

—*Ahora este también es tu lugar secreto, yo siempre estoy aquí —le afirmó con una sonrisa.*

—*Adiós, rizos de oro.*

—*Adiós, niña de la torre.*

Anastasia también sonrió.

Ese día, un lazo se formó entre ambos y ni el tiempo podría romperlo.

ONCE

Alina Klara

Me encontraba en un pequeño bosque, a mi alrededor no había más que nieve, árboles y neblina. La fría nieve me hacía cosquillas en los pies y usaba un vestido de seda tan blanco como la luna que había esa noche. A pesar de que me encontraba sola, algo me decía que estaba segura, que alguien me protegía.

La ruta... todo me era familiar. Había un pequeño sendero que me llevaba a un columpio entre dos grandes árboles. Miro a mi alrededor, buscando algo que me indique dónde estaba, pero no había más que bosque por todos lados.

Tomo asiento en el columpio, cierro los ojos y comienzo a mecerme, la fría brisa invernal me acariciaba el rostro, me sentía completamente en paz, me sentía en casa.

—Alina... —susurran. Abro los ojos de golpe para mirar a mi alrededor, pero seguía sola.

—¿Quién... anda ahí? —pregunto, poniéndome de pie.

—No estás viendo en realidad —susurran de nuevo—. Abre los ojos.

Los abro, pero en esta ocasión el escenario era muy diferente.

Alexei estaba frente a mí, vistiendo un traje. Yo, en cambio, llevaba un vestido morado, como el de una princesa.

—*Eres más que eso. Eres una reina, una líder.*

—*¿De qué soy líder?*

Mi voz se escuchaba lejana.

—*Prometo encontrarte, niña de la torre, no importa si me olvidas o yo lo hago. Te encontraré sin importar qué pase.*

Alexei ahora se encontraba lejos de mí y no entendía lo que sucedía.

—*¡Alexei!* —*grité*—. *¡Alexei! ¡Alexei!*

Pero él ya no estaba, se había ido, me había dejado.

—*¡Alexei!*

—¡Alina despierta!

Fue un sueño...

Unas manos fuertes me sujetaban de los hombros, pero las empujo, jadeando. El sudor me recorría la espalda, mis pulsaciones estaban como locas, sentía que el corazón en algún momento se me saldría de la caja torácica. Era un sueño, había sido solo eso. ¿Pero por qué la desesperación se había sentido tan... real?

—¡Alina! —me llamó Alexei, quien fue el que me había traído de vuelta—. Mírame, Alina.

Con lentitud, giró el cuello hacia la silla de ruedas donde estaba él sentado.

—¿Por qué usas una silla de ruedas?

—Eso no importa ahora, ¿qué ha pasado? ¿Estás bien?

La preocupación estaba impresa en su rostro, yo aún sentía la angustia de haberlo perdido en ese sueño. Pero era solo un sueño, y no podía perder algo que no existía entre nosotros. Éramos paciente y doctora.

—No. Quiero decir, sí, estoy bien. —Al ver su expresión, era consciente de que no me creía en absoluto, pero no quería hablar de eso—. ¿Dónde está tu padre? ¿Y mi padre...?

Dejo la pregunta incompleta al ser incapaz de continuar.

—Sí, tu padre está vivo, todo lo que pasó es real.

Otra ola de lágrimas intenta derrumbarme, pero logro controlarla. No quería seguir llorando, yo no era así.

—¿Por qué estás en silla de ruedas? —pregunto de nuevo.

—Pues tu querido «doctorcito», me indicó que no hiciera ningún tipo de esfuerzo físico, al menos por una semana —responde, haciendo una mueca al final.

—¿Por qué le dices así? Ya van dos veces que lo haces.

—De lo que te dije, ¿eso fue a lo único que le prestaste atención? —dice claramente indignado—. Tendré que decirle a la enfermera que te mande a revisar la cabeza.

—El único que está mal de la cabeza aquí eres tú.

—No lo creo, *printsessa*, porque el día que me operaste estuviste como una hora, antes de que me fuera, diciendo todo lo que no debía hacer por el bien de mi salud. Y hoy solo me preguntas por qué le digo doctorcito a tu querido mentor. En fin, ya vi cómo son las cosas —afirma y yo me quedo pensando qué demonios le sucedía mientras lo veo acercarse a la puerta—. Date una ducha, tu padre te está esperando.

—¡Si crees que vas a decirme qué hacer, estás muy...!

Cerró la puerta, dejándome hablando sola. Maldito.

Entro al cuarto de baño, había productos de todo tipo para una mujer en el lugar donde se encontraba el lavamanos. Alexei debió de haber gastado una fortuna en todo esto. Maquillaje, cremas, exfoliantes, champús, acondicionadores... No podría usar todo esto ni en mil vidas. Y encima de la tapa del inodoro había una sudadera demasiado grande para ser de mujer, unas bragas y un sujetador —que extrañamente eran de mi talla—, unos *shorts* de bluyín y unas Converse. Alexei, sin duda, me las pagaría: era claro que la sudadera era de él y que los *shorts* también habían sido de su elección.

Me desnudo, metiéndome a la ducha, en serio me urgía bañarme. Si no contaba mal, llevaba tres días sin hacerlo. Con todos los acontecimientos ocurridos, y lo inestable que me había puesto, esa fue sin duda la menor de mis preocupaciones.

Paso un rato largo bajo la ducha, disfrutando del agua sobre mi piel. No había sido consciente de lo tensa que me encontraba hasta que sentí mi cuerpo relajarse. Utilicé un champú a base de agua de rosas, al igual que el acondicionador; era una de mis fragancias favoritas. Después de salir me apliqué crema hidratante, luego me vestí, y por más que no quería usar esa sudadera, no tenía opción. Al final, solo me apliqué un poco de maquillaje para cubrir las ojeras que habían aparecido en los últimos dos días. Ya estaba lista y necesitaba un teléfono con urgencia.

Al salir de la habitación, los tres hombres me están esperando. Alexei es el primero en notar mi presencia y sonríe con suficiencia al verme llevando su prenda.

—Te mataré —pronuncio de tal forma para que solo él me escuche. Lo único que consigo es ensanchar su sonrisa—. Necesito un teléfono —digo, llamando la atención de los otros dos hombres. Miro a mi padre por unos segundos, estaba aquí y más vivo que nunca. Las preguntas aumentaban, y si no obtenía respuestas durante el día, terminaría internada en un manicomio.

Era difícil sobrellevar el hecho de que no murió en ese accidente, pero no ganaría nada con hacerme una bolita en la esquina y ponerme a llorar.

—Alina, creo que lo que sea que necesites hacer, puede esperar —dice mi padre, logrando molestarme.

—Tuviste ocho años para venir a hablar conmigo, y el que

decidieras hacerlo ahora no significa que te lo dejaré fácil. Así que lo repito, necesito un teléfono —insisto, y al ver que nadie se mueve, tomo el que mi padre tiene en las manos—. Ahora.

Cuando comienzan a caminar en dirección al elevador, los sigo mientras marco un número. Estaba preocupada por mi nana, llevaba tres días sin saber de mí. Espero a salir del ascensor para llamarla. Un tono, dos tonos...

—¿Alina?

Debía suponer que era yo.

—Sí, nana, soy yo. Perdóname por haber desaparecido así. Han pasado demasiadas cosas —digo con los ojos llenos de lágrimas, necesitaba un abrazo de ella ahora más que nunca.

—¿Estás bien?

—Sí, nana, lo estoy, iré por ti ahora mismo. Haz una pequeña maleta con tus cosas y las mías, y no olvides la correa de Luna.

—¿Qué sucede, mi niña?

Podía escuchar la angustia en su voz.

—Te lo explicaré todo, lo prometo —le aseguro y cuelgo.

Los tres hombres me miraban expectantes, en especial mi padre.

—¿Quién es nana? —pregunta.

—Por ahora, la única que tiene derecho a hacer preguntas soy yo —le digo a los tres—, y no recuerdo haberte hecho una a ti como para que creas que puedes hacerme una a mí —digo, señalándolo.

DIMITRI SE SUBE a una camioneta como conductor, mi padre de copiloto, Alexei y yo nos subimos en la parte de atrás. Unas diez camionetas nos siguen cuando arrancamos.

—Los escucho, tienen todo el recorrido a mi casa para que comiencen a hablar.

Mi padre intenta contradecirme, pero sabía que quien estaba en desventaja era él, así que, con un suspiro, comienza a hablar.

—Alexei y Dimitri Voronin son los reyes de la mafia, ellos son los que controlan este país y gran parte del mundo.

Bueno, eso era algo que mi nana me había advertido, aunque no evitó que me sorprendiera un poco. Hasta ahora íbamos bien.

—¿Y quién eres tú? ¿Por qué los conoces?

—Yo... yo fui quien les cedió ese poder. Yo fui el rey de la mafia años atrás.

¡Carajo!, era un mafioso. Un puto mafioso.

—¿Eres mi padre? —pregunto por si las dudas, no sé por qué eso tampoco me sorprendía. Ahora sabía que mi vida tenía muchos espacios en blanco, mas no era consciente de cuántos huecos había.

—Claro que soy tu padre, Alina, ¿de dónde crees que sacaste ese carácter?

—¿Y mamá...? ¿Ella lo sabía?

—Sí, ella lo sabía, nunca pude ocultarle nada.

Un toque de nostalgia tiñe su voz.

—¿Y ella también está viva? —pregunto con la esperanza creciendo en mí.

—No... ella murió en el accidente.

La esperanza desapareció para darle paso a la tristeza.

—¿Por qué te fuiste? ¿Sabes todo lo que pasé después de ese accidente?

—Tenía que hacerlo, tenía que protegerte de los italianos.

—¿Cuáles italianos? ¿Tienen que ver con la muerte de mamá?

Miro a papá por el retrovisor, esperando una respuesta, pero no es él quien me responde.

—Los Moretti son quienes dirigen a la mafia italiana, pero no son más que idiotas con aires de grandeza. Quien los lidera es Tomasso Moretti, el Don, pero todos sabemos aquí en Rusia que detrás de él quien de verdad manda es Lucas Moretti, su hijo —afirma Alexei y los dos hombres que están enfrente se tensan al escuchar ese nombre—. Es increíble como el mafioso más temido de Italia se deje manipular por su hijo loco.

—¿Loco? ¿Lo está de verdad? —pregunto.

—Se volvió un sádico después de que perdió a su esposa y a su hija. Nadie sabe mucho más que eso, la vida de ese hombre, si es que se le puede decir así, es un completo misterio —responde Dimitri.

—¿Por qué ustedes y ellos están en guerra?

—Hace años, cuando el padre de Lucios era el rey de la mafia, ya existía un conflicto por el simple hecho de que los Moretti nunca han estado de acuerdo con quienes han sido los reyes de la mafia. Eso quedó en el pasado cuando tu padre acordó una tregua con ellos. Aunque, con todo respeto, Lucios, yo nunca hubiera hecho eso. Era como atarte una soga al cuello —dice Alexei, mirando al espejo retrovisor para encontrarse con la mirada de mi padre.

—Niño, cuando sepas la historia completa, entenderás el porqué de lo que hice —argumenta mi padre.

—En fin, después de varios años en paz, Lucas finalizó la tregua, atacando Rusia.

—¿Por qué? Si todos estaban bien así, ¿por qué lo haría?

—Por venganza —dice Alexei, ahora mirando hacia la nada a través de su ventana.

DOCE
Pasado

Hoy era uno de esos días en los que no dejaban salir a la pequeña Anastasia. Toda la casa se encontraba abarrotada de mafiosos, empresarios y narcotraficantes de alto nivel. Para sus padres, era vital mantenerla alejada de todo eso. O todo lo alejada que se podía estar al haber nacido en ese mundo.

—No quiero estar aquí —susurró antes de escabullirse por las sombras, agradeciendo que era pequeña para su edad.

Así logró esconderse con suma cautela de los invitados que se encontraban en la primera planta, pero se escondía más que nada de sus padres y los guardias. Cuando logró llegar a la cocina, varios asistentes la vieron, pero hicieron la vista gorda, así que pudo seguir su recorrido hasta la puerta trasera que daba al jardín.

Un laberinto que había recorrido muchas veces y que se sabía de memoria apareció frente a ella. Siguió el camino familiar hasta llegar a su lugar secreto. Ahí había dos árboles gigantes que formaban un arco en el centro del laberinto, y dentro de este, un columpio. En el día era un bonito lugar, pero *en la noche era peligroso. Anastasia había visto cómo su padre mandaba a los monstruos al laberinto y que estos nunca regresaban.*

Tomó asiento en el columpio para comenzar a mecerse lentamente, disfrutando de la brisa nocturna y los ruidos que traía con ella. *Muchas veces había huido a ese paraje para sentirse en calma. Disfrutaba pasar tiempo en casa con su madre, pero en noches como esa, prefería alejarse lo más posible del ruido y las personas.*

Era una noche estrellada, con la luna en su punto más alto, se podían ver las nubes oscuras que eran empujadas por el viento. Pronto nevaría. Hacía días nevó en una de las Siete Colinas, en donde se encontraba su nuevo lugar seguro, donde había conocido a Rizos de Oro.

—*Hola,* printsessa.

Y como si lo hubiera invocado, estaba ahí, frente a ella. Vestía totalmente de negro, como si fuera un espía y se encontrara en una misión. O tal vez sí lo estaba.

—*¿Qué... haces aquí? ¿Cómo entraste?* —*preguntó una Anastasia aún sorprendida.*

—*Digamos que me escabullí en el coche de mi padre cuando supe que se dirigía aquí* —*contestó mientras se acercaba.*

—*¿Tu padre está aquí? ¿Quién es y por qué no me has dicho tu nombre? Tú sabes el mío.*

La mirada acusatoria que le dedicó Anastasia solo logró sacarle una sonrisa.

—*Preguntas demasiado, ¿no te lo han dicho?*

—*¿Cómo supiste que estaba aquí?*

—*Menos mal que es listilla* —*susurró, pero aun así pudo oírlo*—. *Te seguí cuando te vi saliendo de tu habitación. Déjame decirte que eres buena escabulléndote.*

—*¿Cómo entraste?*

—*Por la puerta trasera* —*dijo como si fuera obvio*—. *Por cierto, lindo laberinto.*

—*Gracias, es mío* —*contestó, poniéndose de pie para acercarse más a él.*

—*¿Tuyo? Acaso tu padre dijo un día: «Oye, voy a regalarle un laberinto a Anastasia».*

—*Algo así, mamá me contó que cuando supo que estaba embarazada de mí, lo mandó a hacer. Papá dice que cuando sea más grande me explicara su significado.*

—*Vaya, ya sé de dónde sacaste lo rara.*

—*No soy rara.*

—*Créeme, sí lo eres, niña de la torre.*

—*¿Qué haces aquí?* —*volvió a preguntar, algo preocupada por si su padre aparecía y lo veía. No sabía de quién era hijo, y era posible que lo fuera de uno de los monstruos, de esos que su padre decía que algún día intentarían hacerle daño.*

—*Yo...* —*empieza a decir, pero guarda silencio de repente. A pesar de que solo era un niño, se le dificultaba expresar lo que sentía*—. *Yo quería verte de nuevo* —*terminó de decir en voz baja.*

—*¿Y por qué no le dijiste a alguien que te trajera?* —*preguntó con mucha curiosidad.*

—*Pues... tengo prohibido verte.*

—*¿Quién te lo prohibió?* —*susurró. ¿Por qué le prohibirían verme?, la pregunta pasaba por su cabeza una y otra vez.*

—*Tu padre. Después de que nos conocimos, mi padre fue llamado por el tuyo. Y por lo que recuerdo de la cantidad de palabras en ruso que usó, dejó muy en claro que me mantuviera lejos de ti, que no quería que hubiera problemas entre nuestras familias a causa de algún accidente.*

—*¿Problemas? ¿Por qué los habría?*

—No lo sé... mencionó palabras como «compromiso» y «prometida». Pero no sé lo que eso significa exactamente.

Anastasia sabía lo que era una boda, lo había leído varias veces en sus cuentos, pero no entendía lo de «prometida». ¿Acaso habría una boda?

—Pero aun así, viniste a verme, te escapaste.

—Puede que me resultes algo... listilla y que preguntas demasiado. Pero eres mi única amiga y no haces que quiera «meterte un tiro en la cabeza», así dice mi padre al hablar por teléfono cuando está molesto. Supongo que está bien que lo utilice como referencia.

—No entiendo muy bien lo que significa, pero supongo que está bien, y tú también eres mi único amigo.

—Entonces... ¿Tregua? —Extiende su mano para estrecharla con la de Anastasia—. Porque ya no quiero que me digas idiota.

—Lo haré si dejas de decirme princesa.

—Eso no puedo prometerlo, pero haré el intento.

—Bien, entonces, tregua —dijo, aceptando su mano.

Al mirarse a los ojos, una sensación desconocida los recorrió a ambos. En ese momento, floreció un sentimiento tan fuerte que ni la distancia ni el tiempo lograrían deshacer.

∾

Lucios Smirnov

LA CANTIDAD de personas que había a mi alrededor me provocaba dolor de cabeza, odiaba las reuniones y las fiestas. Pero, como el rey de la mafia, era mi deber darlas. Estrechaba las manos y hablaba con personas que de seguro no recordaría *mañana. Solo quería ver a mi hija e irme a la cama con mi mujer. Y hablando de esa escurridiza, tenía más de una hora sin verla. Ansiaba tenerla a mi lado, susurrándome al oído que me comportara cuando mi mano se deslizara accidentalmente por la abertura en la espalda de su vestido para tocar su trasero. Pero cómo contenerme con semejante diosa a mi lado, y era mía.*

Subo las escaleras y me dirijo a nuestra habitación, sabiendo que ella se encontraba ahí. Al igual que yo, odiaba las fiestas. En el camino, me detengo en la habitación de nuestra hija, que se encuentra a oscuras. Más tarde pasaría a verla. Sigo mi recorrido hasta llegar a mi objetivo.

No había luces prendidas en la habitación. De seguro se habría acostado a dormir, ya que pasaban de las doce de la noche...

—*Tardaste en subir.*

—*Las luces se encienden con el mando a distancia cuando sale del vestidor, lleva un conjunto de lencería roja con muchas transparencias.*

—*Debo disculparme por haberla hecho esperar, Sra. Smirnova.*

Me acerco, quitándome el saco hasta estar frente a ella. Podía usar los tacones más altos del mundo, pero jamás llegaría a mi altura.

—*Supongo que, si me recompensa bien, lo perdonaré, Sr. Smirnov.*

La tomo de la nuca para unir nuestros labios en un beso candente, que solo dejaba en claro las ganas que tenía de poseerla. Sus labios, su cuerpo, su ternura, su amor, Alina era mi droga y nunca me cansaría de consumirla.

—*La compensaré de tal manera que olvidará hasta su nombre, Sra. Smirnova.*

La tomo del trasero, obligándola a cerrar las piernas alre-

dedor de mi cintura, para que pudiera sentir mi creciente erec-
ción. Me siento en la cama con ella sobre mí, besando su cuello
hasta marcarlo.

—No sé si tomarte con esa preciosa lencería o arrancártela
para marcar todo tu cuerpo —le susurro al oído para después
succionar su lóbulo hasta arrancarle un gemido—. Así me gusta.

Al final, me decido por arrancarle la lencería: admirar su
cuerpo era mi deporte favorito, ver el rojo de las marcas que
dejaba me encantaba. Aunque al día siguiente me regañara,
sabía que le gustaba el proceso de la creación de estas. No quería
aceptar que era una pervertida como yo, pero su inocencia había
sido lo que me había atrapado en primer lugar.

Le quito la parte de arriba, dejando sus hermosos pechos
libres, sus pezones se encontraban erectos y duros. Paso mis dedos
por ellos mientras se arquea hacia mi contacto. Doy un beso entre
ambos para dirigir mi boca a uno de ellos. Lo succiono, muerdo y
lamo para darle esa sensación que sabía que la volvía loca. Con
mi otra mano voy al encuentro de su otro pecho para aumentar
su placer, quería torturarla hasta que me suplicara que bajara a
su centro y tocara ese pequeño botón que la hacía gritar.

—Lucios...

Mi nombre en sus labios mientras gemía era mi canción
favorita. Tira de mi cabello con desesperación y dejo una línea de
besos hasta su otro pecho, luego reinicio el proceso. Estaba total-
mente arqueada hacia mi boca. Su cuerpo me exigía más, pero
no se lo daría hasta que su preciosa boca me lo pidiera.

—¡Lucios..., por favor!

Alejo mi rostro de sus pechos, estos se encontraban rojos debido
a mis mordidas. Sonrío al verlos.

—Me encanta ver cómo te resistes, no importa cuánto
llevemos casados, siempre intentarás ganarles a los deseos de tu
cuerpo, mi pequeña guerrera.

—Sí, siempre lo haré, aunque sé que mi cuerpo siempre me va a traicionar. Así que, por favor, no me tortures más.

—Tus deseos son mis órdenes —susurro sobre sus labios antes de besarla.

Ella ablandaba mi coraza, con ella aprendí lo que era el amor, lo que era desear llegar a casa y ver a una de las personas que más amaba. Ese deseo se multiplicó por mil cuando me dio a mi princesa Anastasia.

La acuesto sobre la cama para descender, dejando más besos, hasta llegar a lo que eran mis puertas al paraíso. Me arrodillo frente a sus piernas para bajar las preciosas bragas que se encontraban empapadas.

—Siempre será un placer arrodillarme ante ti. —Besó su centro antes de morderlo y arrancarle un grito—. Y siempre será un placer hacerte gritar.

Paso la lengua por su abertura, bebiendo todos sus jugos: esta era la única agua que necesitaba para vivir. Introduzco dos dedos en ella sin quitarme la sortija que nos unía ante los ojos de los demás, pero nuestra unión iba mucho más allá de una simple hoja de papel. Concentro mi lengua en su clítoris mientras mis dedos hacen el trabajo en su interior. No podía ver su rostro, pero conocía muy bien todas las expresiones que hacía cuando le daba placer. Lleva las manos a mi cabello para unirme más a ella. Quería más, la presión de sus paredes alrededor de mis dedos me decía que estaba cerca, así que los doblo hacia arriba para tocar ese punto que la hacía correrse.

—Córrete sobre mis dedos, córrete para mí, esposa mía.

Muerdo su clítoris, haciendo que grite, para luego soltar una sarta de maldiciones en ruso mientras se corre. Saco mis dedos de su interior y me bebo todos sus fluidos como si hubiera pasado una vida en el Sahara sin probar una gota de agua.

Cuando las secuelas del orgasmo la dejan, se levanta para verme con esa sonrisa que hacía que su rostro brillara.

—Nunca me cansaré de esto —me dice.

—Y más te vale que no lo hagas, porque no te irás de mi lado tan fácil.

Me pongo de pie, tomo su rostro en mis manos para besarla. Saboreo su sabor. Cuando está por quitarme la corbata, llaman a la puerta.

—¡Largo! —grito para dejar muy en claro que no quería hablar ahora con nadie.

—Sr. Smirnov, es importante —gritan al otro lado.

—Ve, puede que sea importante de verdad —susurra Alina, rompiendo el beso.

—Que se vaya a la mierda, ahora mismo solo quiero complacer a mi mujer —contesto, intentando besarla.

—Anda, Lucios, seguiré aquí cuando vuelvas.

Me acomoda la corbata y besa mi mejilla, dándome una de sus dulces sonrisas.

Suspiro al saber que no desistiría hasta que saliera de esa habitación. Ella era la única capaz de mandarme, eso enloquecía y molestaba a mis demonios siempre.

Salgo de la habitación, encontrándome con uno de mis guardias.

—Más te vale que sea importante, porque si no, esta será la última noche de tu miserable vida.

—El Sr. Voronin me envió a buscarlo.

—¿Y quién se supone que da las órdenes aquí? ¿Él o yo? Porque tengo entendido que trabajas para mí.

—Señor, si no me mataba usted, lo haría él.

Ese maldito.

—Te mataré yo si lo que él tiene que decirme no es importante.

Me dirijo a mi despacho, en donde Dimitri me esperaba, era mi amigo más cercano, pero haberme interrumpido cuando estaba con mi mujer jamás se lo perdonaría.

Cuando entro, está sirviéndose un trago de mi licorera.

—Me alegra que te estés sintiendo como en casa —digo con sarcasmo, tomando asiento en mi silla—. Pero no vuelvas a darle órdenes a uno de mis hombres.

—Siempre tan encantador, pero lo que tengo que hablar contigo es importante.

—Más te vale.

—No creo que sea buena idea que comprometas a Anastasia con el sobrino de Tomasso. Sé que quieres una tregua más fuerte, pero eso terminará mal.

—Dimitri, aunque agradezco tu preocupación, no está decidido. Tengo que hablarlo con Alina. Aún es solo una idea. Anastasia es una niña, y en el caso de que ese compromiso se diera, sería cuando ella ya sea una mujer y sea consciente de las decisiones que toma.

—Bien, me alegra que aún tengas la cabeza sobre los hombros. Porque sabes que esos italianos están dementes.

—¿Cómo crees que terminaría una alianza de este tipo? Porque dejaría de ser una tregua si se casan Anastasia y Lorenzo Moretti —pregunto aun sabiendo la respuesta.

Solo era una fugaz idea lo del compromiso, no me olvidaba de lo retorcidos que eran los Moretti. Pero no era idiota, solo era una estrategia para llegar al objetivo final, y ese objetivo se lograría solo si Anastasia decidía aceptar. Si no era así, había maneras más divertidas de lograrlo.

—En sangre, Lucios, mucha sangre.

TRECE

Alexei Voronin

Todo era una mierda. Había recordado el pasado de Alina, o Anastasia, y quién era en realidad. No soportaba ver cómo su padre le mentía en la cara, y aunque yo quisiera contarle la verdad, era algo que tendrían que resolver padre e hija en su momento.

Recordar fue maravilloso y doloroso en partes iguales, todos los días que pasé con Alina fueron perfectos; las risas, las peleas. Aquello tenía sentido porque desde que nos reencontramos existía esa necesidad de desafiarla. Ella nunca se quedaba callada, siempre tenía una respuesta para todo. Pero el recuerdo más doloroso fue cuando se marchó de mi lado. Éramos solo unos niños, pero entre nosotros existía algo «más», y desconocía la magnitud de este sentimiento. Recordaba con exactitud las palabras que le dije ese día.

～

Veintiún años atrás: La despedida

Nos ENCONTRÁBAMOS en la mansión Voronin, mi padre nos había dejado en mi habitación. Anastasia no paraba de sollozar, por más que la mantenía abrazada contra mi pecho, y algo se removía en mi interior al verla así.

—Tengo que ir por mamá, llegaremos tarde a mi fiesta de cumpleaños —dijo de un momento a otro, apartándose de mi lado, había dejado de llorar como si nada. Se volteó a verme con el ceño fruncido—. ¿Quién eres?

—¿Cómo...? Soy Rizos de Oro, así me llamas.

No había nada en sus ojos que indicara que me reconocía: ¿cómo era posible que me hubiera olvidado en cuestión de minutos?

—No te conozco, así que llévame con mi padre.

No quedaba nada de la niña que conocía, esa mirada divertida y dulce se había vuelto fría, casi... vacía. Como si estuviera rota.

—Yo... te llevaré con él —dije, poniéndome de pie, tal vez su padre entendería lo que sucedía.

Sentía como una espina en el pecho al saber que no me recordaba, que había olvidado nuestros días juntos.

Salimos al pasillo y todo estaba en silencio, a excepción de los gritos que provenían del despacho de mi padre. No sabía si Lucios ya se encontraba aquí, pero necesitaba ayuda. Entro sin tocar a su despacho, estaba gritándole a alguien a través del teléfono.

—Papá —dije, llamando su atención. Por la mirada que me dedica, supe de inmediato que le había molestado que entrara sin tocar—, es importante.

Dijo algo en ruso entre dientes y colgó.

—¿Qué sucede, Alexei?

Tenía el tono cansado, y lo entendía. Las últimas horas habían sido un desastre.

—Anastasia... ella no recuerda nada de lo que pasó. Ella no me recuerda, papá.

Un nudo se formó en mi garganta, pero hice todo lo posible por controlarlo.

—¿Qué...? ¿Dónde está ahora?

—Afuera.

Se acercó a la puerta y la abrió, afuera estaba Anastasia y parecía ansiosa. Padre se puso en cuclillas frente a ella y, por ende, ella retrocedió un paso.

—Usted no es mi papá.

Lo miraba con desconfianza, como si él fuera a hacerle daño.

—No, Anastasia, no lo soy. Pero él ya viene en camino.

Usaba el tono de voz que siempre utilizaba cuando me asustaba, lo que ocurría en mis primeros años.

—Bien, porque hoy es mi fiesta de cumpleaños y mamá tiene que acompañarme, porque no me gusta ir a ellas.

—Y lo hará, ambas irán a tu fiesta de cumpleaños.

Justo cuando padre se está poniendo de pie, llega Lucios.

Blyat[1].

—¡Papi! —Anastasia saltó a los brazos de su padre sin importarle que este estuviera cubierto de sangre—. *Llegaste, ahora tenemos que ir por mamá.* —Lo miró con el ceño fruncido al notar su camisa—. *¿Por qué no estás listo?*

La cara de Lucios estaba totalmente pálida, no comprendía por qué su hija actuaba como si nada, como si no hubieran matado a su madre frente a sus ojos.

—¿Dimitri..., qué demonios está pasando?

Bajó a Anastasia para mirarla con atención.

—Ella no lo recuerda, tampoco me recuerda a mí, ni a

Alexei. Es como si su cerebro hubiera bloqueado las horas y los días anteriores a este momento.

—*¿Eso es posible?*

—*No lo sé, no soy un puto loquero.*

—*Ten cuidado con lo que dices, Dimitri.*

—*No pelearé contigo ahora, solo digo la verdad. Dime cómo procederemos.*

—*Me iré de aquí, te harás cargo. Sabrás de mí cuando Anastasia esté segura.*

—*¿Papi? ¿De qué hablas? ¿Iremos con mamá?*

Anastasia tenía cara de no entender nada, y la comprendía, porque yo no entendía la mayor parte de lo que hablaban.

—*Cuidaré tu trono hasta que vuelvas, pero no te mueras, imbécil, porque te sacaré del infierno para cobrarte la que me debes.*

—*No moriré, no con ella a mi cuidado.*

Me acerco a Anastasia. Si había algo que tenía claro, era que se iba, y aunque no me recordara, eso no borraría los buenos y malos momentos que pasamos juntos, aunque fueran pocos.

—*Prometo encontrarte, niña de la torre, no importa si no me recuerdas o si yo te olvido. Te encontraré sin importar qué pase —le susurré al oído y me alejé al depositar un beso en su mejilla.*

EN ESE MOMENTO solo era un niño, pero mis palabras fueron más que acertadas. La encontraría, estaba aquí conmigo, pero seguía perdida. Encontraría a esa niña de la torre que se quedó encerrada en su mente. La llevaría a cada lugar al que fuimos juntos cuando éramos niños, y la regresaría a mi lado. Y aunque era posible que me odiara cuando supiera que no le había contado toda la verdad, no dejaría que se fuera, no se me escaparía de las manos, tal y como le había dicho a mi padre.

Con los recuerdos, también regresaron esos sentimientos que creí nunca experimentar: ella era la parte humana que me faltaba.

$\sim$

HABÍAMOS PASADO por la nana de Alina y ahora nos dirigíamos a la casa de Lucios, esa donde se encontraba el laberinto. Hablaría con Dimitri para decirle que ya sabía quién era ella. Después de que le pedí a mi padre que la investigara, me di cuenta de que esta solo existía desde hace veintiún años exactos. Lucios había hecho todo para mantenerla alejada de este mundo —incluso le cambió de nombre a Alina Klara—, pero, por desgracia, de este solo se salía muerto. Luego de eso, solo nos tomó un par de horas averiguar quién era en verdad. En cuanto leí su verdadero nombre, todos los recuerdos llegaron de golpe, al igual que los sentimientos, eso fue lo que me llevó al hospital de emergencia.

El coche se encontraba en silencio. Incluso la bola de pelos que Alina tenía en el regazo parecía sentir la tensión del ambiente. Lucios solo le había contado una mínima parte de la historia, incluso yo desconocía la razón exacta por la que la tregua entre Rusia e Italia se rompió. No creía en absoluto la historia que me habían contado, y tenía la ligera sospecha de que esa venganza estaba relacionada con el apellido Smirnov.

La mansión Smirnov se encontraba alejada de todo y de todos, era una fortaleza, y aunque dijeran que era impenetrable, tenía sus salidas secretas y yo conocía cada una de ellas. Había un anillo de seguridad de más de diez kilómetros. Si los italianos intentaban jodernos, estarían muertos antes de ponernos un dedo encima, y no permitiría que le hicieran daño a Alina, no de nuevo.

La alejaron de mí una vez, mataron parte de ella y estaba seguro de que esos hijos de puta no descansarían hasta ver su cuerpo sin vida. Pero ella ahora no estaba sola, tenía al diablo de su lado. Yo protegería a la reina de la mafia con mi vida.

CATORCE

Alexei Voronin

Dejé a Alina y a Raquel, su nana, para que se instalaran. Sabía que, si no hablaba con su padre ahora, tal vez no tendría otra oportunidad más adelante. En este momento, los italianos estaban al pendiente de cada uno de nuestros movimientos, igual que nosotros a cualquiera que dieran ellos. El pasado ya estaba lleno de muerte y sufrimiento, y aunque disfrutaba matar, no quería que esta girara en torno de Alina. Cuando se trataba de ella, me daban ganas de meterla en una caja de cristal para que jamás volvieran a hacerle daño.

Ya no recordaba cuándo fue la última vez que caminé por estos pasillos. Todo estaba igual de como lo recordaba o lo poco que memoricé de ellos. El despacho de Lucios no era exactamente mi lugar preferido, tomando en cuenta lo que había pasado la última vez ahí, pero sabía que era el último lugar al que Alina se acercaría, aunque ella no recordara lo que hubiera pasado.

Al entrar al despacho, me encuentro con mi padre sentado frente al escritorio en el que se encontraba Lucios. Sin duda, sería una conversación interesante y llena de mentiras, porque por más que preguntara, estaba seguro de que saldría de aquí con una información a medias. Tomo asiento al lado de Dimitri y me sirvo un vaso de *whisky* para hacer el momento más llevadero. Alina me mataría si me viera.

—Bien, inicien con la historia verdadera. Porque ya conozco ciertas partes, Lucios —Me gustaría decir que se sorprendió al escucharme, pero la verdad era que al hombre no se le pasaba nada.

—Ya sabes que mi esposa, Alina, la madre de Ana, murió por la mano de Lucas Moretti. Pero la razón de que apretara el gatillo ese día fue para vengar a Marizza, quien era su esposa, y a su hijo no nacido. Ella estaba a mi cuidado en un viaje que hicimos a Italia. Se suponía que yo la dejaría allá con Tomasso, y que Lucas la alcanzaría unos días después, pero fuimos emboscados por un pequeño grupo de narcos que estaban en contra de los Moretti. Estoy seguro de que la orden directa era matarla a ella, porque solo se encargaron de inmovilizar a todos mis hombres. Y cuando digo eso, hablo de que los mataron a todos. La bajaron de la camioneta donde iba y la pusieron de rodillas. Ella tenía seis meses de embarazo y suplicó por su vida, pero a esos cabrones no les importó en absoluto.

—¿Por qué no hizo nada? —pregunté, confundido.

—Esa es la parte que Lucas no sabe, yo salí del coche, arma en mano, y les dije que si jalaban ese gatillo, sería traición. Me encontraba en desventaja, pero aun así, no dudé ni un segundo cuando le apunté a la cabeza al que se convertiría en el verdugo de Marizza. No creí que hubiera más hombres además de los que nos rodeaban, pero tenían francotiradores en la zona y uno me tenía en la mira, así que disparó. Me dio en el brazo opuesto del que sostenía el arma, así que apreté el gatillo. Pensé que había sido lo bastante rápido, pero al verdugo de Marizza le dio

tiempo de disparar y la mató. Sé que soy un hombre sin escrú-
pulos, y que cuando se trata de matar, se me ocurren mil
formas de hacerlo, pero yo no podría dispararle a una mujer
embarazada. ¿Y si fuera mi hija la que estuviera en su vientre,
nieta o lo que sea? —Deja caer la cabeza como si le pesara
recordar—. Esos hombres tenían cuentas pendientes, eran con
Lucas en realidad, no con el apellido Moretti. Sé lo sanguina-
rios que podemos ser los mafiosos, pero tenemos un código
que respetar. Estoy seguro de que esos hombres no sabían lo
que era eso, y que, al apretar ese gatillo, me costaría la vida de
mi esposa.

—Y por eso quieren acabar con el linaje Smirnov —dije.
Era lógico de que esa fuera la razón por la que no desistían de la
tarea. Cuando se trata de una venganza personal, hasta muertos
logramos que se cumpla, solo que en este caso sería diferente—.
¿Por qué Anastasia no recuerda nada?

—Después del asesinato de su madre, entró en trance, pero
en cuestión de quizá una hora salió de este y quedó con un tras-
torno llamado amnesia disociativa. Las personas que la tienen
pueden olvidar minutos o décadas de su vida. El cerebro de
Ana bloqueó todo lo relacionado con la muerte de su madre.

—¿Y cómo es que a usted no lo olvidó?

—Su cerebro se aseguró de bloquear todo lo que podría
causarle dolor: olvidó nuestro estilo de vida y nuestros
nombres, lo que era una relación directa con la muerte de su
madre. Esa fue la razón por la que, cuando llegué a Estados
Unidos, la llevé a un médico. Después de eso fue fácil conven-
cerla de todo lo demás; y con eso me refiero hasta reemplazar a
su madre con una de mis soldados.

Genial, para su cerebro de cinco años, yo estaba relacionado
con la muerte de su madre, por lo que optó por borrarme de
sus recuerdos.

—¿Y cómo puede hacer para recordar?

—Niño, ¿crees que no intenté descubrirlo? La llevé a cada puto médico que hay en el mundo, fui con los mejores y al final no recordó nada. Solo tiene momentos en los que cree reconocer algo, pero después lo bloquea de nuevo.

Bien, de ahí tendría que aferrarme.

—¿Y no piensa decirle lo de su madre?

—Por ahora, no lo creo, y tú no lo harás tampoco porque si no te mato. No le dirás nada más sobre su pasado, podría morir si tiene otro colapso, y no puedo perderla, no de nuevo.

—¿Por qué te hiciste el muerto, Lucios? —interviene mi padre, ya me había olvidado hasta de su existencia.

—Lucas me tenía en la mira, y lo tenía preparado todo para el cumpleaños de Ana. Después de eso, me encargué de empujarla a Rusia, aquí estaría segura. Y sabía también que en algún momento se toparía de nuevo con tu hijo, por más que quisiera evitarlo. Y mira, terminó salvándole la vida.

—Debo decir que el «agrado» por usted es mutuo.

—No te pases de listo, niño, que a ti también te tengo en la mira desde años. No sé qué te traes con mi hija desde que estaban pequeños, pero haces la más mínima cosa para lastimarla y terminarás con un agujero en la cabeza. Y, Dimitri, me importa una mierda lo que vayas a decir. Si no quieres que eso pase, cuida bien con qué cabeza piensa tu hijo de aquí en adelante.

No me traía nada con ella, aún. Solo quería que recordara, no quería seguir viendo ese dolor en su mirada. Ella merecía ser feliz, ella merecía que le pusieran el mundo a sus pies... y yo lo haría.

—Gracias por la interesante conversación, pero el resto lo descubriré yo —digo, poniéndome de pie. Había algo que no me estaban diciendo—. Ahora, si me disculpan, tengo que tratar un asunto importante.

—Aléjate de ella, Alexei —dice Lucios, señalándome con un dedo acusatorio.

—Prometo hacer todo lo contrario a eso —digo, saliendo del despacho.

No necesitaba su bendición o cualquier mierda de esas para estar cerca de ella, nada me lo impediría, ni ella misma, al menos que dejara muy en claro que deseaba que hiciera exactamente eso. Siempre conseguía lo que quería, y si tenía que arrodillarme ante ella, lo haría, si con eso la lograba alcanzar.

Alina Klara

MI NANA me había pedido que la dejara sola después de que le contara lo que viví los últimos días y horas. Comprendía que fuera mucha información para procesar, yo aún no terminaba de hacerlo. Me era ridículo creer que todo este tiempo mi padre hubiera estado vivo y que, además de esto, fuera un mafioso, que yo sea hija de un mafioso. Creía que estas cosas solo pasaban en los libros, pero de verdad que la vida se empeñaba en sorprenderme.

La familiaridad con la que recorría estos pasillos era asombrosa, era como si los hubiera recorrido toda mi vida. No sé a dónde quería llegar, solo seguía el impulso de mi mente. La decoración de la casa era cálida. Por más que sonara tonto, me sentía en casa, y sentía que dentro de estas paredes era intocable, que nadie podía hacerme daño. A menos que quien quisiera hacérmelo, ya estuviera dentro.

No podía dejar de pensar en Alexei, no había parado de darme vueltas en la cabeza. La manera en la que se comportó en el hospital, y la manera en la que su forma de mirarme había cambiado. Era como si supiera más que yo —bueno, eso era muy posible, tomando en cuenta de que no sabía mucho sobre este mundo—, pero había un destello de tristeza, comprensión y dulzura. Y desde que nos conocimos, solo había visto arrogancia y quizá deseo, aunque eso último podía ser imaginación mía. ¿Por qué había cambiado ahora? ¿Tenía que ver con quién era mi padre? ¿O había algo más?

Siempre tenía el poder de meterme tanto en mis pensamientos que me perdía en ellos, como ahora, que me encontraba en la entrada de lo que parecía ser un laberinto sin tener idea de cómo había llegado a él. A simple vista, se podía ver que todo este tiempo había sido cuidado por manos expertas. Tenía un brillo que parecía mágico, había flores de todo tipo que se mezclaban a la perfección con el verde de las enredaderas. Podía ver que el laberinto era de gran tamaño, tanto como para perderse dentro, pero mis pies parecían querer llevarme a un lado. No sé si recordaría el camino de regreso, pero lo que jamás olvidaría sería la imagen que tuve al llegar al centro del laberinto.

Había una fuente que era simplemente hermosa en el centro, y tras de esta, dos árboles gigantes que parecían unirse y formar un arco. En medio de ambos, yacía un columpio en el que, con solo verlo, tuve ganas de mecerme.

El lugar era muy similar al que había salido en mi sueño. En realidad, tenía la certeza de que había estado aquí infinidad de veces.

—Veo que tu mente sí recuerda —dijo su voz a mi espalda.

—¿Estás siguiéndome? —pregunto, dándome la vuelta. Estaba usando un traje negro tal como las últimas veces que lo había visto, y su cabello miraba en todas direcciones, como si pasara sus manos por él a cada rato. No podía negar que estaba increíblemente apuesto, y con esta imagen de fondo, parecía un ser irreal, quizá un ángel.

Un ángel caído.

—Es muy posible, solo quería asegurarme de que no te perdieras.

Su forma de verme era muy similar a la de un león a punto de devorar a su presa.

—Pues estoy perfectamente bien, así que puedes irte.

—¿Por qué estás a la defensiva, *printsessa*?

—No lo estoy, y deja de decirme princesa, no creas que no sé cómo se habla ruso, *pridurok*.

El brillo en sus ojos me hizo mirarlo más de lo debido. Aparto la mirada cuando encuentro la fuerza de voluntad para hacerlo.

—No es tu mente quien recuerda, es tu subconsciente — susurra, acercándose a mí.

—¿De qué hablas?

Cuando toco la fuente con la parte trasera de mis piernas, me detengo, tendría que rodearlo o saltar a la fuente si seguía acercándose.

—Que olvidaste muchas cosas de tu pasado, recuerdos que son parte de ti. Aunque haré hasta lo imposible para que recuerdes cada uno de ellos.

—No sé de qué hablas, no he olvidado nada —le contesto. Cuando intenta tocarme, me escapo por su lado. No me gustaba cómo me miraba, me hacía sentir cosas, y no quería sentirlas—. Tengo que irme, y por favor, no me sigas —añado, pero me detiene tomándome de la mano—. Alexei, déjame ir.

Una especie de *déjà vu* me recorre al decir esas palabras.

—Nunca te dejaré ir, Klara, aún tenemos que vivir nuestro momento.

Me volteo pasmada al escucharlo, pero lo que me deja en mi sitio es lo que hace.

Me toma de la nuca y, sin pensarlo, me besa.

Alexei Voronin me estaba besando.

Y yo le devolvía el beso.

QUINCE

Alina Klara

Todo a mi alrededor desapareció en el momento en el que Alexei posó sus labios sobre los míos. Estos eran suaves, cálidos, dulces y encajaban a la perfección con los míos. Sus brazos me mantenían en mi lugar, me sentía segura entre su musculatura, de alguna forma, me sentía... poderosa.

Separó sus labios de los míos antes de lo que me hubiera gustado, pero me quedé tan ensimismada en lo que sentía que no me di cuenta de lo acelerada que estaba su respiración.

—*Printsessa*..., si sigo así, el poco autocontrol que tengo se irá a la mierda —susurra sobre mis labios, una corriente me recorre, erizándome los vellos del cuerpo en el proceso.

—Yo... no debería estar haciendo esto —digo, recuperando un poco la cordura. Intento alejarme, pero le pedía a mi cuerpo y a mi corazón algo que no querían. No me sacaba de la cabeza que era mi paciente y que esto no estaba bien, aunque se sentía todo lo contrario.

—Klara, ¿por qué luchas?

El deseo refulgía en su mirada, lo que me debilitaba las piernas. Dios, no podía pensar en él de esa manera.

—No... no lo sé —le respondo e intento desprenderme de su agarre, pero fallo—. No quiero estar contigo, Alexei —digo, tratando de convencerme también de eso.

—Eres muy mala, mintiendo, *printsessa*.

Sus labios se dirigen a mi cuello y sabía que, apenas me tocaran, perdería la poca compostura que me quedaba.

—¡No! —Lo empujo, tomándolo desprevenido—. ¡No me digas princesa! ¡No lo soy!

Cada vez que me llamaba así, algo se removía en mi interior, me hacía sentir una niña de nuevo.

—Tienes razón, no lo eres —dice, intentando acercarse de nuevo, pero lo detengo—. Eres una reina, Alina Klara, mi reina.

Todas mis barreras se tambalean al ver la devoción y sinceridad en su mirada, prueba acercarse de nuevo y no lo detengo cuando me rodea la cintura con los brazos. Nuestros pechos se rozaban, inclinaba la cabeza para poder mirarlo directo a los ojos, lo que nos dejaba una separación de escasos milímetros.

—No sé lo que estoy haciendo, Alexei —digo en voz baja—. No quiero estar cerca de ti, no quiero nada contigo. Pero tampoco quiero alejarme.

La sinceridad se filtraba a través de mis palabras, aunque todo en mi interior era un desastre.

—Podría prometer que no te detendría si quisieras irte, pero sería mentira, a menos que de verdad lo quisieras, fuera de eso... —Tira de mis caderas hasta presionarme contra «algo» que empujaba contra mi pelvis—. Nunca te dejaré ir, te tendré hasta que sientas el calor de mi infierno, hasta que ardas en él junto a mí.

Sus palabras, más que ser un hecho, eran una promesa. Una

sensación se aglomeró en mi vientre bajo, que continuó hasta humedecer mis bragas.

Unió nuestros labios en un beso lleno de desesperación y deseo, sus palabras se repitieron como un susurro en mi cabeza, y por más que deseara negarlo, cada fibra de mi cuerpo anhelaba que cumpliera esa promesa.

Una fuerte explosión nos obliga a separarnos y hace que nos tambaleemos hasta terminar en el suelo. Al levantar la vista, una nube de humo se encontraba en el aire, esta venía de la barrera principal de la casa. Alexei me toma de la mano para protegerme con su cuerpo cuando un grupo de hombres nos rodea y se inicia un cruce de balas. Para donde sea que mirara, había tipos armados, protegiéndonos a Alexei y a mí mientras corremos al interior de la casa. Ahora que lo pensaba bien, no había sido buena idea ir al laberinto, porque en el medio del caos todos los caminos eran iguales y no podía hallar la salida, pero Alexei, al parecer, sí.

—¡Alina, necesito que sigas mi ritmo, tengo que ponerte en un lugar seguro! —ordenó, tirando más fuerte de mi mano. Me costaba seguirle el paso, ya que él era mucho más alto que yo, pero lo consigo a duras penas.

Cuando arribamos al interior de la casa, todo es un desastre: personas corrían de aquí para allá, ensangrentadas, disparando y cargando lo que parecían ser cajas llenas de armamento. Subimos las escaleras hasta llegar a lo que pienso es el despacho de mi padre, donde se encontraba él y Dimitri. Una sensación nauseabunda me recorrió al poner un pie en el despacho. No sabía qué era, pero no quería estar en ese lugar.

—¿Qué carajo está pasando? —preguntó Alexei.

—Son los italianos —dijo mi padre con una tranquilidad que me descolocó por unos segundos.

—¿Cómo entraron? Se supone que con un anillo de seguridad de diez kilómetros tendríamos el tiempo suficiente para acabar con ellos.

Alexei se veía más calmado mientras sacaba su arma y revisaba que todo estuviera perfecto en ella.

—Alguien de adentro los dejó filtrarse.

¡Maldición!, eso significaba que nos habían traicionado. Todo en mi interior me exigía que corriera lo más lejos de aquí, pero sabía que si le daba paso al miedo, me desmoronaría y sería un estorbo.

—Mi nana, ¿dónde está?

Estaba sola en medio de un tiroteo, además de enferma, ella... tenía que estar bien.

—La vi salir antes de que explotaran la barrera —dijo mi padre, que comenzó a dar órdenes desde una radio mientras sacaba varias armas—. Van a buscarla, ella estará bien.

No podía quedarme aquí sin hacer nada mientras ellos salían y arriesgaban sus vidas. Tenía que buscarla yo misma, así que tomo una de las armas que ya habían revisado y me dirijo a la puerta.

Tenía que encontrarla.

—¿A dónde vas? —preguntan al unísono.

—Tengo que encontrar a mi nana, no me quedaré aquí sin hacer nada.

—Alina, ¡maldita sea!, no sabes usar un arma, vas a hacer que te maten, y eso no lo voy a permitir. Eres mi única hija y acabo de recuperarte.

Veía la preocupación en los ojos de mi padre, pero no era como lo que yo sentía por mi nana en ese momento.

—Tomé clases de tiro, así que estaré bien. No pienso ser un peso muerto.

Salgo de la habitación y, segundos después, escucho unos pasos por detrás.

—Si vas a cometer suicidio, entonces soy lo bastante idiota para cometerlo contigo —dice Alexei a mi espalda.

—No tienes que venir conmigo.

Me detengo para encararlo.

—No te dejaré sola, no de nuevo, así que por una vez haz lo que te digo y no te alejes de mí.

Toma mi mano y le da un suave apretón, se pone frente a mí y comienza a liderar el escape.

—Tú no deberías estar haciendo esto, es peligroso para tu corazón.

—El día que muera no será por manos de los italianos, y mucho menos por mi corazón. Así que mantén el cañón de esa arma lejos de mí cuando le quites el seguro.

El piso principal de la casa era un campo de fuego. En el caso de que tuviera que disparar, no sabría quién sería mi objetivo, todos eran iguales a mis ojos. Alexei me toma de la mano y pasamos por detrás de un grupo de personas que parecían ser nuestra gente. Nos dirigimos a la cocina para salir por la puerta trasera. En esta parte de la casa la concentración de las personas era menor, pero había varios italianos a los que Alexei mató antes de que estos siquiera lo notaran. Era una máquina, una máquina asesina.

—Raquel debe estar por aquí. Si salió a dar un paseo, tiene que estar por los jardines —afirmó. La seguridad con la que se movía era hipnotizante aun cuando me encontraba en esta situación—. Sígueme.

Rodeamos todo el laberinto hasta llegar a los jardines, me encontraba en una especie de nebulosa al verlo matar a tantas personas. La culpa crecía en mí cada vez más, ellos solo seguían órdenes. Cuando veo a lo lejos que alguien le apunta a Alexei mientras está luchando con un par de italianos, le apunto, y sin pensarlo, disparo. El impulso del arma me hace trastabillar, mas recupero el equilibrio muy rápido. No estaba muerto, pero había conseguido herirlo. Todo a nuestro alrededor estaba despejado, todos se encontraban ahora en la entrada, donde el ruido de los disparos era aún mayor.

—Alexei —digo, comenzaba a sentir pesadez en mi cuerpo y un ardor en mi pierna. Cuando se acerca, veo como su rostro palidece.

—Carajo, Alina.

Bajo la mirada a mi pierna y veo la sangre salir. No sabía cómo me habían disparado, pero la cantidad de sangre que salía por la herida era grave. Si no detenía la hemorragia, me desmayaría. Me dejo caer en el suelo, me quito el suéter, quedándome en camisa, amarro el suéter por encima de la herida, creando un torniquete. El sangrado disminuye, pero el dolor comenzaba a extenderse, a tal punto que casi me entumecía la pierna. Alexei se mantuvo alerta todo este tiempo por si intentaban atacarnos.

—Estás muy pálida.

Se agacha para apoyarme contra su cuerpo e impulsarme para que me levante.

—¡Alina!

Me tenso al escuchar un grito, era mi nana. Estaba en el laberinto. Ignorando las protestas de mi cuerpo y las de Alexei, corro al interior del laberinto: provenía del centro. Por más que mi cerebro me gritaba que no fuera, lo ignoré.

Al llegar, me encuentro con un hombre algo mayor, apuntándole a la cabeza con un arma a mi nana, y sin dudar, le apunto con la mía, aun sabiendo que mis probabilidades de matarlo antes de que él jalara el gatillo eran nulas.

—¡Suéltala! —grito, pero en el rostro del hombre solo había burla.

—Veo que has crecido, *bambina*.

Algo en su rostro me resultaba familiar, una sonrisa sádica estira la cicatriz que adornaba la mitad de su rostro.

—Si no la sueltas, voy a disparar.

Pero el temblor de mis manos no hacía más que restarles fuerza a mis palabras.

—Eres más patética que tu madre, ¿o no es así, Raquel? —dijo, mirando a la aludida.

—Creo que es aún más patética que su madre.

Miré a mi nana pidiendo una explicación, ¿por qué hablaba así? Nunca me había mirado de esa forma, su mirada siempre rebozaba de amor y ternura, ahora solo había odio.

—¿Qué dices, nana? ¿De qué hablas?

Los ojos se me llenaron de lágrimas al ver lo que me negaba a creer.

—Ay, niña, ya soporté ese patético apodo por mucho tiempo, no veía la hora de que este día llegara.

—¿De qué hablas? —pregunto casi sin voz, había bajado el arma, las piernas me pedían tregua y que me dejara caer de una vez.

—Tu madre y yo crecimos juntas, fuimos buenas amigas hasta que se casó con tu padre. Ella sabía lo enamorada que estaba de él, pero, aun así, no le importó quitármelo.

—¿Estás haciendo esto por un enamoramiento adolescente? —dije, incrédula.

—Es mucho más que eso, lo hago por la vida que me arrebató. Esta era la vida que yo debí tener.

—Pero todo este tiempo... tu corazón, la muerte de tu esposo, las deudas...

Era mucho para mi cabeza, y la pérdida de sangre me debilitaba cada vez más.

—Puro teatro, niña, eres demasiado ingenua.

Me rindo, dejándome caer. Ella se había vuelto como una

abuela para mí, estuvo ahí los días en que llegaba cansada de las prácticas, y lloraba entre sus brazos cuando sentía que todo se me vendría encima. Sin embargo, para ella no había sido nada el tiempo que pasamos juntas, cuando para mí significó tanto.

—Todo fue mentira —susurro, dándole paso libre a las lágrimas, hasta ahora toda mi vida había sido una farsa, ya ni sabía quién era realmente.

—Hice lo que tenía que hacer para que me dejaras entrar en tu vida, y ahora acabaré con ella.

No levanto la cabeza al escuchar cómo le quitá el seguro al arma, ya no importaba, yo era una estúpida por no luchar, pero sentía que todo se venía sobre mí.

—No lo creo, maldita loca —dijo Alexei, saliendo de la nada, lo siguiente que escucho es el sonido de un disparo.

—Pequeño Voronin, veo que has crecido.

—Y a ti también te mataré, maldita rata italiana.

—No lo creo, a menos que quieras que ella muera. El arma con la que le dispararon no tiene balas normales —dijo el italiano, el entumecimiento de mi pierna era cada vez más fuerte—. Así que tictac, *russo*.

Cuando veo que comienza a alejarse, tomo el arma, y con las pocas fuerzas que me quedan, le disparo. Me desplomo en el suelo, ignoraba si lo había herido o no. Ya no sentía mi cuerpo, pero aun así escuché su grito.

—¡Nos veremos de nuevo, su alteza!

Me desmayo entre los brazos de Alexei, quien me pedía que me mantuviera consciente.

Pero si me iba, ¿qué importaba? Ya no tenía nada.

DIECISÉIS

Alina Klara

Todo a mi alrededor era luz, la calma se sentía en el aire y un jardín de flores se extendía a mi alrededor. Si estaba muerta, este era el cielo. Una suave melodía comienza a escucharse, era una que había escuchado antes, pero no sabía dónde. Suaves palabras en ruso comienzan a oírse, era una canción de cuna.

> «Duerme, niñito mío, prenda mía.
> ¡Arrurú, arrurú!
> La luna silenciosa está mirando
> dentro de tu cuna.
> Te diré cuentos de hadas
> y te cantaré cancioncitas.
> Pero debes dormir, cerrados tus ojitos.
> ¡Arrurú, arrurú!».

Mientras seguía la melodía, recuerdos de mi madre, cantándola, llegaron a mi mente. Pero era extraño, porque nunca habló en ruso en la casa, solo en inglés. La melodía provenía de una pequeña casa en el medio de todas esas flores. Era pequeña, con tonos blancos y azules que la hacían destacar en el ambiente. Un camino de piedras me lleva al porche, donde una mujer está sentada en una mecedora con un bebé en brazos.

—Mi pequeña niña —dice al verme.

—¿Mamá? —contesto, cayendo de rodillas frente a ella al verla—. Estás aquí.

—Siempre he estado contigo, mi niña, jamás has estado sola.

Acaricia mi mejilla y cierro los ojos para sentir la calidez de su tacto, solo las madres podían reconfortarte con un toque.

—Te extraño tanto, mamá —susurro, el nudo en mi garganta era cada vez más difícil de controlar, pero no quería llorar frente a ella.

—Y no sabes cuánto te extraño, mi niña, pero tienes que volver —me responde, secándome una lágrima rebelde.

—No quiero irme, quiero quedarme aquí contigo.

—Estaremos en cada paso que des, no estarás sola mientras estemos en tu corazón.

—¿Estaremos? —digo sin comprender.

—Tu hermano y yo siempre lo estaremos.

Cuando veo bien al bebé que tiene en sus brazos, lloro sin poder contenerme. Tenía los ojitos abiertos y sus manitas estiradas hacia mí. Toma mi mano cuando se la doy, me la aprieta con fuerza y me mira con esos ojos que decían todo lo que no podía pronunciar.

Ya no estaría sola, ya no. Tenía a mi padre, a Alexei y a mi madre junto con mi hermano en mi corazón. Y podía irme en paz sabiendo eso.

Suelto la mano de mi hermano, abrazo a mi madre y regreso por el camino de piedras.

—Dile a tu padre que no se culpe más, estamos bien y soy feliz.

La admiro por los últimos segundos que me dejan quedarme en el paraíso, su sonrisa radiante, la vida en sus ojos y a mi hermano durmiendo entre sus brazos.
Ellos estaban bien, y yo también lo estaría.

Alexei Voronin

ELLA NO DESPERTABA, no sabían qué era lo que tenía esa bala, si veneno o gas, pero lo que fuera, no dejaba que despertara y la debilitaba cada segundo que pasaba. Todo había sido planeado, la nana de Alina los había dejado entrar, primero acabó con todos los guardias que se encontraban en la cabina principal de seguridad, donde estaban todas las cámaras. No era una vieja decrépita como nos había hecho creer.

Cuando revisamos su habitación, encontramos todo tipo de documentos sobre nosotros y la familia de Alina. Ella supo todo este tiempo quién era ella en realidad. Tenía armas que no vimos al momento que subió su equipaje. Habían estado a la vista todo este tiempo, pero estábamos tan absortos en lo que hablábamos de que no nos dimos cuenta de eso y más.

Aunque ya estaba muerta y no sería un problema, no sabíamos cuánta información le había pasado a Lucas Moretti. Lo que me jodía de esto era que lo hizo frente a nuestras narices y ninguno de nosotros lo vio venir.

Habían convertido la antigua habitación de Alina en una habitación de hospital. Necesitábamos irnos lo más pronto de aquí, porque sabía que nos tenían el ojo puesto, aunque no podríamos hacerlo hasta que el doctor informara que estaba estable para viajar.

Había pasado las últimas veinticuatro horas afuera de su habitación. Estaba seguro de que, si me viera ahora, me reprendería por descuidar de esta manera mi salud. No podía hacer otra cosa que esperar a que mejore. Había intentado entrar una infinidad de veces a la habitación, pero a Lucios no se le pasaba nada y me mantendría lejos de su hija sin importar la manera.

CUARENTA y ocho horas habían pasado y lo último que me informaron era que estaba en coma, lo que era de cierta forma una buena noticia, así su cuerpo tendría un reposo completo y podría liberar la toxina con más rapidez. Me encantaría que ella estuviera aquí para preguntarle lo que significaban todos los términos médicos que los doctores usaban, y aunque terminaría riéndose de mí, sería mil veces mejor que verla en esa cama.

Lucios me había dejado verla solo dos veces, y en ambas la encontré igual, pálida y fría. Creería que estaba muerta si no fuera por el constante subir y bajar de su pecho.

Había querido quedarme con ella y sostener su mano hasta que despertara, pero en vez de eso, Lucios me mandó a ducharme y a descansar un poco. Lo que solo hice porque prometió que me dejaría quedarme con ella cuando regresara.

Me encontraba paralizado por el miedo de perderla, no hablaba ni comía, porque solo el pensar que me dijeran que la había perdido para siempre me revolvía el estómago y me impedía hacer todo aquello.

No sabía cómo gestionar esta situación, estas emociones que se amontonaban en mi pecho como un huracán. Siempre me mantenía en control, pero desde que ella volvió a mi vida se había convertido en mi ancla, y no sabía de lo que sería capaz si perdía a ese ángel que sostenía mi mano dentro de toda la oscuridad en la que caminaba.

~

LOS DOCTORES DECÍAN que los tres primeros días después de este tipo de incidentes eran los más cruciales. Luego de dormir por una hora, no me había despegado de Alina desde que su padre me permitió entrar en la habitación. Por momentos, sentía como si apretara mis dedos, pero al mirar sus ojos, estos estaban cerrados.

En ocasiones me preguntaba si no sería como una de esas historias que me contó cuando era niña: la «bella durmiente» despertó después de que el príncipe la besara; pero en este caso, el mismo Diablo la besaría.

A veces su padre venía para ver si hubo algún cambio en el estado de su hija, pero siempre obtenía la misma respuesta: «Si despierta, sería un milagro, su cuerpo se encuentra demasiado débil».

Me convencía de que despertaría, sabía que era fuerte, pero había cosas que hasta una reina no podía vencer, y eso era la muerte.

—*Printsessa*, necesito que despiertes, tengo que decirte muchas cosas. —Beso sus nudillos—. No olvides que aún tenemos que vivir nuestro momento, tienes un trono que espera por ti, nos esperan muchas peleas juntos, en las que seguro ganarás porque no podré negarte nada. —Dejo salir las lágrimas sin importarme nada más—. Por favor, cariño, vuelve. Te necesitamos, yo te necesito.

Alina tocaba una fibra sensible en mí, ella se había vuelto

mi debilidad. Por eso me había negado tanto a enamorarme, pero con ella solo pasó y ahora tenía el peso de la culpa en mis hombros.

—Nunca debieron haberme llevado a ese hospital, a lo mejor estarías ahora trabajando ahí junto con el «doctorcito».

Sonrío al imaginar la expresión que pondría si me escuchara.

De pronto, siento como sus dedos le dan un apretón débil a mi mano. Cuando levanto la mirada, sus ojos comienzan a abrirse lentamente. Observa todo a su alrededor antes de posar sus ojos en mí, se veía agotada, pero seguía viéndose como la diosa que entró en mi habitación a exigirme que mis guardias no intentaran detenerla de nuevo. Veo una pequeña sonrisa en sus labios aun cuando está intubada.

—Aguanta, cariño, voy a buscar al doctor.

Beso su frente antes de salir y buscar al doctor, este se encontraba en el despacho de Lucios, hablando con él.

—¡Despertó! —exclamo apenas pongo un pie en la oficina.

—¿Hace cuánto? —pregunta el doctor mientras recorremos el camino a la habitación.

—Acaba de hacerlo.

Cuando entramos, llaman a varias enfermeras para sacarle el tubo endotraqueal. Así comenzaría a respirar por sí sola. Lucios y yo no nos movemos durante la siguiente hora, tiempo en el que se aseguran de que todo en su cuerpo esté bien. Cuando terminan, Lucios sigue al doctor fuera de la habitación sin dedicarle ni una mirada a su hija. Hijo de puta.

Cuando nos quedamos solos, tomo asiento a su lado.

—No vuelvas a dejarme así, Alina —le susurro sin verla a los ojos.

—Eres un *pridurok*, Alexei, qué te hace pensar que estaría

mejor si tú no hubieras llegado a ese hospital. De seguro estaría muerta ahora.

—¿Escuchaste todo lo que dije?

—Todo, Alexei, y también tengo que decirte muchas cosas —suspira—. Tengo que hablar con mi padre cuanto antes.

—¿Por qué? ¿No te sientes bien? —pregunto.

—Estoy bien, es solo que... ¿Puedo preguntarte algo?

—Sí, lo que sea.

—¿Morí?

La sola idea de que lo hubiera hecho, me oprime el pecho, dificultándome la respiración.

—No, carajo. Alina, no lo hiciste y no lo harás, ni tampoco en un futuro cercano pasará.

—Es que vi a mi madre y hablé con ella.

—¡Carajo! —exclamo, ¿esas cosas sucedían de verdad?—. ¿Recuerdas todo?

—Cada detalle, todo fue muy real, Alexei, y por un momento pensé que había muerto de verdad.

—Hablarás con tu padre cuando él termine de arreglar unas cosas. Pero antes... ¿Puedes prometerme algo?

—Dime.

—Es ridículo, pero prométeme que nunca más harás algo así, no te vayas así de nuevo. Aunque sé que no está en tu poder tomar ese tipo de decisiones, quiero que te cuides y que de ahora en adelante no cometas ninguna acción estúpida. Necesito que estés bien, Alina.

—¿Es preocupación lo que noto en tu voz, Alexei? —pregunta, como yo lo hice en aquella ocasión.

—Hablo en serio, Alina Klara.

—Está bien, te lo prometo, Alexei Voronin.

La sonrisa que me regala me llena el alma, estaba bien,

estaba segura y me aseguraría de que siguiera así de ahora en adelante.

DIECISIETE

Alina Klara

lexei no se había alejado de mí desde el momento en el que me dieron el visto bueno para levantarme de la cama. Sabía que la razón de esto, y de que cuidara cada uno de mis movimientos, era que le preocupaba que en cualquier momento me viniera abajo. Mi padre me había estado evitando a toda costa desde que me dieron de alta. No negaría que esto me dolía, después de todo el tiempo que habíamos estado separados, lo que más necesitaba ahora mismo era a mi padre.

Recuerdo que durante los años que vivimos en Nueva York la mayor parte del tiempo me la pasaba a su lado, me llevaba y recogía del colegio, e hizo lo mismo cuando estuve en la preparatoria. Al graduarme, ya tenía plaza en la Escuela de Medicina de Harvard, pero después ocurrió el accidente, lo cual me dio de lleno en mis ganas de estudiar Medicina.

Luego del funeral, no sabía qué quería hacer, no quería quedarme en Nueva York, había muchos recuerdos y era muy doloroso estar ahí. Pero como si fuera una señal divina, me llegó una carta de la Universidad Estatal Lomonosov de Moscú.

En su momento, llegué a pensar que mi padre había enviado una solicitud a mis espaldas para dármelo como regalo de graduación, pero ahora que sabía mucho más de mi vida, sospechaba que fue su manera de empujarme a la seguridad de Rusia.

Me preguntaba si Dimitri sabía en qué hospital trabajaba y que no fue solo una coincidencia que llevara a Alexei conmigo.

Hoy nos iríamos de la mansión de mi padre, por lo que me había dicho Alexei, ya no era seguro quedarnos en ella y por eso iríamos a una que se encontraba en un lugar llamado las Siete Colinas.

Había seguido a mi padre hasta el laberinto. Estaba sentado en el borde de la fuente, y por más ganas que tenía de hablar con él, me sentía insegura. Ya no era esa niña que le pedía un helado de chocolate después de salir del colegio, ahora era mucho más que eso, era la futura reina de la mafia y no sabía cómo sentirme al respecto.

—Puedes salir, Alina —dice mi padre sin siquiera dirigirle una mirada a mi escondite.

—Hola, papá.

Me acerco con paso dudoso.

—Sentí tus pasos desde que salimos de la casa, debes mejorar en eso, porque de ser una situación de vida o muerte, ya estarías muerta.

—Sí, claro, lo tomaré en cuenta para la próxima vez que ponga en práctica mis habilidades de espionaje —digo con sarcasmo.

—¿De qué quieres hablar, Alina? —dice sin mirarme a la cara.

—¿Por qué has estado evitándome?

—No es nada, ¿era todo? —dice, poniéndose de pie.

—¡No! Dime qué pasa, papá, ni siquiera puedes mirarme a

la cara. —Al ver que no me dice nada, exploto—. ¡Dime! ¿Eres tan cobarde que no puedes decirme?

Entonces estalla.

—¡Sí, Alina! ¡Si tener miedo por perderte me hace un cobarde, lo soy! —Veo sus ojos brillosos cuando me mira—. Eres mi niña, mi única hija, lo único que me queda de tu madre. —Se desploma sobre el bordillo de la fuente mientras se le escapa un sollozo—. Casi te pierdo, Alina, oír a los doctores decir que no sabían si despertarías me destrozó, eres lo único por lo que sigo luchando. Me arrebataron al amor de mi vida y me pesa saber que no la pude proteger de ellos.

—Papá, ella está bien —afirmo, tomando sus manos.

—¿Qué?

Me limpio la humedad de mis mejillas y lo miro con la vista borrosa.

—Yo la vi, papá, está bien. Y estaba hermosa, brillaba como una estrella. —En sus ojos veía como luchaba por mantener las lágrimas a raya—. Ella me dijo que te perdonaba, que era feliz.

Cuando menos me lo espero, me abraza, yo tardo unos segundos en reaccionar, pero cuando lo hago, lo abrazo con la misma efusividad que él. No sabía cuánto lo había extrañado hasta que lo abracé. Pasé ocho años deseando que la vida me diera aunque sea unos minutos con mis padres para poder despedirme, pero ahora tenía un futuro al lado de mi padre. Había visto a mi madre y sabía que en un futuro estaríamos todos juntos como familia.

—La extraño demasiado, Alina.

—Yo también, papá, pero tenemos que vivir por ella.

Y por mi hermano, digo para mis adentros.

Decido no contarle que estaba embarazada cuando murió. Una lágrima resbala por mi mejilla al recordar a ese pequeño entre los brazos de mi madre. Me dolía el corazón al saber que mi padre nunca lo conoció ni vivió sus primeros pasos y palabras. Que no lo vería en su primer día en el colegio ni en la preparatoria, nunca lo vería graduarse y lanzar su birrete... Pero, sobre todo, me dolía la manera en la que le habían arrebatado la vida a ese pequeño, un ser inocente que no le había hecho nada al mundo.

—Tienes razón, Alina, tenemos que ser fuertes, y eso tú lo sacaste de ella.

—Estaremos bien.

Nos ponemos de pie y nos dirigimos a la salida.

—Estaremos bien.

Dormí gran parte del viaje a las Siete Colinas, nos fuimos de la mansión después de la conversación que tuve con mi padre. Luna se encontraba inquieta después de llevar tantas horas en el coche, y no era la única. Estaba agradecida de que no le hubiera pasado nada durante el ataque. A nuestro alrededor no había más que bosque, sin duda, la casa se encontraba en algún lugar de difícil acceso. Tras insistirle a mi padre, dejó que Alexei viniera con nosotros en la camioneta. Al pensarlo, creí que había sido buena idea, pero al notar la tensión en el ambiente, me di cuenta de que fue pésima en realidad.

Alexei estaba en el extremo opuesto a donde me encontraba con Luna, como la traicionera que era, se encontraba echada encima de sus piernas. Al parecer, yo no era la única que tenía debilidad por cierto hombre ruso.

Tras media hora más de viaje, veo a lo lejos una mansión tres veces más grande que la de mi padre. Bueno, no era exactamente una mansión, era un fuerte que parecía impenetrable. En este lado de Rusia ya había nevado. Por lo poco que me habían dicho, nos encontrábamos en la más alta de las Siete Colinas. Me advirtieron también que el frío aquí era mil veces peor. Salir de noche sin la ropa adecuada sería un completo suicidio.

La valla que dividía la carretera de la casa era de acero puro, tenía que ser abierta por ocho hombres, cuatro sostenían un ala y los otros cuatro la otra. Había soldados —como les decía Dimitri— en cada ventana, puerta y esquina. A donde fuera que mirara, había alguien vigilando.

Mi padre ordena que detengan la camioneta y bajamos todos de ella. Observo el exterior impresionada, tiene unas decoraciones muy delicadas y sencillas, parece un castillo, el castillo del diablo. Pero lo que atrapa mi atención es un bosque con un pequeño sendero que se ve a lo lejos, y como si fuera un imán, me dirijo a él sin pensarlo.

A los lados del sendero había unas pequeñas flores moradas que le daban un toque mágico. Cuando llego al pequeño lago, resisto la tentación de voltearme. Sin saber cómo o si era un presentimiento, sabía que él estaba ahí.

Sentía una clase de conexión con este lugar y podía asegurar de que era importante para mí.

—¿Me sigues y ahora me espías, Alexei?

Siento como se acerca y se detiene detrás de mí.

—No te espiaba, este es mi lugar secreto —me susurra al oído, así que me volteo para mirarlo.

—No, no lo es. Es nuestro —digo sin pensarlo.

Había estado aquí antes, muy dentro de mí lo sabía, solo tenía que recordar.

DIECIOCHO
Alexei Voronin

«Es nuestro...».

Dos simples palabras que lo significaban todo.

Su subconsciente recordaba, decía y hacía cosas que había hecho en el pasado. Solo necesitaba darle un pequeño empujón para que recordara, pero no sabía cómo.

—¿Recuerdas la primera vez que estuviste aquí? —digo, pasando por su lado, para luego sentarme en aquella roca en la que años atrás la había encontrado tirando piedras a un lago congelado.

—Mmm, no, ¿hace cuánto estuve aquí?

—Si no llevo mal la cuenta, hace unos veintidós años, no tenías más de cuatro cuando te conocí.

—Debió de ser increíble la forma en la que nos conocimos.

Sonrío porque le había dado en el clavo.

—No tienes ni idea, me dijiste «salvaje».

Aunque se encontraba de lado, pude ver la sonrisa que tiró de sus labios.

—Puede que no lo recuerde, pero estoy orgullosa de mi yo

de cuatro años. ¿Algún otro insulto del que deba estar orgullosa?

—Fuiste la primera persona en decirme idiota.

—Es una palabra un poco fuerte para una niña de esa edad.

Río al escucharla, debíamos estar en algún mundo paralelo.

—Es curioso que lo menciones, dije eso cuando me insultaste, y a que no adivinas lo que respondiste a eso.

Debía de estar ahí, alguna parte de ella debía saberlo.

—Mmm, si vivíamos aquí, debía escuchar a las personas hablando ruso constantemente, y quien decía «idiota» en ruso todo el tiempo era mi padre.

Una llama de esperanza se enciende en mi pecho al escucharla.

—¿Recuerdas cuándo lo decía? Eras una niña.

—No, solo que lo decía en casa, él era el quien decía insultos en ruso. Nunca cuidaba el vocabulario cuando estaba conmigo, mamá siempre lo reñía por eso.

La nostalgia tiñe su voz mientras pronuncia cada palabra.

—¿Tu mamá no hablaba ruso?

Ese era un detalle que a Lucios se le había pasado por alto.

—No..., pero hay algo a lo que le he estado dando vueltas y no entiendo. Cuando hablé con mi madre...

—Espera, ¿cómo que hablaste con tu madre? —digo poniéndome de pie para mirarla a los ojos. Me dijo que la había visto, pero no que había hablado con ella, ¿era posible hablar con los muertos?

—Pues... no es la gran cosa, Alexei, así que no te preocupes.

Estaba evitando mi mirada, siempre lo hacía cuando mentía.

—Dilo de una vez que estás consiguiendo lo contrario.

Suspira.

—Está bien. Mientras estaba en coma, de alguna manera

hablé con ella. Sé que suena loco y que tal vez pensarás que fue creación de mi mente, pero fue real. —La intensidad de su mirada me suplicaba que le creyera—. Ella estaba cantando una canción en ruso, una canción de cuna que recuerdo haber escuchado antes. Pero ahí viene lo raro, ella no hablaba ruso en la casa ni tampoco lo hizo en algún momento.

A Lucios en serio se le había pasado algo sumamente importante.

—¿Por qué estaría cantando una canción de cuna?

—Tengo un hermano, Alexei, mi madre estaba embarazada cuando la asesinaron.

—*Blyat*. ¿Tu padre lo sabe?

—No fui capaz de contárselo, ya se culpa lo suficiente por la muerte de mi madre, no quería agregarle la muerte de su hijo.

—Algún día lo sabrá, Alina, y algo me dice que se enterará por boca de Lucas Moretti. A esa rata italiana no se le escapa nada.

—¿Dónde crees que esté ahora?

—Es muy posible que siga en Rusia, sabe que nuestro punto débil eres tú, y sabía que, al desestabilizarnos, no atacaríamos.

—Alexei, no quiero ser una carga, casi muero por intentar dármelas de heroína y lo único que hice fue llevarnos a la boca del lobo —dice, bajando la mirada avergonzada.

—Klara, mírame —pido, mas se niega a hacerlo—. *Printsessa*, mírame. Ahora. —Cuando veo sus ojos, sus pupilas se encuentran dilatadas—. Nunca bajes la mirada ante nadie, ¿entiendes?

La tomo del mentón, obligándola a mantener su mirada fija en la mía, pero solo asiente.

—Pregunté si es que entendiste, *printsessa*.

—Sí.

Nuestros labios estaban separados por escasos milímetros. A pesar de que nos encontrábamos en el exterior y hacía un frío infernal, podíamos sentir el calor que desprendían nuestros cuerpos. Ahora era más que consciente de lo cerca que estábamos y dónde se tocaban nuestros cuerpos.

—A la mierda —digo antes de besarla, había intentado controlarme desde lo sucedido, pero ella era una tentación muy grande para mí.

Sus manos se aferran a mi cabello, tirando de él, mientras las mías van a sus caderas. Tiro de estas y la aprieto contra mi cuerpo. Sentía como mis instintos primitivos querían salir. Deseaba tomarla aquí en el medio de este bosque junto al lago sin importarme nada más, pero sabía que si lo hacía, después podría arrepentirse, y no quería eso.

Su boca devora la mía con el mismo ímpetu y la misma necesidad con la que yo lo hacía. Ambos necesitábamos descargar de alguna manera las emociones de los últimos días, y qué mejor manera que esta. La apoyo contra un árbol sin dejar de besarla, quería sentirla, quería fundirme en su calidez. Ella podría pedirme que incendiara todo el puto mundo y yo lo haría con tal de complacerla.

—¿Qué quieres, Klara? —Ahora dejo un camino de besos por su cuello, provocando que suaves jadeos se escapen de sus carnosos labios—. Si te pregunto algo, espero una respuesta, *printsessa*.

—A ti. Te quiero a ti.

Sonrío contra su cuello al escucharla.

—Así que ponerte caliente es la única forma en la que puedo obtener palabras agradables hacia mi persona, ¿eh? —Me empuja, pero no me mueve ni un centímetro lejos de su cuerpo—. De haberlo sabido, lo hubiera hecho hace tiempo.

—No seas idiota, porque si no me iré de aquí y te dejaré con las ganas.

No puedo evitar reírme en su cara al escucharla.

—¡Oh!, no lo creo, *printsessa*.

—No me importaría hacerlo.

—Ya veremos quién se queda con las ganas.

La beso, acallando sus palabras, llevo mis manos bajo su camisa: el frío de mis dedos hace que su piel se erice. Cuando llego a sus pechos, los masajeo por encima del sujetador. Sus caderas, en contra de su voluntad, se restriegan contra mí, pidiéndome más.

—Tal vez no te agrade, pero tu cuerpo se muere de ganas de que lo posea.

—Ya calla... ¡Ah!

Pellizco uno de sus pezones, logrando que gima.

—Eso está mucho mejor.

Vuelvo a besarla, silenciando sus protestas, sentía su piel caliente bajo mis dedos. Cuando pongo mis manos sobre el broche de su pantalón, la miro esperando su permiso. Y cuando vuelve a besarme, eso es más que suficiente consentimiento para mí. Tiro de la liga de sus bragas, provocando que salgan jadeos entrecortados de su garganta. Con que esta era la manera de mantenerla callada.

Cuando llego al centro de sus bragas, las siento húmedas, además del calor que desprendía su sexo, así que comienzo a acariciarla por encima de la tela. No pasa mucho tiempo para que comience a retorcerse entre mis brazos. Verla con los ojos cerrados, las mejillas sonrojadas y los labios entreabiertos era una de las mejores imágenes que podía darme.

—¿Así? —pregunto y ella asiente, pero yo quería llevarla a su límite, así que hago a un lado la tela y la toco directamente en ese pequeño brote lleno de nervios que la hacía gemir contra mi oído, llevándome al borde de la locura—. ¿O así?

—¡Así! ¡Por favor, Alexei!

—¿Dime lo que deseas, Klara? —le digo. Sabía lo que quería, pero quería que las palabras salieran de sus labios—. Pídelo, *printsessa*.

—Necesito más.

Sonrío, victorioso, al escucharla.

—Y yo te quiero abierta de piernas para mí, pero no todos podemos obtener lo que queremos —digo, deteniendo mis movimientos y sacando mi mano de su entrepierna, abrocho su pantalón para después alejarme unos pasos de ella.

—¿Qué... qué haces?

—Es para que aprendas, no vuelvas a amenazarme con dejarme con las ganas, porque la próxima vez que lo hagas no seré tan considerado. —Llevo el dedo con el que la estaba acariciando a mi boca para sentir su sabor—. *Bozhestvennyy*[1] —le digo. Era salada con un toque dulce. Ahora tenía curiosidad por sentirla con mi lengua—. No demores en entrar, está bajando la temperatura —le informo antes de darme la vuelta y dejarla junto al lago con ganas de más, y tan húmeda que podría entrar fácilmente en ella.

Estabas en las manos de un mafioso, mi hermosa reina.

DIECINUEVE
Alina Klara

Hacía un par de horas que había sucedido la «cuestión» con Alexei y me reprendía mentalmente por haberlo dejado meterse entre mis piernas. Me dejé llevar por la tensión que había entre nosotros, pero desde ahora tenía que mantener la cabeza fría y las hormonas a raya. Alexei Voronin era un idiota y jamás me acostaría con él..., pero antes tenía que vengarme por lo que me había hecho: dejarme sola en el lago y «en la punta del iceberg». No, podía asegurarles de que la caída no había sido nada placentera.

Cuando llegué del lago, todos se encontraban cenando, así que, con una excusa bastante creíble, subí a mi habitación. Desde entonces llevaba dándole vueltas en cómo sería la manera perfecta de llevar a cabo mi venganza. Podía colarme en su habitación y solo excitarlo hasta que me rogara estar dentro de mí, pero eso sería muy aburrido, yo quería regodearme en su dolor de no poder tenerme para «liberarse».

Hace unos años, unas compañeras de la universidad me invitaron a un club para pasarla bien, pero en el momento que entré no me sentí cómoda. La música me aturdía y pensaba que en cualquier momento sería asfixiada por el gentío, pero lo que sí llamó mi atención fueron las mujeres que bailaban en jaulas que colgaban del techo. Sus movimientos eran sensuales, expertos y eróticos, tenían a varios hombres de la zona vip hipnotizados.

Me seguía preguntando cómo se sentiría bailar de manera sensual, tener el poder en cada movimiento de tu cuerpo y usarlo para torturar a todo aquel que te viera y que deseara tocarte como si fueras su oxígeno. Yo quería ese tipo de poder, y lo experimentaría muy pronto si todo salía como lo tenía planeado.

No tenía nada similar a lo que esas mujeres utilizaban en el club, pero sí ropa interior fina de encaje, y la más provocativa que tenía era negra. Me dirijo al baño a darme una ducha y apaciguar los nervios que comenzaba a sentir, podía tomar el camino fácil, pero yo quería que Alexei Voronin me rogara, quería que rogara por algo que nunca podría tener. Sí, nos habíamos besado y sentido sus dedos en mi coño, pero no planeaba dejarlo llegar más lejos. Tenía que recordarme que, sin importar las cosas que había descubierto sobre mí, seguía siendo su doctora y él mi paciente, aunque me costara verlo como esto último.

No se sentía... correcto.

Humecto mi piel con crema hidratante después de la ducha y me coloco la lencería. Al admirar mi aspecto en el espejo que reflejaba mi cuerpo completo, quedo satisfecha. Mis curvas eran pequeñas pero pronunciadas, dejo mi cabello suelto, este me llegaba a la altura de los hombros. Alexei ya había dejado claro su deseo por mí, y esa era un arma de doble filo para él. Calzo unos tacones negros que le daban un aspecto seductor a todo el conjunto, luego de eso, ya estaba lista. Solo quedaba buscar a la presa.

Me pongo una bata de seda para salir de la habitación, no había dado ni dos pasos cuando una voz a mi espalda me detiene.

—Señorita Klara, ¿a dónde se dirige?

Ya había escuchado antes esa voz.

—¿Harry? —digo, dándome la vuelta.

—Un gusto encontrarnos de nuevo, señorita Klara.

—Por favor, dime, Alina, ¿sí?

—Lo siento, pero como me escuchen llamándola por su nombre, me quitarán la cabeza.

—¡Ah!

Olvidaba dónde me encontraba.

—Entonces, ¿a dónde se dirige?

—Pues... ¿Sabes si Alexei Voronin terminó de cenar ya?

—Todos se encuentran en el despacho del Sr. Dimitri, señorita.

Bueno, eso era perfecto.

—¿Por casualidad tienen un lugar de esos donde los hombres tienen sus encuentros «placenteros»?

Había intentado que la pregunta no fuera incómoda, pero cuando noté el sonrojo de sus mejillas, supe que había fallado.

—Sí... sí tienen uno, se encuentra antes de la bodega. Sabrá cuál es la puerta cuando la vea.

—Bien, ¿puedo pedirte un favor? —digo, poniendo mi mejor cara de inocencia.

—Por supuesto, de qué se trata.

—Necesito que le digas a Alexei que lo esperaré ahí, pero hazlo lo más disimulado que puedas, no quiero que Dimitri ni mi padre lo sepan.

Cuando se percata de mi aspecto, se sonroja aún más, aparta la mirada aclarándose la garganta.

—Por supuesto, señorita Klara.

—Muchas gracias, te debo una grande.

Me voy casi corriendo de esa situación tan vergonzosa, rezando para que la curiosidad de Alexei fuera más grande que su orgullo.

Los pasillos de la casa se encontraban tranquilos, así que no me topo con nadie más hasta llegar a mi destino. Harry tenía razón al decir que sabría cuál era la puerta al verla, era de color rojo sangre con una manija que parecía de oro. Daba la idea de que tras esa puerta se encontraba el cuarto de juegos del Sr. Grey, esperaba que lo que hubiera ahí no fuera eso, si no, en serio, estaría metida en una situación muy vergonzosa.

Cuando la abro, me encuentro con una imagen muy diferente a la que tenía en mente: había una pequeña tarima en el centro y otras dispersas en una media luna, frente a estas, una fila de asientos para los espectadores. Era perfecto, justo lo que necesitaba. La habitación estaba tapizada con una alfombra oscura que le daba un aspecto increíble.

Me dirijo a la puerta que había al fondo, ahí debía estar la cabina de música. Al abrirla, un enorme equipo reproductor se encuentra a mi disposición. Si hiciese esto, solo sería con las canciones de The Weeknd. En mi teléfono tenía una lista con sus temas, pero como lo perdí en el ataque, solo me tocaba esperar que en la *laptop* hubiera varias de sus canciones. Por suerte, tenía todas, y así armo una lista de reproducción rápida.

—¿Disculpa? —dice una voz a mis espaldas, provocándome un grito de terror.

—Joder —susurro—. Me has dado un susto de muerte.

El chico que se encontraba frente a mí era joven y bastante apuesto.

—Lo siento, señorita...

—Klara, Alina Klara.

—Mis disculpas, señorita Klara, me indicaron que viniera, ya que la habitación sería usada.

—De acuerdo, ¿tú eres...?

—El DJ, señorita.

—¡Oh!, por supuesto —digo, haciéndome a un lado—. Me adelanté y creé una lista rápida.

—Por supuesto, permítame advertirle de que me gusta jugar con las canciones, así que no se sorprenda cuando haya cambios en la música.

—Entiendo, ¿y cómo vas a saber cuándo tienes que iniciar la música?

La cabina no tenía ventanas, pero era de buen tamaño y también fresca.

—Un sensor en la cabina me lo va a indicar. Señorita, si espera al joven de los Voronin, debo decirle que se apresure, pasará por la puerta principal en cualquier momento.

—Perfecto, gracias...

—Todos aquí me dicen DJ, señorita.

—Bueno, entonces muchas gracias, DJ.

Salgo de la cabina y me subo en la tarima del medio, la bata me la quitaría al principio del baile. Las manos me sudaban, pero tenía confianza en mi cuerpo, así que solo debía dejarme llevar. Las tarimas estaban alumbradas por una tenue luz, en cambio, para los asientos usaban luces más claras. Las puertas se abren, revelando a un Alexei que usa una camisa negra y pantalón de traje. Se veía increíblemente sensual. Disfrutaría esto como no tenía idea.

—¿Es que acaso vas a bailarme, *printsessa*?

Toma asiento en el puesto que se encuentra frente a mí.

—Eso voy a hacer, Sr. Voronin.

Abro la bata para que pueda apreciar mi cuerpo. Al poner las manos en el tubo, las luces bajan de intensidad y las que salen del techo son rojas. Era un ambiente excitante sin duda. Cuando me pongo al lado del tubo en una posición de baile, la música inicia, ahora comprendía lo del sensor.

Empiezo con movimientos suaves, siguiendo el ritmo de *Call Out My Name*, y cuando la melodía le da paso a la parte más sensual, me quito la bata arqueando el cuerpo hacia el tubo. Me pongo al frente para que vea a la perfección los movimientos de mi cuerpo, agarro el tubo y desciendo hasta quedar en cuclillas con las piernas abiertas. Las bragas, al ser pequeñas y finas, dejaban muy poco a la imaginación.

No podía evitar humedecerme bajo su atenta mirada, él también tenía las piernas abiertas, lo que me dejaba ver su prominente erección. Me encantaba cómo me sentía, la música me transportaba haciéndome olvidar los problemas que había, dónde me encontraba y su ardiente mirada, quería disfrutar de este momento. Seguía haciendo movimientos sensuales y tocando mi cuerpo, me sentía una diosa.

Cuando veo que se levanta, me detengo.

—¡Oh!, no, Sr. Voronin, tome asiento de nuevo o el *show* se acabará antes de lo pensado, y estoy segura de que no quiere eso.

De mala gana, toma asiento de nuevo.

Me acerco a él con pasos sensuales hasta poner mis manos en sus piernas y poner mis pechos a su vista. Su mirada va directo a ellos.

—Esta noche solo va a mirar, Sr. Voronin, nada de tocar.

Veo como traga grueso y con una de mis manos rozo su erección por «accidente».

Me subo a su regazo y comienzo a moverme sobre él, sentía su erección, me rozaba cada vez que me movía. Sus ojos nadaban en deseo, sus manos se encontraban en mis caderas y las apretaba tanto que sabía que quedarían marcas.

—Maldición, Klara. —Su voz estaba ronca, un cosquilleo me recorrió hasta situarse en mi vientre—. Me estás matando, eres una jodida diosa.

—Lo sé, Sr. Voronin.

Acerco mis labios hasta rozar los suyos.

—Déjame tomarte, Alina, por favor.

Sonrío.

—Así te quería, Voronin, suplicándome. —Le doy un casto beso para bajarme de su regazo—. Y a mí me encantaría que no me vieras como un pedazo de carne al que quieres follar. —Tomo mi bata para cubrirme—. No todos podemos tener lo que queremos —digo, repitiendo sus palabras en el lago.

Cuando llego a la puerta, me volteo para verlo, estaba mirándome.

—Serás mía, Alina Klara, puedo asegurártelo.

—Nunca me tendrás, Alexei Voronin.

Salgo de la habitación con el corazón latiéndome a mil, lo había conseguido, pero lo que no pensé antes fue que esto también se convertiría en una tortura para mí.

Había provocado al diablo y sabía que vendría por mí.

VEINTE

Alina Klara

Alexei y yo nos encontrábamos uno frente al otro, se había acercado mientras bailaba, sus pupilas se encontraban dilatadas y sus labios entreabiertos solo me gritaban que lo besara. Ninguno había dado el paso para alejarse, pero tampoco para cerrar el poco espacio que nos separaba.

Lo quería. Lo deseaba.

—Pídemelo, Alina y seré tuyo, seré todo tuyo —susurró sobre mis labios.

En esta ocasión, mandaría a la mierda ética y orgullo, quería probarlo, solo quería un bocado de la manzana que el destino me había puesto en la vida.

—Solo será una probada —le respondí antes de besarlo.

En el instante en el que nuestros labios se tocaron, me sentí en las nubes. El corazón se me saldría del pecho, era delicado en cada roce, podía sentir la adoración, dulzura y amor. No sabía todo lo que sentía cuando me besaba así, pero era muchos más, y eso me aterraba.

Alexei Voronin no era de los hombres a los que les podías entregar tu corazón sin salir herida en el proceso.

—Esta noche cumpliré tus deseos, Alina. —*Besa mi cuello, erizándome la piel*—. Solo pídelo.

No podía pensar cosas coherentes con sus labios en mi piel, él ponía mi mundo de cabeza.

—Alexei...

Una de sus manos se encontraba en mi cuello, tomándome con delicadeza mientras seguía besándome.

—¿Sí?

—Bésame, Alexei. —*Acerca sus labios a los míos, pero lo detengo*—. No, ahí no.

Una sonrisa ladina tiró de las comisuras de sus labios al comprender mis palabras.

—Pero qué pervertida es, señorita Klara, yo intentando comportarme como un caballero y tú me incitas a pecar así. —*Pego un grito cuando me carga como un costal de papas sobre su hombro*—. ¿Qué haré con usted, señorita Klara?

Intento bajarme al ver que sale de la habitación. Si mi padre nos veía, no dudaría en meterle un tiro en la cabeza.

—Alexei, bájame, estoy casi desnuda.

Pero en vez de bajarme, me da un azote en el culo, indicando que ese hecho le importaba muy poco.

—No dejaría que nadie que no fuera yo te viera en ropa interior, así que no te preocupes.

—Si mi padre nos ve...

—... Será muy feliz al saber que su hija terminará esta noche con una sonrisa en el rostro.

—Eres un sucio —*digo, dándole un azote en el culo mientras aprovechaba las vistas.*

—Déjame recordarte que me pediste que te comiera el coño, y es algo que pienso hacer hasta que me supliques que pare.

—¿A dónde vamos? —pregunto al ver que no se detiene al pasar por mi habitación.

—Esta noche eres mía, y planeo disfrutar cada segundo de ella sin interrupciones.

Su habitación se encontraba cerca de la que yo ocupaba, así que llegamos en cuestión de segundos. La pieza estaba a oscuras, la luz de la luna se filtraba a través de las puertas del balcón.

—Y ahora planeo arrancarte esas diminutas bragas.

Me empuja sobre la amplia cama, subiéndose encima de mí. Con una mano aprisiona las mías por encima de mi cabeza, estaba expuesta y totalmente a su merced.

Y disfrutaba de la idea.

—Ni se te ocurra, Alexei, porque juro que...

Jadeo al sentir el ardor en mi piel, me había arrancado las bragas, las putas bragas.

—¿Qué decías?, no pude escucharte bien.

—Eres un maldito, Alexei Voronin.

—Shhh, esta noche solo quiero que salgan sonidos de placer de esa boca, Alina.

Sus labios comienzan un camino de besos desde mi clavícula hasta la unión de mis pechos.

—Después disfrutaré de estas señoritas —susurra, besando a cada uno de mis senos por encima de la tela del sujetador.

Arqueo la espalda al sentir su aliento sobre mi vientre, la anticipación junto con sus palabras me tenía húmeda.

—Abre esas piernas para mí, quiero enterrarme aquí hasta que olvides tu nombre.

Obedezco: besa primero el interior de uno de mis muslos y después el otro. Su respiración rozaba mi sexo, provocándome escalofríos. Jadeo cuando le da un casto beso al pequeño brote de nervios que se encontraba dolorosamente hinchado.

Su lengua hace acto de presencia, probándome, lame mis

labios llevándose la humedad y a su vez provocando chorros de ella. Sentía que tocaba las estrellas con los dedos, cada lamida y mordida me hacían temblar de pies a cabeza, todas las corrientes de placer se concentraban en mi vientre formando un nudo cada vez más intenso. Cuando introduce la lengua, me aferro a las hebras de su cabello para mantenerlo ahí.

Mi cuerpo quería explotar de tanto placer, su lengua era aún mejor que sus dedos, quería gritar por todo lo que sentía, pero me contuve, no quería que nos escucharan.

—Voy a correrme —digo entre jadeos.

Separa un poco sus labios de mi sexo y alza su rostro para mirarme.

—Lo sé, printsessa.

Al ver su arrogante sonrisa, solo me dieron ganas de contener el orgasmo lo más posible, pero no podía luchar contra su lengua, así que me corro, humedeciendo las sábanas con mis fluidos.

Sentía que las piernas me temblaban y mis párpados luchaban por mantenerse abiertos, por una vez Alexei tenía razón, la sonrisa que había en mi rostro no se borraría ni estando dormida.

—¿Cómo te llamas?

Verlo con los labios hinchados, las mejillas coloradas y el pelo hecho un desastre solo me provocó besarlo hasta que me pidiera parar.

—Sé cómo me llamo, idiota.

Estaba en las nubes, y no quería bajar nunca.

—A ver, ¿cómo te llamas?, porque hasta yo lo he olvidado.

—Anastasia Smirnova, así me llamo...

Estaba completamente sudada y tenía un dolor punzante entre las piernas. Había sido solo un sueño, y uno muy vívido, debía decir. Las puertas de la terraza se encontraban abiertas, la luna iluminaba la habitación, lo iluminaba a él.

—¿Qué haces aquí?

Tenía un vaso en la mano con lo que suponía era alcohol, y su mirada fija en mí conseguía hacerme arder la piel.

Él no podía tomar alcohol. Cuando estoy dispuesta a regañarlo, me interrumpe:

—Pues tenía planeado que al entrar en esta habitación aliviaras la «situación» en la que me dejaste. —Se bebe lo restante en el vaso sin dejar de mirarme—. Pero para mi sorpresa, te he encontrado dormida y teniendo sueños húmedos conmigo.

Maldición. Me había escuchado hablar dormida, tendía a hacerlo siempre, quién sabe qué fue lo que me escuchó decir.

—No sé de qué hablas, no estaba soñando contigo, y mucho menos sueños húmedos —miento con descaro.

—¿Ah, no? —insiste. No sabía si era la oscuridad de la habitación, pero al ponerse de pie, se veía aún más imponente y me hizo sentir como un cordero a punto de ser devorado—. Eres pésima mintiendo, Alina, a mí no puedes engañarme.

—No estoy mintiendo.

—Entonces, no habrá ningún problema si beso tus «labios».

Me pongo de pie para enfrentarlo.

—No te atrevas a ponerme un dedo encima, Alexei Voronin, no me importa si eres el rey del puto mundo. Nunca me tendrás.

—¡Oh!, pequeña Alina, cuándo te darás cuenta. —Retrocedo hasta tocar la pared, estaba acorralada—. Nunca te dejaré ir, puedes fingir todo lo que quieras, pero sé que también lo deseas.

—Te odio con cada fibra de mi ser.

Me toma del mentón para mantenerme firme.

—Ambos sabemos que eso no es cierto, te expusiste el día en la ambulancia, y eso ya no lo podrás usar contra mí.

—Si piensas que voy a besarte los pies y hacer todo lo que digas, estás muy equivocado.

—No esperaba menos de ti, *printsessa*. —Ardía por cada una de sus palabras—. Caíste en mis manos, ¿y sabes qué es lo más peligroso de ser el objetivo del placer de un mafioso?

Niego en silencio, no quería saber la respuesta.

—Que no parará hasta tenerte y consumirte por completo.

VEINTIUNO

Alexei Voronin

Alina no me había dirigido la palabra desde nuestro pequeño encuentro en su habitación a medianoche. Me había tomado totalmente por sorpresa su baile, al igual que encontrarla teniendo sueños húmedos conmigo. Pero lo que sí me pilló con la guardia baja fue escucharla decir ese nombre, su verdadero nombre.

Había evitado por completo sacar el tema y tampoco sabía si lo recordaba, tal vez era como cuando le daba un ataque y al despertar no recordaba nada. Pedía que fuera así por el bien de Lucios y la relación con su hija. No es que me importara demasiado, pero si afectaba la felicidad de Alina, entonces me afectaba a mí también.

Los últimos días de esta semana los había pasado rememorando el baile de Alina en esa habitación. Cada parte de ella destilaba sensualidad e inocencia, su piel me incitaba a conocer cada parte de ella, su cuerpo no tenía ni una marca, o al menos no visible. Al verla vestida con encaje, todo mi autocontrol tembló, pero la única razón por la que me contuve fue porque ella me lo pidió y quería complacerla.

Ella era una diosa, mi diosa, y sin importar lo que ella dijera, me daba cierto placer ver como se resistía todos los días, como evitaba mirarme y hablarme. Aunque en varias ocasiones la había atrapado haciéndolo. Yo no me tomaba la molestia en ocultarle ni mis sentimientos ni mi deseo hacia ella, si eso cabreaba a su padre, no me importaba.

Iba camino al despacho de mi padre, él y Lucios me habían llamado para hablar de un asunto importante. Y cuando lo decía así, sabía que se trataba de Alina. Por lo que había podido observar, había comenzado a entrenar en la parte de lucha cuerpo a cuerpo y el uso de armas. Era alguien menuda, así que no podría ganar una batalla por la fuerza, tendría que aplicar la estrategia, y el conocer todos los puntos sensibles del cuerpo humano le daba una ventaja.

Como si supiera que en ese momento pensaba en ella —lo que era casi la mayor parte del tiempo—, aparece a mi lado cuando estoy por abrir la puerta. Usaba un top deportivo que le sentaba de maravilla, junto con unos *leggins* que resaltaban sus contorneadas piernas y su trasero. Sin duda disfrutaría de las vistas si la veía entrenar.

—Hola, desaparecida.

Sonrío al ver que aparta su mirada, ruborizándose. Con que se ponía de santa después de haber bailado encima de una erección que causó ella misma: las mujeres eran imposibles de entender.

—Hola —dice, seca, mirando la puerta como si se tratara de la sexta maravilla del mundo.

—¿Cómo estás? ¿Qué me cuentas?

Me recuesto en el marco de la puerta sin dejar de mirarla, quería sacarla de sus casillas.

—Déjate de idioteces y abre la puerta.

Y ya lo estaba consiguiendo; qué fácil era de molestar.

—¿Y por qué no lo haces tú? —me contradice, poniendo los ojos en blanco—. Si es cierto, por un momento lo olvidé. Eres una princesa que vive en una torre, así que permítame, su alteza.

Podía ver lo tensa que se encontraba, mis palabras habían surtido efecto.

Abro la puerta, dejándonos a la vista de los dos hombres que se encontraban en la estancia.

—¿Qué hace ella aquí? ¿Por qué la trajiste? —habla mi padre, mirándome como si fuera el culpable de la muerte de una camada de gatos recién nacidos.

—No me mires a mí, se invitó solita, nos hemos encontrado en el camino.

Tomo asiento en el amplio sillón con la vista fija en la ventana, lo que sea que fueran a decirme, lo harían cuando Alina se vaya.

—Tengo que preguntarles algo —dice ella.

Dimitri se sienta tras el escritorio, Lucios frente a él y Alina se queda de pie justo al lado de la ventana. Perfecto.

—Te escuchamos —exhorta su padre, animándola a hablar, estaba tensa y se estrujaba las manos con nerviosismo.

—¿Quién es Anastasia Smirnova?

Blyat.

Me tenso al escucharla, lo recordaba, miro al otro par de figuras masculinas que se encontraban igual de tensas que yo.

¡Ah!, Lucios, esta mentira se te estaba yendo de las manos.

—¿De dónde has sacado eso? —pregunta su padre.

Alina me mira por un segundo, dudando, pero después devuelve la mirada al frente, mientras, yo pensaba seriamente en comprarle más *leggins* de esas.

—De un sueño.

Dimitri y yo nos mantenemos al margen de la situación, era algo que debían hablar entre padre e hija.

—¿Y qué soñaste exactamente? —Me atraganto al escucharlo, ganándome su atención—. ¿Tú sabes algo, Alexei?

¿Qué si sabía algo? Bueno, «suegro», su hija estaba comparando quién la masturbaba mejor, si mis dedos o mi lengua, usted me dirá.

—En absoluto, Lucios, cómo podría tener conocimiento sobre eso, no es como si me colara en la habitación de tu hija mientras duerme para escucharla en sueños. —Alina me dirige una mirada mortal, lo estaba disfrutando—. Pero debo agregar que su hija tiene cierto fetiche con mis dedos y lengua —susurro, dejando a su suerte si me escuchaban o no.

Y por la mirada que me dedica Lucios, supe que me había escuchado. ¡Ups!

—No le hagas caso, papá, solo está bromeando.

—Ni que fuera payaso de feria para estar haciendo chistes.

—Alexei, si no guardas silencio, te meteré una bala en la cabeza.

—Procura que sea afuera, esta habitación es difícil de limpiar, lo digo por experiencia propia.

—¿Pueden responder a mi pregunta?

—Sí, Lucios, responde la pregunta de tu hija.

Me estaba ganando ese tiro en la cabeza a pulso, pero valía la pena si con eso podía ver la cara de enojo de Alina y de su padre. El parecido que había entre ambos era sorprendente.

—Es una prima lejana —responde, ¿hasta dónde planeaba llegar con esta mentira?

—¿Tengo una prima?

Por el tono de voz que usaba, sabía que estaba conteniendo las lágrimas.

—«Tenías» una prima

Sin duda, Lucios merecía un premio por el padre del año.

—¿Cómo murió?

Esa pregunta tenía una respuesta sencilla.

—Lucas la mató —respondo, ganándome otra mirada de muerte por parte de Lucios.

—¿Tú la conocías?

Ahora sí tenía su atención.

—Como la palma de mi mano, yo... estaba enamorado de ella.

Pongo mi mejor cara de tristeza, no era una mentira del todo, había cierto grado de verdad en mis palabras.

Veo como sus rasgos se endurecen con mis palabras, lo había conseguido, ahora solo tenía que presionarla.

—Ya veo. —Se encamina a la puerta, deteniéndose para mirarme—. Y para próximas reuniones, mantén tu mirada en algo que no sea mi trasero.

Sonrío.

—No todo gira a tu alrededor, listilla, estaba mirando las grandes nubes que hay en el cielo. No sé qué pensarás tú, pero se ven muy suaves y me dan ganas de enterrarme en ellas... perdón, quise decir, acostarme. —Tenía una sonrisa en el rostro que ni la mirada de muerte de Lucios podría borrar. Las mejillas de Alina se encontraban sonrojadas y su respiración se había acelerado—. Ahora, si nos disculpas, puedes irte, tenemos cosas que hablar.

Aparto la mirada de ella, mostrando indiferencia, quería terminar esta conversación lo más rápido posible para verla entrenar. Escucho que se abre la puerta y después como esta se cierra de un portazo.

—¿A qué juegas, Alexei? Mi hija no será una más en tus estúpidos juegos.

—No sé de qué hablas, Lucios, yo no estoy jugando a nada. Solo estaba viendo las nubes.

—Ella es lo bastante lista como para no caer en tus manos.

—En eso estamos de acuerdo —susurro, yo sabía cuál de los dos iba a terminar cayendo—. ¿Qué era lo que querían decirme?

Mi padre, como si se hubiera transformado en una estatua todo este tiempo, decide tomar las riendas de la conversación.

—Lucas nos envió un mensaje, quiere que nos reunamos la semana que viene en la frontera de Rusia.

—¿Para qué querría que nos reuniéramos? Esto no es una maldita cruzada como para que crea que no vamos a atacar apenas lleguemos al lugar.

—Hay códigos, Alexei —dice Lucios.

—¿Quieres saber por dónde me paso tus malditos códigos? —Me pongo de pie molesto, se había evaporado todo rastro de buen humor—. A ese hombre le importan una mierda los códigos, y te lo demostró cuando mató a tu esposa mientras tenían una alianza. Así que dime, Lucios, ¿quieres hablar de códigos en serio?

Sé que mi padre piensa, al igual que yo, que ahora no era momento para esas estupideces. Nos habían atacado y nosotros teníamos que devolver el golpe, uno con un resultado más sanguinario.

—Entonces, ¿qué idea ofreces?

—Nos reuniremos con él, pero llevaremos a un grupo de hombres para inmovilizar a todos los suyos desde las sombras, y cuando esté totalmente desprotegido, lo matamos.

—Sabes que nada es tan sencillo —dice mi padre.

—Lo sé, pero somos tres cabezas que piensan correctamente contra un maldito loco que solo tiene sed de venganza.

—Me parece un buen plan, nuestro número de gente es

superior a la de él. Podríamos matarlo sin problemas —contesta mi padre, secundándome.

—Está bien, pero necesito que revisemos todo de una manera más detallada y que tengamos un segundo plan por si la cosa se pone fea.

—Siempre tengo un plan b, Lucios. Ahora, ¿qué haremos con Alina? No podemos dejarla aquí sola —digo.

—Esta casa es como una base militar, ¿no?

—La diseñé para que nadie pueda entrar, y si lo logran, no podrían salir.

—¿Es tuya? —pregunta Lucios, dirigiéndose a mi padre.

—Es de Alexei, pero yo le agregué ciertas cosas.

Sí, como «aquella» habitación.

—Podemos cerrar todo cuando nos vayamos, no podrían abrir la casa ni desde afuera ni desde adentro sin autorización de mi padre o mía.

—Las personas son sencillas de sobornar.

—No hablaba de una persona, Lucios, esta casa tiene el sistema de seguridad más avanzado del mundo. Es imposible de hackear también, ya lo puse aprueba. Esta casa es impenetrable una vez que se cierra.

—Entonces, así será, que esta conversación no salga de esta habitación. No me fío de nadie después de lo que pasó con la vieja loca.

Una vez que culminan y comienzan a hablar de otras cosas, me voy al gimnasio.

Algunas personas teníamos un sexto sentido que nos advertía de que algo pasaría y que no sería bueno. Algo no me gustaba de dejarla aquí sola, confiaba en la seguridad de la casa, pero no en las personas que se quedarían a su alrededor.

Tenía que pensar en un plan por si algo sucedía en mi ausencia.

VEINTIDÓS

Alina Klara

No había creído ni una palabra de lo que me había dicho mi padre en ese despacho, sabía que me estaba mintiendo, pero desconocía hasta dónde llegaba su mentira.

Había escuchado ese nombre muchas veces en el pasado. Anastasia Smirnova fue alguien importante, sin duda, pero si tan solo pudiera recordar cómo era o qué relación tenía conmigo y mi familia.

Desde que tuve aquella conversación con Alexei junto al lago sobre no ser un estorbo para todos, le pedí a mi padre que ponga a uno de sus mejores guardias a entrenarme. Hasta ahora, se me daba muy bien los combates cuerpo a cuerpo. No era letal, pero si era atacada, sabría defenderme.

Golpear el saco de boxeo era una buena manera de descargar todas las emociones que tenía contenidas; la frustración de no poder recordar, las ganas de asesinar a Lucas Moretti por las muertes de mi madre y mi hermano, y los sentimientos que se arremolinaban en mi estómago cada vez que veía a Alexei Voronin.

Tal vez lo que sentía era simple deseo, porque por más que me resistiera a sus encantos, cualquier mujer se derretiría bajo la mirada de ese hombre. Alexei nunca podría complacer a una mujer como yo, me prometía a mí misma y a todas esas mujeres que cayeron en sus manos que no me enamoraría de él.

No me enamoraría de Alexei Voronin.

—¿Puedo saber qué te hizo ese saco para que lo golpees así? —dice a mis espaldas.

No era consciente de la fuerza que ejercía para golpearlo, pero cuando me observo los nudillos, están rojos. Estuve cerca de romperme la piel.

—Pensé que golpeaba tu estúpida cara —digo sin darme la vuelta, poniéndome en posición para comenzar la rutina de nuevo.

—¡Auch!, hieres mis sentimientos.

—No sabía que el diablo tenía sentimientos.

Aparece en mi campo visual y sostiene el saco para que este no se mueva cada vez que lo golpee.

—Cuando se trata de su reina, los tiene.

—Lástima que tu reina se encuentra tres metros bajo tierra —digo, haciendo énfasis en la palabra reina.

Por alguna razón, que me niego a aceptar, cuando supe que Anastasia Smirnova había sido la enamorada de Alexei, la sangre me hirvió de celos. Sonará muy retorcido, pero cierta parte de mí sintió satisfacción al saber que estaba muerta.

Eso me hace una mala persona, lo sé.

—¿Son celos lo que escucho, Alina?

Ya quisieras saberlo, idiota.

—¿Cómo puedo sentir celos de un par de huesos? No soy tan patética.

Paro de golpear el saco y me dirijo a las bancas.

En realidad, sí era patética, porque los tenía, mas él no tenía por qué saberlo.

—¿Con quién practicas los movimientos que das en el saco?

—Con Harry, es un buen maestro.

—¿Quién es ese Harry?

—Aunque no veía su rostro, podía escuchar la molestia en su voz.

—Es... un amigo.

No quería decirle que era mi escolta, si no, sería capaz de quitarle el puesto o algo peor.

Tenía los nudillos maltratados a pesar de que me ponía vendas, ya que siempre se movían mientras golpeaba el saco. Harry me pidió infinidad de veces que usara guantes, pero prefería sentir el impacto de mis puños contra la dura piel del saco.

—¿Y desde cuándo vas por ahí haciendo amigos?

La expresión que tenía en estos momentos merecía ser enmarcada, con el ceño fruncido y haciendo un pequeño puchero que, estaba segura, no era consciente que hacía.

—Eso no es tu problema, pequeño Voronin.

Me pongo de pie y me voy a la sala de tiro.

Escucho sus pasos tras de mí hasta que me detiene, jalándome del brazo, le había molestado mi «pequeño» comentario.

—Repite lo que has dicho —pide con los dientes apretados, me tenía acorralada con su mano en mi cuello.

—¿Qué quieres que repita, pequeño Voronin?

Lo veo, desafiándolo, al notar que su mirada se oscurece. Lo había provocado.

—Alina, te terminarás quemando si sigues con este juego.

—Para darle énfasis a sus palabras, pega su dura erección a mi pelvis—. ¿Y eso te parece «pequeño», princesa?

Frunzo el ceño cuando no lo dice en ruso, lo había molestado en serio.

—Solo ha crecido un poco, he sentido otros más grandes.

Había descubierto una fibra sensible en él y le sacaría el mayor provecho posible.

—Me aseguraré de que nunca más sientas a otros, pero ahora voy a enseñarte modales.

Me pone sobre un hombro en un abrir y cerrar de ojos.

Tuve un *déjà vu* relacionado con mi sueño al mirar su trasero, este era mejor sin duda. No pierdo fuerzas luchando, ni con mil años de entrenamiento podría quitarme el brazo que rodeaba mi cintura, pero estando de pie, podría darle batalla.

Llegamos a la sala de tiro, la que estaba totalmente vacía, lo que agradecí. Cuando me deja en el suelo, me lanzo sobre él haciendo una llave para derribarlo y quedar encima de él, inmovilizando sus piernas con las mías.

Era claro que me había dejado derribarlo, mas omitiría ese hecho.

—Nunca más vuelvas a tratarme como si fuera una muñeca de trapo.

Podía sentirlo por completo contra mi sexo, había mentido, era grande, muy grande.

—No vuelvas a provocarme entonces, princesa.

Levanta su cabeza hasta que mi nariz roza la suya.

—Provocarte es muy divertido.

—Entonces, atente a las consecuencias. —Con un movimiento, me encontré debajo de él—. Ahora, ¿recibirás tu castigo por las buenas o por las malas?

—Conmigo nunca la tendrás fácil.

Acaricio su labio inferior con la lengua y se presiona contra mí, tocando ese pequeño manojo de nervios que me hace jadear.

—Entonces, esto será más divertido.

Se levanta de un salto dejándome tirada en el suelo, me levanto y lo sigo al interior de la sala de armamento.

—¿Qué haces?

Lo veo tomar dos armas de bajo calibre, me extiende una y la tomo.

—¿Te gustan las apuestas? —No era fan de ellas, pero asiento—. Bien, entonces apostemos.

Cualquiera en su sano juicio no apostaría contra un mafioso, ellos eran los maestros de los engaños y las mentiras, pero también era cierto que mi buen juicio se había estado tambaleando desde que él entró a mi vida.

—¿Qué quieres apostar?

—Haré lo que yo quiera contigo si gano.

Era peligroso aceptar algo así, pero lo haría, no me retiraría quedando como una cobarde.

—Acepto, y si yo gano, harás lo que yo diga.

Tenía varias ideas en mente y todas lo molestarían.

—Acepto.

Volvemos a la sala de tiro y cada uno se pone enfrente de un blanco.

—Tienes que vaciar todo el cargador en la cabeza del muñeco, y el que falle más tiros, pierde —propone. El maldito me había visto practicar, a pesar de que había tomado clases de tiro por un tiempo, no tenía buena puntería—. Las damas primero.

Ya me las cobraría.

Respiro hondo y repito cada una de las instrucciones que me dio mi instructor. Si quería acertar más de la mitad de las balas, tenía que calmarme. Cierro los ojos, olvidándome un segundo de su intensa mirada, y cuando los abro, aprieto el gatillo.

De trece cartuchos, acierto seis, estaba jodida, Alexei era letal con un arma en las manos.

—Espero que disfrutes perder, princesa.

Cuando comienza a cargar el arma, decido hacer mi jugada.

—Aguarda, lo haré más interesante.

Me quito el top quedando en sujetador, sigo con los zapatos y después con los *leggins*, termino en ropa interior frente a él.

—¿Qué demonios haces?

—Jugar sucio. —Camino a donde se encuentran los blancos de tiro y me posiciono frente al suyo, que era la silueta de una persona, quedo a una distancia considerable de su persona—. Si fallas una, pierdes.

Quería empezar una discusión, pero solo asiente y se prepara para disparar.

Hago acopio de toda mi fuerza cuando escucho el sonido del disparo, sentía el impacto resonar con fuerza a mi espalda. Sus ojos en ningún momento se apartan del objetivo por más que quería mirarme a mí, la tensión en sus hombros lo delataba. No dudó ni un segundo y acertó los trece cartuchos.

Cuando posa su mirada en mí, un escalofrío me recorre. Sus ojos se habían oscurecido, podía ver el deseo en ellos y la molestia que le había causado que lo desafiara.

Una parte de mí estaba molesta por haber apostado, pero otra parte sentía curiosidad por saber lo que me haría.

—Hora de jugar, *printsessa*.

VEINTITRÉS
Alina Klara

Alexei había cerrado la puerta de la sala de tiros, estábamos solos y la tensión que había entre nosotros podría sentirse a kilómetros.

La sala de tiros tenía unos muebles que parecían supercómodos, y estaba segura de que lo que quisiera hacerme, sucedería ahí. Estaba dispuesta a todo, menos al sexo.

Y como si pudiera leerme la mente, toma asiento en uno de los muebles.

—Quiero que vengas aquí y te sientes en mis piernas.

Su voz era demandante y no dejaba lugar a discusión.

Me siento en una sola de sus piernas, ya que las mantenía abiertas. Su erección había crecido, y me preocupaba que dejara de sentirla en cualquier momento. El miembro masculino solo resistía cierto tiempo erecto, si no se liberaba, podría ser peligroso.

—¿Ahora qué?

La impaciencia crecía rápido en mi interior. ¿Qué demonios estaba planeando?

Sus manos acarician mis piernas, enviando una corriente al

interior de estas, Alexei tenía un poder sobre mi cuerpo que me asustaba y gustaba en partes iguales.

—Primero voy a castigarte y después ambos nos complaceremos.

Sus pupilas se encontraban dilatadas al mirarme, ambos estábamos excitados.

—No pienso acostarme contigo.

Al menos, aún no.

—No, cariño, cuando llegue ese momento será especial.

—¿Qué te hace creer que ese momento llegará?

Mis manos se encontraban jugando con su pelo mientras las suyas curioseaban cada centímetro de mi piel desnuda.

—Porque te provocaré tanto placer que suplicarás por tenerme entre tus cálidas y estrechas paredes.

—Yo no seré quien suplique —susurro antes de besarlo.

No es un beso ni dulce ni lento, su boca se movía con avidez contra la mía, quería devorar todo de él. Introduce la lengua en mi boca sin pedir permiso y únicamente lo dejo pasar porque sus movimientos eran exquisitos. Un seductor baile se inicia entre la suya y la mía, provocando gemidos que sus labios reprimían.

Cuando nos separamos, ambos tenemos la respiración muy agitada, sus labios estaban hinchados y su pelo hecho un desastre por haber tirado tanto de él.

—Pon tu pecho sobre mis rodillas, así tendrás el culo expuesto y disponible para mí.

—¿Me vas a azotar? —digo estupefacta, nunca me habían pegado, y mucho menos por placer.

—Hasta que tus fluidos corran por tus piernas.

Una punzada de placer azota mi sexo, hago lo que me dice. La posición me dejaba por completo indefensa, con una mano sostenía las mías en mi espalda y con la otra acariciaba el borde de mis bragas.

—Vas a contar en voz alta cada uno de los azotes y así veremos cuántos necesitas para humedecerte, ¿entendido?

—Sí —digo con la expectativa haciendo estragos en mi interior.

—¿Sí qué?

Es un idiota.

—Ni pienses que te voy a decir «señor Voronin» cada que tengamos encuentros sexuales.

—¿No lo harás?

Baja mis bragas y acaricia mis nalgas con la palma abierta, solo su caricia generaba una gran cantidad de fluidos en mi entrepierna.

—No.

Tan solo terminar la palabra, su mano azota mi trasero sin piedad. Un jadeo se escapa de mis labios, sentía su erección presionando mi estómago.

—¿Sigues diciendo que no?

Su caricia ardía bajo la piel irritada.

—Sí.

Otro azote llegó a mi trasero, pero esta vez con mayor intensidad. No lo aceptaría ante él, pero había cierto placer en esto.

—No te escucho contar, princesa.

Estaba molesto de nuevo.

Acariciaba la piel para extender por unos segundos más el ardor, y luego me azotaba, el choque de ambas partes resonaba en toda la habitación.

—Tres —digo en un jadeo, la molestia entre mis piernas era aún mayor.

Era un patrón tortuoso lo que hacía Alexei, acariciaba y azotaba.

—Cuatro.

Mi respiración era frenética, sentía las lágrimas arremolinarse en mis ojos, pero me negaba a soltarlas.

Otro azote.

—Cinco.

Soy un manojo de nervios cuando me azota por décima vez, un sollozo escapa de mis labios al sentir el contacto de su palma con la piel irritada de mi trasero. El inicio de otra caricia queda a medio camino cuando me escucha, me levanta de sus piernas con delicadeza para posar su mirada en mi rostro, seguramente este se encontraba sonrojado.

—¿Fui demasiado rudo? —pregunta con la preocupación tiñendo su voz.

—No, es que es demasiado.

Mi voz no era más que un susurro.

—¿Qué es demasiado, cariño?

Acaricia mi rostro y no puedo evitar derretirme bajo su delicado tacto.

—Es mucho placer, Alexei.

Una sonrisa pícara aparece, borrando así todo rastro de preocupación de su semblante.

—Hubieras comenzado por ahí, ya solucionaremos eso.

Me tumba sobre el sofá, dejando mis piernas abiertas para él.

Sus ojos devoran cada centímetro de mí, me sentía segura de mi belleza, pero eso no evitaba que me sonrojara bajo su atento escrutinio. Todas las emociones que involucraban a Alexei me dejaban con la guardia baja. Sostener el pensamiento de que era mi paciente ya no valía de nada. Creo que muy dentro de mí siempre supe que nunca podría verlo de esa manera.

—¿Puedo comerte el coño?

Río al escucharlo.

—¿Cómo puedes sonar como un caballero y un cerdo al mismo tiempo?

—Es un don. —Acaricia mis muslos, posicionándose cerca de mi sexo—. ¿Puedo?

Su aliento me provocaba cosquillas, comprobaría si es igual de bueno que en mis sueños.

—Sí...

Se lanza con avidez a mi centro en cuanto termino de pronunciar esa palabra. Chupa un labio y después el otro, la barba incipiente que cubría su mentón daba una sensación estimulante en cada uno de sus movimientos. Concentra sus lamidas en mi clítoris, provocando que jadeos desesperados salgan de mis labios. Cuando siento uno de sus dedos hacer presión en mi entrada, me tenso arqueando la espalda.

—Relájate y déjame entrar, esto no es nada comparado con lo que tendrás que soportar en unos días.

Sus manos eran grandes, por lo tanto, sus dedos eran gruesos y largos. La estrechez de mis paredes lo reciben, hacía mucho tiempo que no mantenía relaciones y me sentía un poco incómoda.

—Después de esto, tendremos una conversación.

Notaba los celos en su voz. Saca el dedo de mi interior y arremete entrando de una sola estocada.

Continúa sus atenciones en mi clítoris mientras me masturba con su dedo. Al cabo de unos minutos, introduce otro, estirándome. Esto era mil veces mejor que mi sueño, mis paredes succionaba sus dedos cada vez que me tensaba.

—¡Alexei!

Tiro de las hebras de su cabello cuando arquea los dedos, tocando un punto sensible. Sentía mis piernas temblar y mi vientre cada vez más tenso.

—Dámelo, cariño.

De un momento a otro, me entran ganas de orinar. Era algo intenso que provocaba que mis paredes se cerraran abruptamente alrededor de sus dedos.

—A-Alexei, tengo que ir al baño —le digo. Sentía demasiado, su lengua succionando mi clítoris, mordiéndolo, lamiéndolo, sus dedos entrando y saliendo. Era demasiado—. ¡Alexei!

Me desvanezco en su boca, siento cómo todo a mi alrededor se moja, y Alexei se bebe todos mis fluidos como si fueran agua. Mis piernas estaban temblando y sentía mis párpados cerrarse, era el orgasmo más intenso que había tenido en mi vida.

—Podría comerte el coño para siempre y jamás me cansaría. Eres un manjar, Alina Klara.

Besa mis labios, dándome de probar mi sabor.

—Mmm.

Era lo único capaz de salir de mi boca, estaba cansada.

—Supongo que eso significa que fue mejor que en el sueño, ¿no?

—Mmm.

Una sonrisa tonta se me escapa al verlo, tenía los labios hinchados, la barbilla brillosa por mis fluidos y el cabello mirando en todas direcciones.

Lo veo quitarse la camisa para luego limpiar los fluidos restantes de mi entrepierna. Tal acción desestabiliza los latidos de mi corazón.

—Te llevaré a la cama.

Me pone las bragas y luego me toma en brazos.

—Nos verán —susurro contra su pecho, olía a sexo, a sudor y a una colonia varonil.

—Tengo mis atajos, cariño.

Reprimo esos sentimientos que comenzaban a florecer en mi interior, y como si supiera la lucha que había en mí, deja un cálido beso en mi frente.

Bastardo.

—Ya sé cómo entraste a mi habitación.

—Sí, utilicé los atajos para eso, pero esta noche dormirás conmigo —dice. Quería protestar, no deseaba dormir entre sus brazos, porque eso le daría fuerza a la calidez que se formaba en mi pecho cada vez que lo veía—. Duerme, *printsessa*, cuidaré de ti.

Tenía que ser fuerte, lo había prometido.

Enamorarse del diablo era un nivel de peligro que no sabía si estaba dispuesta a jugar.

VEINTICUATRO

Alexei Voronin

Me encontraba en mi dormitorio leyendo El principito, *un libro que había pasado de generación en generación en mi familia. Mi abuelo se lo leyó a mi padre y mi padre me lo leyó a mí, y ahora lo hacía yo solo.*

«Solo el corazón ve muy bien... Lo esencial es invisible a los ojos».

Era una frase que siempre llamaba mi atención, tenía un fuerte significado, pero no comprendía muy bien cuál.

La puerta de la habitación se abre, dándole paso a Anastasia, era una niña interesante. Cuando la vi en ese parque, me llamó la atención lo sola que se encontraba, porque, ¿quién no querría pasar tiempo con ella? Bueno, descubrí la respuesta cuando la conocí.

Hablaba demasiado, tenía una respuesta para todo y era una listilla, pero a pesar de todo eso, su compañía era agradable. Me sentía como un niño normal cuando estaba con ella, no como la mayor parte del tiempo, que la pasaba con mi padre. Ser hijo del mejor amigo del rey de la mafia dejaba mucho que esperar.

Si Smirnov llegaba a faltar, el imperio pasaría a manos de mi padre, por lo tanto, se convertiría en mi legado.

La palidez en el rostro de Anastasia me saca de mis pensamientos, tenía las mejillas húmedas y los ojos hinchados. Se me ocurre que había estado llorando.

—¿Qué sucede?

La tomo de los hombros llamando su atención, una regla que teníamos era que no la llamaría por su nombre, ya que ella no sabía el mío.

—Voy a irme.

La intensidad de su mirada me descoloca por un par de segundos.

—¿Cómo irte? ¿Por qué?

No quería que se fuera, quería pasar más tiempo con ella.

—Me voy. —Se aleja del toque de mis manos, mirándome con los ojos anegados en lágrimas—. Recuerda buscarme, lo prometiste.

Intento correr hacia ella, pero mis piernas estaban siendo sujetadas por manos invisibles.

—¡Anastasia!

—Cumple tu promesa.

Todo a mi alrededor se torna oscuro y solo escucho el eco de su voz recordándome mi promesa.

—Lo prometo, Anastasia.

—¡Alexei, despierta!

Unas manos me sacuden de los hombros, no quería que viera el dolor que surcaba mi rostro en este momento. Desde el día que ella se fue, esa misma pesadilla se repetía todas las noches.

—Alexei..., mírame, por favor.

Ya se había dado cuenta.

Ignorando la molestia en mi pecho, abro los ojos para observar su rostro lleno de angustia.

—Estabas gritando dormido.

Sabía que me sacudía demasiado cuando tenía una pesadilla, pero no sabía que gritaba, Dimitri nunca me lo dijo. Recuesto mi espalda en el cabecero de la cama para mirarla mejor, la había vestido con una de mis camisetas. Pasé un par de horas observándola dormir entre mis sábanas, me daba calma verla dormir.

—¿Qué gritaba?

Podía ver el dolor en sus ojos a pesar de que intentaba ocultarlo.

Yo le gustaba, pero se negaba a aceptarlo.

—«Anastasia», lo gritaste una y otra vez, dejaste de hacerlo cuando te toqué.

Así que ella era el calmante para mis demonios.

Existía la posibilidad de que si hubiera dormido abrazado a ella, como lo había pensado, la pesadilla no hubiera llegado. La única razón por lo que no lo hice fue para respetar su espacio.

No me sorprendía haber gritado su nombre, lo hacía en mi mente cuando soñaba. Tenía sentido que el sentimiento fuera tan fuerte que lo gritara a los cuatro vientos.

—Lamento haberte despertado.

—No pasa nada, esto... ¿Quieres hablarlo? —pregunta. Se sentía insegura, y odiaba que se sintiera así conmigo—. Sé que no soy la persona con quien te gustaría hablarlo, pero soy buena escuchando. Además, fui la mejor en mi clase de Psicología.

—Entonces, ¿me pondrás una camisa de fuerza?

Intento bromear para aligerar el ambiente.

—Eso se usa nada más en los manicomios, y aunque estás

un poco loco, supongo que un mafioso debe de tener cierto grado de locura para hacer este trabajo.

No eran más que verdad sus palabras, pero había mafiosos que estaban totalmente perdidos en una sed de venganza y ganas de matar. Entre ellos, Lucas Moretti.

—¿Qué significa para ti la frase «Solo el corazón ve muy bien... Lo esencial es invisible a los ojos»? —le pregunté.

Esa frase se repetía siempre en el sueño, pero seguía sin comprenderla. A lo mejor, ella era quien podía darle sentido.

—¿Has escuchado alguna vez que los niños menores de cinco años pueden ver fantasmas, hablar con los muertos y esas cosas?

—Creo que no, ¿qué tiene que ver eso?

—Los niños de esa edad son en esencia puros, en corazón y alma, son en esencia ajenos a la maldad que habita este mundo. Nosotros los adultos vemos a los espíritus como seres malignos que solo poseen a las personas y las destruyen, pero los niños... ellos los ven como seres mágicos, los ven como sus amigos, y por eso no son conscientes del daño que pueden hacer si se topan con uno malo.

»Pasa lo mismo con esa frase, por ejemplo, cuando alguien intenta encontrar a su alma gemela, por decirlo así, esa persona buscará entre miles, pero no se dará cuenta de que a su otra mitad no la encontrara viendo quién es más hermosa, inteligente o graciosa. La hallará con el corazón, cuando lata a mil por hora con tan solo verla o escuchar su risa, y pensará: «Deseo pasar cada segundo de mi vida con ella».

—Entonces, ¿crees en los espíritus?

—Soy lectora, Alexei, estoy enamorada hasta de unos cuantos. Pero ese no es el punto, ¿comprendes lo que quiero decir?

Nunca lo había pensado de esa manera, los niños podían ver a los espíritus porque no los buscaban, ellos venían a ellos y los sentían. Y lo del alma gemela tenía sentido, yo no había buscado a Alina, ella en ambas ocasiones vino a mí o yo fui hacia ella, y lo había sentido con el corazón.

—No busques lo que tus ojos no pueden ver, deja que tu corazón te lo revele —dice tras unos segundos.

—Lo comprendo, ahora lo entiendo.

—No sabía que te gustaba leer.

—No soy fan de los libros, ese es el único que he leído sin ser obligado —le respondo.

—*El principito* es el mejor libro para reflexionar y las enseñanzas que te deja son maravillosas.

—Tienes razón —afirmó, entendía por qué esa frase siempre aparecía en mi sueño.

Lo tenía frente a mis narices y no lo vi, estaba enamorado de Alina Klara. No importaba si se llamaba Anastasia o Alina, estaba enamorado de todo su ser, su esencia, todo de ella me atrapaba. Ese sentimiento había estado presente desde el día que la conocí, pero para un niño cuyas muestras de amor habían sido escasas, ese sentimiento era desconocido.

Amaba que me desafiara, que luchara por lo que quería, y que sin importar lo oscuro que se tornara todo, siguiera ofreciéndome una sonrisa o un comentario para hacerme reír. Ella me salvó una vez de niños y lo había hecho de nuevo cuando ese accidente destruyó mi corazón.

Pero le debía mucho más que la vida, le debía la humildad que crecía en mí cuando estaba con ella, la calidez que había dejado en mí cuando se fue, la misma que mantuvo mi alma.

Ella era la luz que le faltaba a mi vida, yo era el principito y ella mi rosa.

—¿Alexei?

Me había mantenido en silencio todo este tiempo y ella me miraba expectante.

—¿Sí?

—Te pregunté que si amabas a Anastasia.

Una sonrisa triste se formó en mi rostro, si ella tan solo recordara...

—La amo, aún lo hago.

Estaba seguro de que la amaría toda la vida. Aun si ella nunca recordara, nunca me rendiría.

Yo te amo Alina Klara, siempre había sido así.

VEINTICINCO

Alina Klara

M e había dolido, lo aceptaba, quizá porque lo veía como un amigo a pesar de todo. Alexei era una persona cerrada que solo dejaba entrar a quien creyera digno. Anastasia había sido una de esas personas, y aunque me dolía, estaba feliz porque había encontrado a su alma gemela.

Posiblemente, la mitad de la población en este mundo consideraba ridículo pensar que teníamos un alma gemela, pero por más que yo no encontraba la mía, creía con fervor en ellas.

Todos fuimos enviados a este mundo a luchar, a sobrevivir y a sufrir, pero la vida —o el universo— por lo menos tuvo la decencia de no enviarnos a esta batalla solos.

Después de nuestra conversación, Alexei cayó dormido, en cambio, yo no pude pegar ojo el resto de la noche por culpa de los pensamientos que no me dejaban y la preocupación de que alguna otra pesadilla decidiera hacerse paso por su mente. Pero no hubo más interrupciones y durmió como un bebé.

En cuanto salieron los primeros rayos del sol, Alexei se levantó de la cama para ducharse y yo aproveché la oportunidad para estirarme en la cama como una estrella de mar. Su lado olía a él y a perfume, sin duda este hombre tenía un olor adictivo. Estaba acostumbrada a levantarme temprano, pero las últimas semanas había disfrutado de dormir hasta tarde. No puedo mentir, extrañaba mi trabajo y la rutina. Y si algún día todo regresaba a la «normalidad», tendría que iniciar de nuevo las pasantías, ya que había faltado a las últimas semanas de práctica.

Me acomodo bajo las sábanas y me dispongo a dormir, me sentía tan cómoda aquí que podría pasar todo el día durmiendo sin problema. ¿Sonaría ridículo si decía que me sentía segura al lado de un mafioso? Porque era así.

Transcurren varios minutos hasta que escucho que abren la puerta del baño. Aunque mi cuerpo entero me exigía que diera un vistazo, decidí que si quería mantener a mis hormonas a raya, debía contenerme y no pasar esa línea.

La vida en ocasiones ponía pruebas demasiado difíciles.

Escucho como se pasea de aquí para ya. Mientras el sueño va ganando terreno, la colonia que utilizaba me llega desde lejos, al igual que sus pasos cuando se detienen a mi lado hasta sentir que el colchón se hunde bajo su peso.

—Alina.

Una de sus manos envuelve la mía, dándole un pequeño apretón.

—¿Qué? —digo con voz soñolienta.

—¿Vas a quedarte aquí? —Asiento como respuesta—. ¿Puedo pedirte algo?

Asiento de nuevo.

—Me gustaría que cenaras conmigo esta noche, ¿aceptas? —me pide y yo acepto sin darle importancia, quería dormir—. Pasaré a recogerte a las ocho. Descansa, *printsessa*.

Deja un tierno beso en la comisura de mis labios y se va de la habitación, dejándome sola en ella con el corazón acelerado.

Le había aceptado una cena a Alexei Voronin sin percatarme de ello.

La muerte podría venir por mí y la recibiría gustosa.

LO HABÍA DECIDIDO, le robaría la cama a Alexei: las cuatro horas que había conseguido dormir después de que se dejó la habitación fueron las mejores. Juraría que su colchón era ortopédico porque era como estar en una nube.

Me tomé la libertad de ducharme en su baño, y tomando en cuenta que había tenido su cara entre mis piernas, supuse que no habría problema si cruzaba esa línea llamada intimidad, ya casi inexistente.

Me volví a poner su camiseta y con eso me escabullí a mi habitación, pero claro, el que no me pillaran debía de ser muy aburrido para el universo. Mi padre salía de mi habitación en el instante en que me detuve frente a ella.

Miro a Harry, quien se encontraba haciendo guardia junto a mi puerta. Él se sonroja al ver mis piernas desnudas, aparta la mirada rápidamente y la dirige a la columna que está a mi espalda.

—Papá, buenos días —digo con una sonrisa angelical en el rostro, pero por su mirada sabía que no me salvaría. Había extrañado esto.

—¿Por qué estás vestida así?

—Había ido a la cocina por un café y lo derramé viniendo hacia acá, Alexei me vio y decidió prestarme una de sus camisetas.

Había respondido rápido y era una mentira creíble.

Pero me quedo fuera de lugar cuando comienza a reírse.

—Ay, Alina, eres igual a tu madre, no sabes mentir.

—¿Por qué todos dicen siempre eso?

—Porque es cierto, Alina, eres pésima haciéndolo, así que ahora dime dónde estabas.

La vida era un grano en el culo.

—¿Prometes que no te enfadarás?

Pongo cara de perrito triste, de niña siempre funcionaba.

—Sabes que no puedo decir que no cuando pones esa cara —susurra, dándose por vencido.

Entramos a la habitación en silencio, busco unos pantalones y me los pongo, la camiseta dejaba muy poco a la imaginación. Mi padre se sienta en la cama, pero yo me quedo de pie, caminando con nerviosismo.

—Alina, solo dilo.

—Pasé la noche con Alexei —le contesto y me detengo para estudiar mis palabras—. Bueno, dicho así, suena mal, solo dormimos, ¿okey? No pasó nada.

Sabía lo que mi padre pensaba sobre Alexei, bueno, qué padre no lo pensaría con tremenda tentación andante. Él solo no quería que me rompieran el corazón.

—¿Solo durmieron?

—Solo eso, te lo prometo.

Su rostro no dejaba a la vista ninguna emoción, recuerdo que de adolescente no me dejaba salir con ningún chico, siempre fue celoso y protector conmigo. Creo que desde que estaba en el vientre de mi madre había sido así.

—Alina..., sé que debo comenzar a verte como una mujer, pero es difícil, me fui de tu lado cuando tan solo cumplías dieciocho y ahora eres una mujer que alcanzó su mayor sueño. No sé cómo aceptar este cambio.

El pesar en sus palabras era palpable y me dolía que se sintiera culpable.

Me acomodo a su lado y lo abrazo.

—Papá, te perdono por lo que hiciste, en su momento no entendí por qué lo habías hecho, pero ahora sí. Si no hubieras tomado esa decisión, yo no estaría aquí, ni tú tampoco, y la muerte de mamá habría sido en vano —afirmé. Eran las palabras que ambos necesitábamos para luchar contra todo lo que vendría, la muerte de mamá era una herida que jamás sanaría —. Nosotros contra el mundo, ¿recuerdas?

Eso me dijo una vez, estaba asustada porque iba a comenzar la preparatoria y me daba miedo no ser aceptada. Entonces, entre todos esos chicos, él me dijo:

«Que nunca te importe lo que piensen de ti, eres única y especial. Y si este día termina mal, recuerda que siempre estaré contigo, somos nosotros contra el mundo».

—Sí, lo somos, hija.

Lo abrazo hasta que se queja y le doy un beso en la mejilla.

—¿Papá?

—¿Sí?

—Alexei me invitó a cenar.

Un suspiro de cansancio le sale como respuesta.

—Nadie nunca me dijo que ser padre era tan difícil.

Charlamos por unos minutos más y después me dejó sola. Estaba pensando qué ponerme cuando tocaron la puerta, al abrirla, dos guardias traían más de diez vestidos.

Alexei sabía cómo ganarse a una mujer, pero conmigo necesitaría, no una tienda de ropa, sino una biblioteca entera para hacerlo.

VEINTISÉIS
Alina Klara

Todos los vestidos eran hermosos, pero al final me decido por uno rojo de tirantes finos con una abertura en el muslo, y de calzado opté por unos tacones blancos que se sostenían en lo alto de la pierna. El cabello me lo alisé y lo dejé caer sobre mis hombros, me apliqué sombra en los ojos y labial. Me sentía como una diosa, el vestido acentuaba mi figura y el escote realzaba mis pechos. No era por exagerar, pero a Alexei se le haría agua la boca.

Escucho unos suaves golpes en la puerta, así que la abro, dejando a Harry frente a mí.

—Señorita... —dice, pero se detiene cuando me recorre con la mirada—. Está hermosa, Alina.

—Gracias. —Sonrío—. ¿Pasa algo?

—No, discúlpeme. El señor Voronin dejó esto para usted.

Me tiende un tulipán azul junto con una nota.

¿Cómo lo había conseguido? ¿Y cómo sabía que eran mis favoritas?

—Muchas gracias, Harry.

—Un placer, señorita.

Cierra la puerta, dejándome sola con mis pensamientos y una sonrisa idiota en el rostro. Alexei estaba ganando puntos muy rápido. Huelo la flor, impregnándome de su aroma, la dejo en la mesa de noche y leo la nota.

«En la oscuridad siempre podrás encontrar las estrellas,
así que sigue a las estrellas para llegar a mí.
Tuyo, Rizos de Oro».

Mi corazón se acelera al leer esa pequeña pero significativa palabra: «Tuyo». Él no era mío, nunca lo sería porque yo no era su Anastasia.

Salgo de la habitación, ignorando ese pensamiento y la punzada en mi pecho, solo era una cena entre amigos. Tenía que recordarme que por más que hubiera deseo entre nosotros, ese sentimiento no llegaría a más.

A mí no me gustaba Alexei, y yo nunca le gustaría a él.

Las luces en forma de lágrima iluminaban el camino y le daban un toque mágico al lugar. Seguí las luces que me llevaron a otro piso, uno oscuro, a excepción de las luces de las ubicuas lágrimas, guiándome a otra escalera. Esta me llevó a un gran mirador hecho de cristal, desde el cual podía ver las estrellas si alzaba la mirada. Abajo podía observar toda la extensión del bosque.

Era hermoso.

El lugar estaba iluminado por velas, en el centro había una mesa redonda decorada con un mantel blanco perla y un florero lleno de tulipanes azules.

Me acerco al borde del mirador para contemplar la vista. Aquí estaba cálido, pero afuera debía de estar haciendo un frío infernal. Sus manos se cierran alrededor de mi cintura, apretándome contra su musculatura.

—Este lugar es hermoso —le digo y él entierra su rostro en mi cuello, erizándome la piel.

—¿Puedo pintarte?

Me volteo entre sus brazos para mirarlo.

—¿Qué?

Una sonrisa de disculpa se plasma en su rostro al notar la confusión en mi voz.

—Me gustaría que un día me dejaras pintarte, y si es posible, desnuda aquí bajo las estrellas.

Siento como mis mejillas se calientan al imaginarme el escenario.

—No sabía que pintabas —digo sin responder a su pedido.

—Soy una caja de sorpresas, Klara.

Deja un beso en mis labios y me toma de la mano para guiarnos a la mesa.

Tendría un ataque al corazón, y no sería por insuficiencia cardiaca.

Nos sentamos uno frente al otro, el silencio que había era cómodo y yo me encontraba totalmente hipnotizada por las estrellas.

—Puedes venir aquí siempre que quieras —dice al notar mi fascinación por el lugar.

—¿En serio?

Asiente.

—Ahora es tan tuyo como mío —asegura.

Coge el vino y lo sirve, al probarlo, un gemido se me escapa de los labios, era divino.

—Es un Châteaun Mouton Rothschild de 1945.

No comprendía nada de vinos, pero este era el mejor que había probado en mi vida.

—Está riquísimo —expreso en voz alta.

—Me alegra que te guste, lo escogí para ti por su significado.

—¿Los vinos tienen un significado?

Miro la botella como si esta fuera a responder a mi incógnita.

—Este sí, el artista que creó este tenía una esposa que amaba el vino, en especial el que él hacía. Pero cuando ella falleció, el hombre se hundió en la agonía de su pérdida, así que hizo un último vino, y con él, la frase: «Se debe mirar a un vino como a una bella mujer». Después de eso, el hombre falleció.

Era una historia hermosa y triste a la vez.

—Una forma única de decirle a la mujer que amas que es hermosa, es un vino dedicado a ella —opino, tomando de la copa.

—Estoy de acuerdo, pero esta también es mi forma de decirte que eres hermosa.

La intensidad con la que me miraba me descoloca por completo, cada vez que me encontraba cerca de él tenía un enfrentamiento con mis sentimientos.

No sabía qué pensar o responder cuando decía ese tipo de cosas, ni cómo tomar la manera en la que me estaba tratando.

—Creo que deberíamos pedir la comida —digo, apartando la mirada como la cobarde que era.

—Entonces, espero que te guste lo que cociné —contesta, haciendo una seña para que traigan la cena.

—¿Tú cocinaste? —pregunto incrédula, en mi vida ningún hombre había cocinado para mí.

—Es una ocasión especial —dice mirándome.

Cuando veo al mesero, este trae una bandeja con una gran *pizza* en las manos. Alexei me había hecho *pizza*.

—Solo sé cocinar esto, de niño mi padre me tenía prohibido comerla, así que, cuando él no estaba, le pedía al chef que me enseñara a hacerla y ¡*voilà*! Aprendí hacer la mejor *pizza* del mundo —me reveló. Quería llorar, era tonto, pero quería hacerlo, me sentía como la protagonista de una novela romántica—. Sé que no es un platillo de un restaurante cinco estrellas, pero en serio, será la mejor *pizza* que comerás en tu vida.

Había vergüenza en su rostro y podía notar el nerviosismo en su voz.

—Alexei, es perfecto, me encanta todo —digo, tranquilizándolo, él podía ser el hombre más peligroso de Rusia y del mundo, pero por dentro había un niño que fue privado de vivir una vida normal.

Tomo una rebanada de *pizza* y me la llevo a la boca, en un instante, una explosión de sabores me hace sentir en el cielo. El queso fundido le daba un sabor maravilloso junto con los champiñones. Era sencilla pero increíble.

—¿Qué tal? ¿Te gusta?

La expectación relucía en su rostro.

—Me encanta —respondo dándole otro mordisco.

Comemos en silencio hasta que se termina la *pizza*.

—La mejor cena que he tenido en mi vida —digo, una hermosa sonrisa adorna su rostro al oírlo, acelerando los latidos de mi corazón.

—Te tengo una sorpresa.

—No soy muy fan de las sorpresas.

—Te aseguro que esta te gustará.

Saca de su chaqueta un sobre blanco y me lo entrega.

—¿Qué es? —digo, mirándolo, era sencillo, pero estaba claro que se trataba de una invitación.

—Ábrelo.

Agarra su copa y bebe de ella. Esa imagen era digna de él, un mafioso.

Lo abro sin postergar más el momento, dejando a la vista la invitación.

«**Universidad Estatal Lomonosov de Moscú**
Es un placer felicitar a la señorita Alina Klara por sus grandes logros en nuestra universidad durante estos ocho años. La esperamos el 29 de julio en el Salón Zúrich para celebrar su graduación y las de sus compañeros.
Nuestros mejores deseos para usted».

No creía lo que leía, iría a mi graduación y recibiría mi título, sería una cirujana cardiovascular oficialmente. Los ojos se me empañan de lágrimas cuando leo de nuevo la invitación, lo había logrado.

—Llamé a tu mentor hace un par de días y le expliqué lo más que pude la situación, así que él habló con el rector de la universidad y ambos estuvieron de acuerdo en que merecías graduarte, eres su mejor alumna.

—Esto es increíble, no lo puedo creer —digo entre lágrimas —. Gracias, Alexei.

—No tienes que agradecerme, yo solo realicé la llamada, tú te ganaste esto y te lo mereces —sentencia, luego se acerca y me limpia las lágrimas—. No llores, cariño.

No podía más, así que lo beso expresando todo lo que me daba miedo aceptar. No quería hacerlo porque eso significaría reconocer que él tenía algún poder sobre mí, además de aceptar sentimientos que no serían correspondidos en ningún momento.

Era un beso delicado, sus manos sostenían mi rostro mientras mis lágrimas no paraban de caer. Quería sentirlo, quería fundirme en él. Nos separamos con la respiración acelerada, unimos nuestras frentes y nos miramos fijamente.

—Baila conmigo —pide y yo acepto. Me levanto acercándome más a él, sus manos rodean mi cintura, y mis brazos, su cuello.

Iniciaron los primeros tonos de la canción y al instante la reconocí, era una versión lenta de *Snap*, de Rosa Linn.

—¿Por qué esa canción? —pregunto, mirándolo a los ojos, era una canción triste.

—Espero que en un futuro entiendas su significado —responde y me besa, evitando mi siguiente pregunta—. ¿Puedes quedarte conmigo esta noche, por favor? —susurra.

Se veía tan vulnerable que estrujó mi corazón, había dolor en su mirada y yo solo quería saber quién era el causante.

—Toda la noche, Rizos de Oro —le susurré yo antes de volverlo a besar.

No sabía la razón de haberlo llamado así, pero cuando lo leí en la carta, algo se removió en mi interior y me sentí bien al llamarlo así. De alguna forma, sabía que tenía que ver con mi pasado.

Me olvidé de todo lo que sucedía en mi vida al perderme en sus ojos. No quería saber ni del pasado ni del futuro, solo quería quedarme en este día para siempre, pero sabía que en algún momento tendría que enfrentarme a esos demonios que me acechaban. Solo pedía que Alexei fuera mi acompañante en esta travesía, ya sea como amigo o amante, pues lo quería a mi lado.

Había comenzado a albergar sentimientos por él, no sabía desde cuándo, pero lo quería.

Quería a Alexei Voronin tanto que dolía.

VEINTISIETE

Alexei Voronin

Me había quedado sin palabras al verla con ese vestido, se veía como la reina que estaba destinada hacer, la reina que quería a mi lado por el resto de mi vida.

Me había arriesgado a ser rechazado por ella cuando le pedí que me dejara pintarla, y aunque no había dicho que sí, tenía la esperanza de que algún día me lo permitiera.

Sentir su cálido cuerpo contra el mío mientras bailábamos me reconfortaba, me preocupaba un poco ser tan evidente en proyectar lo que me hacía sentir. La miraba con todo el amor que me daba miedo expresar, aunque ella decidiera alejarse de mí después de que todo se arreglara, yo la observaría desde las sombras y la cuidaría.

Nunca la dejaría ir, al menos no de mis recuerdos de nuevo, porque si ella quería irse, la dejaría hacerlo, nunca la retendría contra su voluntad, nunca haría algo para dañarla. Dejarla ir de nuevo sería lo más doloroso que podría hacer en mi vida, pero si ella era feliz, entonces yo podría vivir con eso.

El amor no era egoísta, el amor no tenía por qué quitar

cuando podías usarlo para darle felicidad a esa persona que amas.

Había escogido esta canción por su letra, explicaba cómo me sentía. Si fuera tan sencillo como chasquear los dedos, entonces muchas personas lo harían para borrar esos recuerdos que, por más hermosos que fueran, nos lastimaban. Yo no necesitaba tiempo para olvidarla, yo necesitaría la eternidad para hacerlo, y aun así, no creía ser capaz de hacerlo.

Veía ridículo cuando algunos mafiosos perdían la cabeza por sus mujeres, era estúpido pensar que hombres como nosotros tendrían la oportunidad de ser felices cuando todo a nuestro alrededor no era más que muerte y destrucción.

Entonces, estaba la pregunta, ¿alguna vez sería feliz? ¿Habría algo más para mí que muerte?

La respuesta se hallaba entre mis brazos, Alina era mi felicidad y ella tenía el poder de apagarla con tan solo una mirada suya. Ella era mi paraíso, ella era el cielo al que se me negaría la entrada cuando muriera.

¿Pero condenaría su alma solo para ser feliz?

Eso era algo que únicamente ella decidiría. Si me aceptaba, yo pondría el mundo a sus pies y haría lo que sea que ella me pidiera, pero si se iba, el mundo ardería. Alina desenterraba en mí esa humanidad que se encontraba bajo cimientos de oscuridad, y al irse se la llevaría con ella. Pero nunca movería un dedo para lastimarla, eso sí, acabaría con todo aquel que intentara destruirla.

La canción termina y se aleja un poco para mirarme, se quedaría conmigo toda la noche y me prometí a mí mismo comportarme.

—Me duelen los pies —dice, estaba cansada, podía verlo en su semblante.

—Ven.

La llevo a la silla y la siento.

Me arrodillo frente a ella y comienzo a desamarrar los cordones en su pierna derecha. Cuando termino, le saco el tacón, masajeo su pierna y su pie para aliviar el dolor.

—¿Mejor? —pregunto, mirándola a los ojos.

—Mucho mejor, ¿puedes hacer eso con el otro pie, por favor?

Hace un puchero y yo, como respuesta, beso la rodilla de su pierna izquierda. Un pequeño vendaje cubría la zona en la que recibió el disparo. En su momento, creí que era profundo, pero solo había sido un roce. Eso bastó para dejarla en cama inconsciente por tres jodidos días.

Aplico el mismo proceso y cuando el tacón ya está fuera, le masajeo la pierna hasta llegar al pie. Alzo la mirada, encontrándola con los ojos cerrados.

—¿Quieres ir a dormir ahora o puedo mostrarte algo primero?

—Si sales con algo pervertido, juro que te mataré —dice bromeando.

—Me has descubierto, quería enseñarte mi cuarto de juegos —respondo siguiéndole la corriente.

—¡Oh!, Sr. Voronin, no sabía que le gustaban ese tipo de cosas.

Me pongo de pie y la beso.

—Si no quieres terminar gimiendo en mi cama, entonces no me digas así —contesto.

—Pervertido.

—Sé que lo imaginaste. —Me volteo y me agacho—. Súbete, no quiero que andes descalza.

—¿Me llevarás en caballito?

Podía escuchar la sorpresa en su voz.

—Sí, Alina, ahora súbete.

167

Siento su peso en mi espalda, cuando asegura sus piernas alrededor de mi cintura, me levanto.

—¿Lista?

—Sip. ¡Arre, caballito!

Una carcajada resuena en el lugar cuando la escucho.

—Recuérdame no darte más alcohol en tu vida.

Me voy hacia las escaleras y bajo por ellas, era fácil cargarla, pesaba lo mismo que una pluma, lo que me recordó que no la había visto comer demasiado. Ya hablaría de eso con ella.

Quería enseñarle mis pinturas.

Cuando ella se fue, además de las pesadillas, tenía excesivos arranques de ira. Mi padre intentó de todo, boxeo, tiro al blanco, esgrima, natación y un sinfín de cosas más, pero lo único que me ayudó fue la pintura. Paso de un método terapéutico para la ira a un pasatiempo que disfrutaba.

Pintaba todo lo que venía a mi mente o todo lo que veía, desde un hermoso atardecer hasta una escena retorcida de un hombre decapitado desangrándose. Era un talento que no compartía con nadie, o al menos, lo era hasta hoy.

La había pintado a ella, de cómo la recordaba de niña y esa vez que la vi dormir en su habitación.

Mi estudio se encontraba escondido, estaba más allá de mi habitación. La entrada principal era por mi clóset. Esta casa era un laberinto, tenía túneles que llevaban a todos lados y por los cuales se podía acceder caminando o en coche.

—¿A dónde vamos? —pregunta después de un rato.

—Iremos a mi habitación, pero usaremos los túneles, todos aquí saben a dónde llevan, menos tú, y eso no te conviene.

Aquí estaba segura, era intocable, pero como ya dije, no confiaba del todo en quienes la cuidaban. En la mansión de los Smirnov, no solo la difunta nana había ayudado a que entraran, varios de los guardias de Lucios estuvieron involucrados. Nos habíamos hecho cargo de ellos, pero eso no aseguraba que no hubiera más traidores.

Se acercaba el día de la reunión con Lucas y necesitaba que ella conociera todos los lugares seguros de esta casa. Su graduación sería en tres días y al día siguiente se llevaría a cabo el encuentro.

—¿Qué tan grande es esta casa? —pregunta.

Estábamos cerca de la habitación de antigüedades.

—Los túneles llegan más allá del lago.

Entro a la habitación y la bajo, el suelo estaba cubierto por una alfombra, así que no había problema en que anduviera descalza.

—¿Qué hacemos aquí?

—Aquí hay una puerta que lleva a un búnker, es la más cercana a tu habitación y a la mía. Si de alguna manera llegaran a entrar en la casa, quiero que corras aquí y te escondas hasta que yo venga a buscarte.

—¿Por qué entrarían a la casa? Tú estás aquí todo el tiempo, nadie se atrevería a entrar.

—Alina, después de tu graduación nos reuniremos con Lucas Moretti.

—¿Qué? ¿P-pero en dónde? Quiero ir.

—Alina, escúchame, tengo un presentimiento, y si te llevo conmigo, sería para exponerte.

—¿Irás tú solo?

—No, Dimitri y tu padre vendrán conmigo.

Se queda un momento en silencio, meditando la situación, no me agradaba en absoluto dejarla aquí sola, pero teníamos que acabar con esa rata para que ella pudiera vivir una vida en paz.

—¿Dónde será?

—Te lo diré antes de irnos, sé qué eres capaz de seguirnos.

Ahora ven. —Me acerco a uno de los escaparates y pongo su mano en uno de los cristales—. Esto es un escáner, ya estás registrada en el sistema de seguridad, así que puedes abrir los túneles.

—¿Cuántos más están registrados?

—Solo mi padre, el tuyo y yo.

Tras unos segundos, el escaparate se mueve y se abre, había dos caminos: uno llevaba a mi habitación y el otro al búnker.

—Recuerda, el de la derecha lleva al búnker y el de la izquierda a mi habitación.

Da un paso dubitativo, pero cuando entra al túnel, las luces se encienden iluminando el camino. Cuando estoy dentro, la puerta se cierra sellando la entrada. Aquí no se escuchaba nada, las paredes siempre estaban frías, pero los túneles se mantenían cálidos debido al sistema de ventilación. Vuelvo a ponerla sobre mi espalda y retomamos el camino.

Tras varios minutos caminando, llegamos a una puerta, el túnel se extendía hacia otros lugares de la casa. Alina pone la mano en el escáner y la puerta se abre, estábamos ahora en mi clóset. La bajo con cuidado y le enseño el otro escáner.

—Además de mí, tú eres la única que podrá entrar a mi estudio.

El escáner verifica su huella y se mueve una parte del clóset, dejando a la vista un gran estudio.

—¡Wow! —exclama.

Había pinturas por todas partes, era un desorden ante los ojos de cualquiera, pero frente a mí era el orden mismo.

—Son hermosas, Alexei —dice mirándome—. Tienes un talento maravilloso.

Me sonrojo bajo su mirada, esta era una parte privada de mí que no le había dejado ver a nadie, y que ella me observara de esa manera me hacía sentir vulnerable.

—¿Quién es ella? —dice, señalando la pintura de una niña sentada en una piedra, observando un lago. Era de mis favoritas porque marcaba el principio de esta historia.

—Esa eres tú.

No sabía si era buena idea decírselo, pero tenía que intentar desbloquear más recuerdos de su mente.

—¿Yo? ¿Ese es el lago que está en el bosque?

—Sí, hace años este lugar era un parque para los hijos de mafiosos. Así que, cuando cumplí los dieciocho, compré las tierras para conservar el lugar.

—¿Por qué lo compraste en verdad?

Sonrío de medio lado, comenzaba a conocerme.

—Te lo contaré lo mejor que pueda. Cuando nos separaron, un tiempo después, mi mente bloqueó cualquier recuerdo tuyo. Pero aun así, cada vez que venía aquí sentía una conexión, por eso compré las tierras.

—¿Por qué nos separaron?

Era terreno peligroso el que tocaba y su padre intentaría matarme si hablaba de más.

—Te mudaste a Nueva York —digo para terminar la conversación—. Quiero que veas una pintura en específico.

Entro a otra habitación, sacando el cuadro que estaba cuidadosamente guardado. Lo descubro, estudiando su reacción.

La pintura era la viva imagen de ella, estaba durmiendo de manera plácida, las cortinas se movían por la brisa y la luz de la luna entraba a la habitación iluminando su rostro, dándole un aspecto angelical.

—¿Cuándo la pintaste? —pregunta sin despegar la mirada de la pintura.

—La noche que estabas teniendo sueños húmedos conmigo.

Sus mejillas se tiñen de rojo cuando me mira.

—No estaba soñando contigo.

—Claro y yo no me muero por besarte ahora mismo — digo como tiempo atrás.

—¿Y qué esperas para hacerlo, Voronin? ¿Una invitación?

Una sonrisa pícara adorna su rostro, haciéndome reír.

Bajo el cuadro con cuidado y me lanzo por ella, su pecho choca con el mío y la beso sin ninguna prisa, perdiéndome en su sabor.

La beso con todo el amor y devoción que siento por ella. Cada beso era una promesa silenciosa.

La amaría toda la vida, cuidaría de ella sin importar lo que sucediera el día de mañana.

Estaría con ella desde las sombras, vigilaría cada paso que diera y cuando sintiera que no podía más, yo estaría ahí evitando su caída. Ella era fuerte y podía con lo que sea que se interpusiera en su camino.

Y si ella me lo permitía, sería su compañero por toda la eternidad.

VEINTIOCHO

Alina Klara

M e sentía en las nubes, la noche había sido más que perfecta, simplemente no quería que el día terminara. Alexei había ido a ducharse, yo, en cambio, me había quedado en su estudio. Podía ver su personalidad en cada una de las pinturas, desde la más sanguinaria hasta la más inocente. Era ridículo, lo sé, ¿cómo un mafioso podía conservar la inocencia en una parte de su alma?

Por más que no conocía mucho de la mafia, sabía que muchos niños eran lanzados a este mundo desde temprana edad. Eran obligados a matar, a aprender a usar armas y cuchillos en vez de jugar con Legos y muñecos. Lo veía como un acto cruel, pero era de cierta forma necesario si querían que fueran personas fuertes y no cervatillos a quienes devorarían los lobos con facilidad. Aunque si yo tuviera un hijo, le daría la opción de decidir. Mi destino ya estaba escrito, yo sería quien dirigiría la organización después de matar a Lucas, y lo aceptaba. Pero un niño, que era un ser inocente, tenía que crecer y disfrutar de su infancia, y solo cuando creciera, podría escoger.

En el estudio de Alexei, encontraba el ambiente reconfortante, no podía dejar de observar la pintura donde tan solo era una niña. Y por más que luchaba contra los muros de mi mente, no encontraba nada, era como si eso nunca hubiera pasado. Pero sabía que sí había pasado, solo tenía que esforzarme un poco más.

La pintura en la que dormía me tenía embelesada, parecía una diosa, en todo el sentido de la palabra. ¿Así me veía él?

—Sí, así te veo.

Giro sobre mi eje, encontrándolo recostado en la pared usando solo un pantalón de dormir. La cicatriz de su pecho capta mi atención, aún seguía un poco roja, pero estaba cicatrizando bien. Nunca había apreciado su pecho desnudo, la única vez que pude hacerlo fue en la mesa de operaciones y estaba más concentrada en salvarle la vida.

—¿Qué?

—Pensaste en voz alta —murmuró algo incomprensible y yo seguía observándolo—. Límpiate la boca.

—¿Qué? ¿Por qué?

—Estás babeando.

Tenía una sonrisa arrogante en el rostro y yo solo quería contradecirlo, pero no tenía con qué, me había atrapado en el acto.

—Es que tu masa corporal está muy bien distribuida —digo intentando sonar lo más serena posible.

—Sí, ya creía yo que era eso.

Pongo los ojos en blanco y me acerco a donde está, enarca una ceja al ver que dejo una distancia considerable entre nosotros. Necesitaba hablar de esto antes de que fuera demasiado tarde.

—¿Qué quieres exactamente de mí, Alexei?

Era una pregunta que me venía rondando la cabeza hace días. No nos odiábamos, pero apenas nos soportábamos, y si lo pensaba bien, esta había sido la única ocasión en la que habíamos pasado tanto tiempo juntos sin provocarnos mutuamente. Lo quería, pero en ocasiones no lo soportaba.

—¿Qué quieres tú, Alina? —pregunta a su vez.

¿Qué quería yo?

Yo quería mi vida, quería ser solo una chica emocionada por su graduación, quería trabajar en el hospital y salvar vidas, no quitarlas, quería muchas cosas que ya no podría tener.

—Una vida fuera de este mundo, eso es lo que quiero —afirmo con sinceridad.

—Podrías tenerla —dice con calma.

—¿Cómo? ¿Dejándote el poder a ti?

—No, créeme, si pudiera dejar de ser un mafioso, lo haría. Aunque es placentero que todo el mundo te tema, también es agotador esperar el día en el que la ruleta te apunte y diga: hasta aquí llegaste cabrón. —Río al escucharlo, porque Alexei era un reflejo de mi futuro—. Pero estoy dispuesto a llevar el peso de ser un mafioso contigo.

—¿A qué te refieres?

—Podría tomar la oportunidad que tú me ofreces cuando te conviertas en la reina e irme y tener un poco de paz en mi vida. Pero en vez de eso, si tú aceptas, me quedaría aquí contigo y ambos lideraríamos.

¿Estaba diciendo lo que creía? ¿O me había vuelto loca?

—¿Hablas de hacerlo como una pareja? —pregunto un tanto insegura.

—La asociación entre una mano derecha y un mafioso funciona como una relación.

Examino su expresión intentando encontrar lo que ocultaba, había algo más.

—Entonces, ¿quieres ser mi mano derecha?

Doy un paso, mirándolo fijamente.

—Sí, eso dije.

—Eso significa que ambos podremos hacer lo que queramos con nuestras vidas privadas, ¿no?

Me acerco otro paso y veo como aprieta la mandíbula.

—Sí, solo serían negocios.

—Comprendo, así que supongo que algún día te invitaré a mi boda.

Salgo de la habitación, dirigiéndome al baño.

—Alina, detente —dice a mi espalda, entonces me volteo para observar que sus facciones estaban tensas.

—¿Que detenga qué?

—Lo que sea que estés haciendo. ¡Maldición!

Tira de su cabello, flexionando los músculos de sus brazos.

—No estoy haciendo nada —digo haciéndome la desatendida, lo quería provocar, mas no sabía qué había conseguido con exactitud.

—¡Claro que sí! ¿Querías verme celoso? ¿Era eso lo que querías lograr con tus malditas palabras?

Sonrío al ver la ira haciendo estragos en su cuerpo.

—Yo no quería provocar nada, tú mismo lo dijiste, a partir de ahora seríamos socios.

Se acerca y me toma del cuello, alzando mi rostro y dejándolo a escasos centímetros del suyo.

—Y una mierda, Alina, no podríamos ser socios ni aunque te borraran de mi memoria de nuevo.

—¿Qué quieres de mí entonces, Alexei? —pregunto de nuevo, veía claro la lucha interna que experimentaba.

—Si te lo dijera, no habría marcha atrás.

Su mirada iba y venía de mis ojos a mis labios, al igual que la mía.

Sentía el deseo palpitar en cada parte de mi cuerpo y estaba segura de que me volvería loca si no acababa con esta tortura de una vez.

—Entonces, socios será un buen término para nosotros a partir de ahora.

Me suelto de él y retomo mi camino.

—¡Detente, maldición! —Me toma del brazo con fuerza, pero sin llegar a lastimarme—. Lo que quiero de ti es verte cada mañana en mi cama junto a mí, quiero verte sonreír, quiero que seas feliz. He intentado convencerme de que, aunque no lo fueras a mi lado, estaba bien porque tu felicidad es primero, pero me jode, Alina, y no sabes cuánto. Imaginarte con otro hombre, que tus sonrisas sean para él y no para mí, me mata.

»Quisiera que entiendas cómo te miro, y con eso sabrías que me tienes a tus pies. Quiero que me veas más que un socio, amante o amigo, te has vuelto todo para mí. Lo eres desde que somos niños, pero era demasiado inocente para comprender la magnitud de mis sentimientos —confiesa. No tenía palabras, la intensidad de su mirada y de sus palabras eran demasiado para mí—. Y si eso no es lo suficiente claro para ti, entonces te lo diré así. —Traga grueso y toma mi rostro entre sus manos—: Te amo, Alina, y podría decirte que con mi vida, pero esta será tan efímera que no le haría justicia. Te amo con mi alma, y el día que yo muera, ella lo seguirá haciendo por toda la eternidad.

Las lágrimas caían sin control alguno por mi rostro. Él me amaba...

—Pero... ¿Y Anastasia? —susurro, besa mis mejillas llevándose mis lágrimas con él.

—Eso te lo explicaré después, te lo prometo, pero ahora solo quiero que sepas eso. Te amo y no sabes cuánto.

—Alexei...

Lo abrazo, escondiendo mi rostro en su pecho, y sus manos acarician mi espalda intentando calmarme.

—No importa si tú no me amas, me sobra amor para los dos y lo compartiré contigo hasta que llegue el día en que lo hagas.

—¿Qué te asegura de que lo haré algún día? —pregunto en un intento de broma.

—Soy encantador, cariño.

Deja un beso en mi frente y yo solo puedo abrazarlo de nuevo.

Agradecía que me diera mi tiempo, sabía que llegaría a amarlo, pero ahora había cosas que tenía que descubrir. Quería recuperar esa parte de mí que se encontraba perdida.

—Pero tengo que saber algo primero.

Me aleja de su pecho y me mira fijamente, había pasado de confesarme su amor a tener una expresión asesina.

Este hombre era bipolar.

—¿Qué cosa?

—Con quién perdiste tu virginidad.

Me río a carcajadas cuando lo escucho.

—¿Por qué siempre te ríes cuando hablo de algo serio?

Lo había molestado, no pretendía hacerlo, pero era imposible no reírme.

—Es que eres un celoso de primera.

—Lo soy, Alina, y es mejor que te vayas acostumbrando. Ahora responde a mi pregunta, quién fue el «afortunado».

—Lo matarás si te lo digo, ¿no?

—Mmm, tal vez, pero quizá juegue con él un poco.

—Entonces, tendrás que encontrarlo por ti mismo, no pienso ser partícipe en la muerte de alguien. —Entro al baño y comienzo a sacarme el vestido—. Y que no se te olvide, yo no sigo órdenes de nadie.

Dejo caer el vestido y quedo en ropa interior frente a él.

—No juegues con fuego que terminarás quemándote —dice con la vista fija en mi ropa interior roja de encaje—. Puede que aún no te haya tomado, pero eres mía y hay muchas maneras en las que podemos jugar, en las que terminarás gritando mi nombre.

—Encuentro placentero arder en el fuego del diablo.

Lo tomo de los brazos y me lanzo a su boca, devorándola con avidez.

Sus brazos me rodean, manteniéndome con firmeza, tiro de su cabello y provoco que un gruñido salga de él. Desciendo mis manos hasta llegar a la liga de su pantalón, pero me detiene antes de poder meter las manos dentro.

—¿Qué harás, pequeña pervertida?

—Es una sorpresa. —Le bajo el pantalón junto con los bóxeres, y se me hace agua la boca al verlo como Dios lo trajo al mundo—. Mierda —susurro, era grande, más de lo que había pensado.

Tomando valor, me arrodillo y lo tomo entre mis manos, estaba hinchado y en la punta ya podía ver una gota del líquido preseminal.

—Estas serán las únicas ocasiones en las que me tendrás de rodillas ante ti —digo antes de lamerle la punta.

Se tensa cuando recorro toda su longitud, gimo sintiendo su sabor, lo torturo dando pequeñas lamidas y mordidas. Estaba jugando con su autocontrol y quería ver cuánto resistía. No mucho veo al sentir que me toma del pelo.

—Deja de joderme y métetelo de una vez en la boca.

—Ay, pero qué sutil.

Entra de una sola estocada y reprimo una arcada cuando llega al fondo de mi garganta. Siento como se calienta mi rostro por la falta de aire, se me empaña la vista debido al esfuerzo de sostenerlo, llevo las manos a sus muslos y le entierro las uñas, ganándome un tirón en el pelo.

—Tú querías sentir mi fuego, cariño, así que tómalo todo.

Comienza a mover las caderas y yo recibo cada una de sus embestidas con gusto.

Escondo los dientes para evitar el roce y así poder chupar sin lastimarlo, me aferro a su trasero a medida que sus embestidas son más rápidas. El dolor en mi sexo era intenso y este rogaba por su atención. Sus jadeos y gruñidos eran un pecado, sus caderas se movían con fuerza, cortándome el aire con cada embestida. Me limpia la mejilla cuando una lágrima la humedece.

—¿Dónde lo quieres? —pregunta entre jadeos, estaba cerca. La saliva cae por mi barbilla cuando lo saco, le doy cortas lamidas mientras lo miro por detrás de las pestañas.

—Sorpréndeme.

Me da una sonrisa perversa antes de embestir otra vez.

Chupo la punta mientras juego con sus bolas hasta sentir que se tensa de pies a cabeza, un líquido caliente me cae en el pecho cuando se corre.

—Me encantaba esta lencería —digo con un puchero.

—Prometo comprarte todas las que tú quieras. La puta tienda si lo deseas. —Me ayuda a ponerme de pie y me besa con dulzura en los labios—. Hora de limpiarte, *printsessa*.

Pasamos el resto de la noche complaciéndonos entre ambos. Me ponía ansiosa descubrir cómo sería nuestra primera vez juntos, pero sabía que él quería hacer de ese momento inolvidable.

Me duermo entre sus brazos y con los susurros de una canción en ruso. Me sentía segura, y aunque no sabía si esto funcionaría, disfrutaría cada segundo.

VEINTINUEVE

Alina Klara

Hoy era el día que había esperado por ocho largos años. Al principio había sido difícil, pero me levanté y continué con el recuerdo de mis padres alentándome. Luego apareció Alexei en mi camino, dándole un giro de trescientos sesenta grados. Había descubierto cosas de mi vida que solo creí posible en los libros que leía, y aún faltaba mucho recorrido, pero ahora no estaba sola.

Luna había estado igual de ansiosa que yo durante la noche, la estuvieron cuidando por mí y había extrañado su compañía. Estaba sentada en el suelo del balcón con ella a mi lado, los primeros rayos del sol ya eran visibles, lo que significaba que solo faltaban unas horas para mi graduación.

No había hablado demasiado con Alexei desde nuestra cena, entre la reunión con Lucas Moretti y preparar todo para hoy lo mantuvieron muy ocupado, pero sabía que entraba todas las noches a mi habitación y se acostaba a mi lado. Dormía mucho mejor entre sus brazos y él también lo hacía: no había tenido pesadillas desde aquella noche. Salía de mi habitación antes de que yo pudiera despertarme y de inmediato me afectaba su distancia.

Nunca comprendería al corazón, ¿cómo podíamos pasar de ver a una persona como totalmente insoportable a verla como insoportable y a la vez quererla?

No negaría que Alexei me había estado ganando con pequeños actos que lo significaban todo, pero aun así era un arrogante, orgulloso y con un ego más grande que su propio imperio. Y este le quedaba corto, sin embargo, lo quería con todo y mal humor incluido.

El corazón era alguien traicionero, me había prometido no enamorarme de Alexei Voronin y aquí estaba, pensando en él. Sin duda, sería el error que estaba dispuesta a cometer sin importar qué sucediera de aquí en adelante. Porque era mi decisión quererlo, aun con todo el peligro que implicaba hacerlo.

Luna ladra, advirtiendo su presencia, había sentido su mirada hacía un par de segundos.

—¿Qué haces aquí afuera? Vas a enfermarte. —Sonrío al escucharlo.

—¿Es preocupación lo que escucho en tu voz, Alexei?

Miro en su dirección, encontrándolo con una sonrisa en el rostro.

—Preocuparme por ti es como respirar, *printsessa*. —Se acerca y se agacha, haciéndome a un lado, para ponerse detrás de mí y recostarme contra su pecho—. Así al menos nos enfermaremos los dos y tendré una excusa para no salir de esta habitación.

—Eres un *pridurok* —digo sonriendo.

—Pero soy «tu» idiota.

Como respuesta, volteo mi rostro para dejar un beso en sus labios. En cuanto los toco, una sensación cálida me recorre de la cabeza a los pies.

—El amanecer es hermoso —susurro dirigiendo la mirada al cielo, estaba en todo su esplendor: los colores rojo y naranja creaban un espectáculo para la vista.

—Sí es hermoso —me contesta, pero cuando lo miro, encuentro sus ojos fijos en mí.

—Ni siquiera lo has visto.

—Todos los amaneceres me parecerán hermosos mientras viva cada uno de ellos a tu lado. Tú eres el espectáculo que deseo admirar todos los días, Alina.

El corazón me latía de una manera que solo significaba algo.

—Quien diría que, además de ser arrogante, se te daba bien ser romántico.

—En algún punto de la vida, encontramos a esa persona por la que queremos ser mejores.

Su mirada me gritaba todo lo que sentía en ese momento.

—¿Y yo soy esa razón?

—Eres la razón por la que sigo en este mundo.

No decimos nada más mientras observamos el resto del amanecer, o al menos, yo lo hago, porque en todo momento siento su mirada sobre mí. Las palabras no eran suficientes para expresar cómo me sentía ahora.

¿Conocen la sensación que te provoca un buen libro?

Así me sentía, estos escasos momentos de tranquilidad que habría en mi vida los llevaría siempre en el corazón porque nunca sabría cuál sería el último.

ALEXEI SE HABÍA IDO para revisar que todo estuviera listo. Él se aseguraría de que todo saliera perfecto y que nadie estropeara este día. Usaría un vestido azul oscuro, con escote en V y un corte similar al de princesa, pero menos voluptuoso; era sencillo pero hermoso.

Me doy una ducha larga para calmar mis nervios, me aterraba que algo saliera mal, pero Alexei ya me había asegurado un millón de veces que todo saldría bien y que no me dejaría sola en ningún momento. Salgo de la ducha y envuelvo mi cuerpo en una toalla, seco mi cabello lo más que puedo para pasarme el secador, me hago un recogido sencillo que deja un par de mechones sueltos alrededor de mi rostro y hago algo sencillo con el maquillaje.

Me pongo el vestido junto con un par de tacones de aguja color blanco, todo esto lo había elegido Alexei. Conocía mis gustos y, debía decirlo, él tenía un gusto increíble. Estaba hermosa, además, me sentía feliz al saber que también mi padre estaría conmigo en este día, y sabía que mi madre y mi hermano me veían desde el cielo.

—Estás preciosa, hija.

Me volteo, encontrando a mi padre mirándome desde la puerta con ojos llorosos.

—No te oí entrar.

Se acerca y lo abrazo, iba vestido con un traje que lo hacía ver más guapo de lo que era. Varias compañeras le echarían un ojo sin duda.

—Te pareces tanto a tu madre —dice con la voz ronca por las lágrimas contenidas.

—Papá, no llores, ella está aquí con nosotros, siempre lo ha estado.

—Tienes razón. —Saca un collar de su bolsillo y me lo entrega—. Este relicario lo mandó a hacer tu madre cuando naciste, tiene una foto de nosotros tres.

Cuando lo abro, mis ojos se llenan de lágrimas, papá miraba

a mamá con amor y ella sonreía alegremente a la cámara conmigo en brazos.

—Es... es hermoso, papá, gracias.

Vuelvo a abrazarlo, dejando salir un par de lágrimas.

—Permíteme. —Dejo que me ponga el collar y lo siento frío al contacto con mi piel—. Se calentará en unos segundos, mientras tu corazón esté latiendo, nunca más se volverá a enfriar.

Lo toco al sentirlo cálido.

—Lucios —dice la voz de Alexei desde la puerta, llevaba un traje negro que lo hacía ver peligroso e imponente, pero al mirar sus ojos no había más que amor en ellos—. Sin duda, el amanecer más hermoso que he visto en mi vida —dice, mirándome con una pequeña sonrisa en los labios.

—Voronin —pronuncia papá con tono frío—. Te dije que te mantuvieras alejado de ella.

—Y yo te dejé muy en claro que no haría tal cosa.

—Más te vale que no le hagas daño, porque ese día será el último que verán tus ojos.

—Te doy mi palabra de que ese día nunca llegará.

—Te veo abajo, hija. —Besa mi mejilla y sale de la habitación, no sin antes dirigirle otra mirada fría a Alexei.

—Creo que nunca le voy a agradar. —Se acerca y me abraza por la cintura mientras vemos nuestros reflejos en el espejo—. Quién diría que el diablo podía tener un ángel a su lado.

—Está muy guapo, Sr. Voronin.

—No más que usted, señorita Klara. —Besa mi sien y acaricia mi cintura—. Más le vale a ese «doctorcito» mantener los ojos lejos de ti, al igual que todos en ese lugar.

—Eres alguien posesivo.

—Lo soy con lo que es mío —suspira—. Sé que te perteneces a ti misma, cariño, pero no puedo evitar ser posesivo con semejante ángel a mi lado. Así que no me pidas que no lo sea porque te fallaré.

—No iba a pedirte que dejaras de serlo.

Me volteo entre sus brazos y pongo los míos alrededor de su cuello.

—Gracias a Dios por eso. —Me besa los labios con dulzura y no puedo evitar sonreír—. Intentaré comportarme, pero si alguien se pasa de listo, entonces que se despida de su vida.

—No puedes matar a todo el que me vea, Alexei.

—Créeme, sí puedo, y no puedes impedirlo, ahora eres mi mujer y todo el mundo debe respetarte como la reina que eres.

Niego y vuelvo a besarlo, este hombre era un caso.

Sonrío al recordar sus palabras, «mi mujer». Ahora lo era, al igual que él era mi hombre. Dios, qué bien sonaba.

El recorrido desde la mansión hasta el Salón Zúrich había sido largo. Todo el camino me la pasé recostada en el pecho de Alexei mientras él jugaba con mis dedos distraídamente. El lugar era gigante, había una parte donde se haría la entrega de diplomas y otra donde sería la fiesta de celebración.

Saludo a varios compañeros que se me quedan viendo más de lo debido y cada vez era más consciente del agarre de Alexei en mi cintura. Río para mis adentros al saber que estaba luchando para no sacarle los ojos a cada uno de ellos.

Pero deja de ser divertido cuando las mujeres posan sus ojos sobre él. Nunca fui una mujer celosa ni posesiva, pero eso había cambiado ahora, quería gritarles como lo hace una niña pequeña a la que intentaban quitarle su juguete favorito. Así que en cuanto Alexei nota mi molestia, me besa frente a todas esas víboras dejando en claro que era mío y de nadie más.

Papá se había perdido en cuanto llegamos, supongo que fue hablar con el rector o algo parecido. Había guardias por toda la estancia y fuera de esta cuidando la zona.

Como precaución, había aceptado la sugerencia de Alexei de llevar un arma conmigo. Su tacto helado se sentía de manera constante en mi muslo derecho.

—Sean todos bienvenidos a este acto de grado, hoy es un gran día porque estos estudiantes se convertirán en cirujanos. Siéntanse orgullosos de sus hijos, sobrinos y nietos por cumplir esta meta, yo mismo he sido testigo del esfuerzo, sudor y lágrimas que ha puesto cada uno de ellos a esta carrera. Así que un fuerte aplauso para ellos. —Una ronda de aplausos se escucha por el lugar hasta que el rector pide silencio—. Tomen asiento, por favor, que en unos minutos iniciará la entrega de las medallas y los títulos.

Papá me hace señas a lo lejos, así que vamos a donde se encuentra y tomamos asiento en la primera fila.

—¿Dónde estabas? —le pregunto en voz baja.

—Dándole las gracias a Joshua por cuidarte este tiempo. —Alexei se tensa al escucharlo, por eso entrelazo nuestros dedos para que se calme.

—¿Lo conocías? —pregunto incrédula.

—Es un viejo amigo de la familia.

Frunzo el ceño.

—Papá —digo, dudando—, ¿él no te traicionó?

Había estado dándole vueltas al asunto de que Joshua había operado a Raquel y también estuvo a cargo de sus chequeos mensuales.

Si lo de su corazón fue una farsa, ¿él no debería haberlo sabido?

—¿Por qué lo preguntas?

187

Sentía el peso de la mirada de Alexei en mi nuca, supongo que él también tenía curiosidad por mi pregunta.

—Él estuvo a cargo de Raquel todos estos años —explico.

—No lo hizo. Encontraron un dispositivo implantado en el corazón de Raquel durante la autopsia, este podía simular un ataque al corazón, arritmias cardiacas y otros tipos de enfermedades que él explicó. El dispositivo era indetectable, y después de la cirugía o los tratamientos, lo desactivaban. Así simulaban que los tratamientos habían funcionado.

Asimilo sus palabras en silencio y, al cabo de unos segundos, no agrego nada más.

Me alegraba saber que no lo había traicionado, después de todo, era mi amigo y mentor.

El orador comienza a llamar a uno por uno, tendría que esperar un poco, ya que era casi una de las últimas. A medida que se van acercando, mis nervios van aumentando a tal punto que mis manos comienzan a sudar.

—Cariño, tranquilízate, estoy aquí contigo —susurra Alexei en mi oído, aprieto su mano como respuesta.

Faltan tres, luego dos y por último uno.

—Felicidades a Alina Klara por graduarse con el mejor promedio de su grupo, le deseamos lo mejor en su carrera y que siga con la misma dedicación que demostró estos ocho años con nosotros.

Me pongo de pie con piernas temblorosas y subo a la tarima, me ponen la medalla y recibo mi título con una sonrisa y los ojos llorosos.

«Esto es para ti, mamá, y para ti, hermano», pienso.

Corro a los brazos de papá en cuanto bajo, doy saltos como una niña pequeña sin importarme en absoluto estar haciendo el ridículo. Esperé este día desde hace años y por fin lo había conseguido.

Me lanzo a los brazos de Alexei cuando papá me suelta, si él no hubiera hecho esa llamada, yo no estaría aquí.

—Nunca podré agradecértelo lo suficiente —susurro entre sus brazos, luchando contra las lágrimas.

—Haría lo que fuera por ti, *printsessa*, y no tienes que agradecerme, cariño, haría lo que sea por verte feliz.

Lo beso con todo el amor que sentía por él, me sentía viva después de tantos años.

—Te quiero —le digo.

—Te amo, *printsessa*.

Esperamos a que la ceremonia culmine para pasar al patio donde se llevaría a cabo la fiesta de celebración. Papá acepta la compañía de la madre de una de mis colegas de estudio y se la lleva al bar para pedir unos tragos. Por lo menos, no era una chica de mi edad. Yo no sería esa hija que le echaría en cara a su padre por estar con otras mujeres. Él amaría a mi madre sin importar cuántas mujeres se pusieran en su camino, porque sabía que nunca habría otra persona con la misma templanza para estar junto a él y soportar todo lo que significaba vivir a su lado. Mi madre lo había hecho por años y al final le había costado la vida.

Joshua se nos acerca y Alexei aprieta más mi cintura.

—¡Alina! Dios, estás hermosa, no te veía hace semanas.

Cuando hace ademán de abrazarme, Alexei se interpone. Maldito celoso.

—Soy Alexei Voronin, el novio de Alina.

Extiende la mano a regañadientes, celoso y todo, pero con los modales por delante.

—Sí, ya nos conocimos, yo fui quien realizó su segunda operación.

Reprimo una sonrisa cuando miro a Alexei, así que me apiado de él.

—Joshua, es un gusto verte aquí, pero acabo de recordar que tenemos que irnos, ya que Alexei y yo mañana viajamos temprano. Nos veremos en el hospital. —Tiro de Alexei con todas mis fuerzas para irnos: Dios, era como mover una roca—. ¡Hasta pronto! —Me despido con la mano mientras sigo jalando de Alexei—. ¿Podrías ayudarme un poco? Me saldrá una hernia si sigo tirando así de tu cuerpo.

—Le gustas y odio la forma en que te mira.

—Odias la forma en la que cualquier hombre me mira.

—Sí, pero odio en específico como él te mira.

—¿Me estás haciendo un berrinche, Alexei? —pregunto con una sonrisa, mirándolo sobre mi hombro.

—Depende.

Llegamos al vestíbulo y me detengo para mirarlo, estaba agotada. ¿Qué comía este hombre?

—¿De qué?

Seguro que saldría con algo sexual. Sonrío ante tal pensamiento.

—De qué me darás a cambio para que deje mi berrinche.

Su mirada brilla por la perversidad de sus pensamientos. Con solo semanas, ya lo conocía como la palma de mi mano.

—¿Qué quieres que te dé, amor?

Siempre me pareció ridículo usar ese tipo de apelativos, pero con él me nacía hacerlo. Una sonrisa radiante se forma en su rostro y no puedo evitar mirarlo con ternura, era como un niño pequeño.

—Quiero que me dejes mamártelas —dice mirando mis pechos sin ningún recato, y no puedo evitar reírme cuando lo escucho—. Creo que empieza a molestarme que te rías cuando hablo de algo serio.

—Pues tendrás que acostumbrarte porque no pararé de

hacerlo. —Le echo los brazos al cuello y lo beso—. ¿Qué espera para irnos a casa, Sr. Voronin?

«Casa», un término que no había utilizado hasta ahora porque nunca me había sentido así. Ese piso en el que había vivido con Raquel, la que fue mi nana, solo fue un lugar lleno de mentiras. Estados Unidos nunca fue mi hogar, sin importar el tiempo que viví allí, pero esa mansión en la que vivía con Alexei cerca de nuestro lago se había convertido en mi hogar en los últimos días.

Alexei se había convertido en mi hogar.

TREINTA
Alexei Voronin

Nos habíamos ido de la ceremonia, solo faltaban unos minutos para llegar a la mansión y podría encerrarme con Alina durante toda la noche en la habitación.

—¿Cuánto falta?

Era la quinta vez que preguntaba desde que nos habíamos ido, Alina estaba acostada en mis piernas y yo jugaba con los mechones de su cabello suelto.

—Menos desde la última vez que preguntaste, te lo aseguro.

Éramos escoltados por seis camionetas, le había avisado a su padre que nos habíamos ido, lo cual no le causó ninguna gracia.

—Estoy cansada de estar en este coche.

Muestra un puchero, lo que la hace parecer aún más tierna. ¡Dios!, quien escuchara mis pensamientos sobre esta mujer, tendría una sobredosis de azúcar.

—Ya veo las luces de la casa. —Se levanta como un resorte y comienza a dar saltitos sobre su trasero—. No sabía que te entusiasmaba tanto que te comiera las tetas, y de haberlo sabido antes, hubiera hecho el sacrificio —le susurro al oído, tomo su lóbulo entre mis dientes y tiro de él.

—Alexei...

—Shhh, mis hombres tienen prohibido mirar hacia aquí y no podrán escucharte gracias a los auriculares especiales que tienen, pero aun así, no tentemos a la suerte.

Comienzo a subir la falda de su vestido como haciéndole una pregunta silenciosa. Si me decía que no, me detendría de inmediato.

—Hazlo.

Miro sus ojos, buscando la duda en ellos, pero solo se encontraba determinación y deseo. Tomo sus labios con pasión, los muerdo y fuerzo a su boca para darle paso a mi lengua. La suya inicia un baile sensual, incitándome a tomar más de ella.

Cuando advierto el calor de su sexo, me detengo.

—Alina... —digo en tono molesto.

—¿Qué? —responde, haciéndose la inocente.

—¿Por qué no llevas bragas?

Acaricio el interior de sus muslos, sintiendo como su piel se eriza bajo mi tacto.

—Es que... si me daban ganas de ir al baño, bajarme las bragas sería muy incómodo.

Niego al escucharla.

—Fuiste a tu graduación sin bragas, estuviste en una habitación con cientos de personas con el coño al aire. Algo me dice que querías un castigo, cariño, ¿o me equivoco?

Toco sus labios, sintiendo la humedad en ellos, y cuando acaricio su clítoris, lo encuentro hinchado y húmedo. Sus mejillas estaban sonrojadas y sus labios entreabiertos, era la viva imagen de la excitación.

Cuando veo que llegamos, saco mi mano de entre sus

piernas y bajo del coche tirando de ella. Modero mis zancadas al ver que le cuesta seguirme, subimos las escaleras y llegamos a mi habitación.

—Bueno, pequeña traviesa, recibirás el castigo que estabas buscando y después voy a darte tantos orgasmos que no recordarás tu nombre. —Su mirada me decía lo que su boca no se atrevía—. Quítate el vestido.

Me quito el saco y me arremango las mangas de la camisa, dejo el teléfono, los gemelos y el reloj en la mesa de noche. Con manos temblorosas, veo cómo se quita el vestido, dejándolo cuidadosamente en una silla. Usaba un sujetador blanco de encaje que contrastaba a la perfección con su piel.

—Acuéstate en la cama —le pido. El deseo estaba haciendo estragos en ella y me excitaba saber que yo era el causante de eso. Me pongo encima de ella y coloco sus manos por encima de su cabeza—. Fuera de la cama, haré lo que me pidas porque estoy a tus pies, pero en ella, harás todo lo que yo diga, ¿entiendes?

—Me parece un trato justo.

La beso antes de ponerla bocabajo, con su bonito culo dándome la bienvenida.

—¿Por qué serás castigada, Alina?

Doy el primer azote y la escucho jadear, acaricio la zona irritada para extender el ardor un poco más.

—Alina, si hago una pregunta, quiero una respuesta. —La azoto de nuevo, pero en esta ocasión su cuerpo busca mis golpes—. Alina...

—Mi tono en esta ocasión era de advertencia.

—Por salir sin bragas —dice entre jadeos, le encantaba desafiarme.

—Excelente, ¿y volverás hacerlo? —Otro azote en su

bonito culo la hace gemir, sus nalgas ya se encontraban rojas y era muy fácil de ver por lo blanca que era su piel—. Alina...

La azoto en esta ocasión, provocándole un grito.

—¡No! ¡No lo haré de nuevo!

—Eso está mejor.

Beso sus nalgas y le doy la vuelta. Estaba roja y sus pupilas se encontraban dilatadas—. Ahora tu premio por ser buena chica.

La beso con desesperación, saboreando su sabor y disfrutando la reacción de su cuerpo bajo mis manos. Acaricio su abdomen, luego su vientre y por último su monte de Venus. Cuando separo sus pliegues, mis dedos se empapan con sus fluidos.

—No sé quién disfruta más de los azotes, si tú o yo.

Sonríe contra mis labios cuando la beso nuevamente.

Masajeo su clítoris, provocando pequeños espasmos en su cuerpo, llego a su entrada y meto dos dedos en su interior. Su cuerpo se arquea buscando mi contacto; la estrechez y calidez de sus paredes me reciben apretando mis dedos. Ansiaba con cada célula de mi ser estar en su interior.

Se escuchaba por toda la habitación los benditos sonidos que emitía cuando sacaba y metía mis dedos gracias a la humedad. Dejo su boca para descender a la unión de sus senos, bajo las copas de su sujetador con los dientes y me prendo de uno de sus pechos como un poseso. La humedad en sus piernas aumenta cuando tiro de su pezón y lo muerdo.

—¡Alexei!

—Eso es, *printsessa*, grita mi nombre tan alto como quieras, pero solo yo podré escucharte.

Sigo con su otro pecho, aplicando el mismo proceso. Cuando lo muerdo, siento como su coño se aprieta alrededor de mis dedos. Estaba cerca, todo su cuerpo lo decía.

—Vamos, cariño, toma ese orgasmo. —Aplico más presión en su clítoris y aumento la velocidad de mis dedos hasta que convulsiona y se me empapa la mano—. ¿Quieres otro *squirt* como el que te di en el sofá de la sala de entrenamientos?

—Así que eso era —dice con la voz entrecortada, saco mis dedos de su interior y los lamo hasta que quedan por completo limpios.

—¿Sabes qué es lo que quiero desayunar todos los días?

—Podría adivinarlo fácilmente.

Le sonrío de forma pícara al escucharla.

—Deja que te ahorro el esfuerzo, quiero tu precioso y rosado coño dispuesto para mí todas las mañanas.

—Y aunque te dijera que no, estaría desperdiciando esa maravillosa boca.

—Pervertida.

La beso y la acomodo a horcajadas sobre mí, termino de quitarle el sujetador, dejándola desnuda. Podría morirme ahora mismo y decirles a los demonios del infierno que estuve en el paraíso sin entrar siquiera en él.

—Alexei, quiero que me folles. —La miro por un par de segundos sin decir nada mientras mis manos recorren sus caderas y abdomen desnudos—. Sé que dijiste que querías que fuera especial, pero dime qué puede serlo más que esto. Hoy tuve uno de los mejores días de mi vida y lo que lo cerraría con broche de oro es que me hicieras el amor.

Mi corazón se acelera hasta alcanzar niveles alarmantes. Maldición, me daría un puto ataque al corazón y me moriría aquí mismo, no literalmente.

—¿Estás segura, cariño?

Acaricio su mejilla mirándola a los ojos.

—Lo estoy.

Es lo único que necesito para tomar su rostro y besarla con

delicadeza. Le haría el amor, tal y como me había pedido, aunque no supiera cómo se hacía tal cosa.

Me siento, con ella en mi regazo, y la dejo ser cuando comienza a desabrochar mi camisa. Me la saca con una lentitud tortuosa. En cuanto sus uñas tocan mi pecho, me aferro a sus caderas y la presiono contra mi erección. Desabrocha mis pantalones y la ayudo a sacármelos con todo y bóxer. Estábamos desnudos uno frente al otro, observándonos como si fuéramos los últimos en este mundo. La atraigo a mi regazo, gruñendo cuando siento el calor de su sexo sobre mi miembro.

—Te quiero encima de mí.

Con un solo movimiento, cumplo su deseo.

—Voy a buscar un... —digo, pero me detiene antes de poder levantarme.

—No lo necesitamos.

—Cariño, no necesitas un bebé para atarme a ti.

—Eso lo sé —responde: claro que lo sabía—. Pero tomo la píldora, así que no lo necesitamos.

—¿Segura?

No me preocupaba por mí, sino por ella.

—Totalmente.

Uno nuestros labios, llevando mis dedos a su sexo. Aún no se encontraba lo bastante abierta para mí y no quería hacerle daño, la trabajo con mis dedos hasta que siento su humedad empaparme la mano.

Me posiciono en su entrada, deslizando solo la punta, me tenso al advertir su estrechez y la calidez de sus paredes. Mierda.

—¡Oh!, demonios —exclama y jadea.

Sigo deslizándome hasta que siento que su cuerpo se tensa.

—¿Estás bien?

—Sí... solo es que eres demasiado grande, te siento hasta el fondo.

—*Printsessa*, aún faltan un par de centímetros.

—¿Qué...?

Termino de entrar con una estocada, arrancándonos un jadeo.

Era el puto cielo: sus paredes me apretaban tanto que luché para no correrme de inmediato. Salgo por completo para volverla a embestir.

—¡Oh!, Alexei.

No deja de gemir.

Comienzo con movimientos lentos, dejando que su cuerpo se acostumbre a tenerme en su interior. Los choques de nuestros cuerpos resonaban por toda la habitación, y eso solo me excitaba más. Sus paredes se cierran a mi alrededor, así que me prendo de sus pechos, aumentando su placer. No buscaba el mío, sino el de ella.

Llevo una de mis manos a su clítoris y lo acaricio, sus fluidos me tenían completamente empapado y las sábanas debían de estar iguales.

—Eres tan cálida y estrecha, eres un puto pecado, Alina. —Vuelve a apretarme, entonces, la embisto con más fuerza—. ¿Te gusta que te hable así? Porque me aprietas cada vez que lo hago. Tómame, cariño, úsame para conseguir ese orgasmo.

Pone sus piernas alrededor de mi cintura y coordina sus caderas con las mías, la sentía tan lista que me era difícil controlar mi propio orgasmo. Se libera, soltando una sarta de maldiciones, mientras yo me corro en su interior, marcándola como mía.

Maldición, era mía, y quien intentara apartarla de mi lado lo pagaría muy caro.

Pego su frente a la mía mientras nuestras respiraciones se ralentizan. Salgo de su interior, extrañando de inmediato su calidez.

—¿Cuánto crees que necesites para recuperarte? —susurro.

—¿Eh?

El terror surca sus ojos cuando me mira.

—Planeo cumplir mi palabra de hacerte olvidar tu nombre.

Se tira sobre mi pecho y me abraza, escondiendo el rostro en mi cuello.

—Prometo que mañana podrás hacerlo —me responde casi sin aliento.

Lo pienso por un par de segundos, pero al final la abrazo y nos cubro con las sábanas. No negaría que deseaba más de su cuerpo, pero si estaba cansada, entonces respetaría su decisión.

—Mañana saldré temprano para la reunión, así que nos veremos en la tarde.

—Está bien. —Aprieta su agarre a mi alrededor y yo solo puedo sentirme como un loco enamorado—. Solo cuídate y cuida de mi padre, por favor.

—Lo prometo, ambos volveremos completos a casa. —Beso su frente y comienzo a acariciar su espalda—. ¿Te gustaría pasar aquí todas las noches? Me refiero a que esta sea «nuestra» habitación.

Me mira con ojos adormilados y yo sonrío al sentir una emoción que no experimentaba desde que era niño: estaba feliz.

—Me encantaría.

La beso y vuelvo a acomodarla sobre mi pecho.

—Descansa, cariño, yo cuidaré tu sueño.

A los minutos, siento como su respiración se ralentiza, era feliz y estaba locamente enamorado de ella. El poder que ella tenía sobre mí era maravilloso y aterrador al mismo tiempo.

Pero si algo tenía claro, era que no dejaría que se fuera de mi lado de nuevo.

～

Era un día radiante, y Alexei y Alina se encontraban rebosantes de felicidad. Ambos habían encontrado eso que tanto buscaban.

Pero la felicidad era tan efímera como la vida.

Alexei besa los labios de su ángel a la vez que le susurra un te amo desde lo más profundo de su corazón. No quería irse, pero era un acto necesario y deseaba que todo volviera a ser como antes, con la diferencia de que ahora tenía una razón para regresar a casa todos los días.

Alina despertó, minutos después de que Alexei se marchó, con una sensación inquietante en el pecho, la misma que él había intentado ignorar con todas sus fuerzas al alejarse de ella.

Cuando el diablo estuvo lo bastante lejos de casa, fuerzas malignas entraron a su templo con un solo objetivo: capturar a su ángel.

Las alarmas de la casa se activaron, cerrando cada puerta y ventana, no había manera de salir, o al menos, no a la fuerza. Alina corrió de inmediato al clóset de Alexei y abrió el túnel, siguió el camino que la llevaría al búnker, pero en el trayecto, una persona inesperada apareció.

—¿Qué haces aquí? —preguntó, retrocediendo.

—Alexei me dio órdenes, te acompañaré al búnker.

Alina lo siguió, ignorando las alarmas que se dispararon en su cabeza. Al estar a mitad de camino, su acompañante sacó un arma y le apunto. Ella estaba desarmada, lo único que llevaba consigo era una camisa de Alexei y su relicario.

—¿Q-qué haces, Harry?

—Lo siento, Alina.

En cuanto escucha pasos a su espalda, se voltea y se congela al ver quién era.

—Es un placer verla de nuevo, su alteza.

Lucas Moretti encabezaba a un grupo de hombres que no tardaron en tomarla por los brazos e inmovilizarla.

La tenían por más que Alexei había intentado protegerla.

Alexei, al recibir la noticia, emprende la marcha intentando llegar antes de que se la llevaran, pero sabía que no lo lograría.

Alina se encontraba en las garras del italiano.

Y Alexei quemaría el mundo hasta recuperarla.

Nunca provoques la ira del diablo si no estás preparado para luchar contra ella.

TREINTA Y UNO

Alina Klara

30 de julio

Un fuerte dolor de cabeza me impide abrir bien los ojos, no recordaba mucho después de haber sido inmovilizada. Antes de salir de los túneles, ya había perdido la conciencia, me habían drogado o noqueado.

La humedad en el lugar era asfixiante y me dolía el cuello por permanecer tanto tiempo en la misma posición. Mis manos estaban atadas por detrás de la silla donde me encontraba, al igual que mis piernas.

El irritante sonido de una puerta siendo abierta zumba en mis oídos, hago una mueca al saber que sí me habían drogado. Varias pisadas comienzan a escucharse en la habitación. Había visto las suficientes películas como para saber lo que vendría.

—Si van a torturarme, háganlo de una puta vez —digo, mi voz se escuchaba rasposa y no se parecía nada a la mía.

—Así que su alteza ya está despierta.

Un par de manos callosas me toman del cuello, obligándome a abrir los ojos a pesar del dolor. Lucas Moretti me miraba con una sonrisa triunfante en su asqueroso rostro.

—Para mi desgracia, sí.

No les daría la satisfacción de verme asustada, lo estaba, pero no les daría un espectáculo implorando por mi vida.

—Bueno, supongo que podemos empezar, pero antes, ¿puedo ofrecerte algo? ¿Un vaso de agua quizá?

No eran más que burla sus palabras.

—Pues sería muy considerado de tu parte cerrar la maldita boca.

Provocarlo no era muy inteligente de mi parte, pero prefería hacer eso que echarme a llorar.

—Veo que tienes tu armadura bien puesta, veamos cuánto te dura. —Un par de hombres me rocían agua fría encima, lo que hace que la camiseta se me pegue como una segunda piel, dejando muy poco a la imaginación. Quiero vomitar cuando se me quedan viendo los pechos—. Eres doctora, ¿no?

—Cirujana, pero te perdono el error.

—Bueno, supongo que sabes lo que le pasa a un cuerpo cuando es sometido a descargas eléctricas, ¿no?

Tenso cada músculo de mi cuerpo al comprender, me torturarían con electricidad, y ciertamente alguna parte de mí lo vio venir.

—Se supone que eres el «mafioso» más peligroso de Italia y lo más original que se te ocurre es electrocutarme. Te tenía altas expectativas, Moretti. —le digo. Estoy segura de que si Alexei pudiera verme ahora, me pediría que cerrara la boca, pero si algo aprendí durante el tiempo que pasamos juntos, era a no hacerlo nunca—. Y por cierto, ¿dónde estamos?, supongo que no seguimos en Rusia.

—Supones bien, estamos en Italia. Y respondiendo a tu

acusación, electrocutarte solo es un medio para lograr mi objetivo. —Toma asiento en una silla frente a mí y me mira—. Los mafiosos son débiles cuando se trata de su mujer, y me pregunto qué hará Alexei al ver cómo estás siendo torturada. Lo más posible es que haga algo estúpido que terminará costándole tu vida.

Me río hasta sentir un par de lágrimas provocadas por lo que hacía. En verdad, algo estaba mal conmigo, ¿por qué tenía que reírme cuando hablaban de algo serio?

—Lo siento, no te lo tomes personal, Moretti, tu plan es muy bueno, pero no soy seria cuando hablan de cosas importantes. Alexei puede confirmártelo. —Suspiro, dejando de lado los últimos rastros de la risa—. Pero hay algo que falla en tu pequeño plan. —Me inclino como si estuviera a punto de decirle un secreto—: Alexei no se deja llevar por las emociones, ni siquiera cuando se trata de mí.

—¿Qué te lo asegura? Los hombres enamorados son débiles.

—Creo que me perdí, seguimos hablando de Alexei o ahora es sobre ti. Porque el único en esta habitación que actuó por impulso cuando mataron a su esposa fuiste tú.

—Cuidado con lo que dices, no sabes nada realmente.

—Puede que eso sea cierto, no recuerdo ni la mitad de mi pasado, pero lo que sí tengo muy claro es que tú mataste a mi madre y esa es suficiente razón para quererte muerto.

—¡Oh!, sí, tu madre, una mujer increíble. Lástima que tu padre me traicionó.

Aprieto la mandíbula.

—¿De qué hablas?

—Así que no te lo contó, por qué será que no me sorprende.

—Podrías dejarte de juegos y hablar de una maldita vez —contrataco.

—Por supuesto, tu padre entregó en bandeja de plata a mi esposa y a mi hija en su vientre a unos narcos que tenían cuentas pendientes conmigo.

Mi padre había mencionado algo sobre una venganza, pero nunca algo sobre eso. No creía posible que él entregara a una mujer embarazada, él no era capaz de algo así y este hombre no cambiaría el criterio que tenía acerca de mi padre.

—Estoy segura de que así no fue como sucedieron las cosas. ¿Sabes?, cuando estaba en la universidad, siempre se creaban rumores sobre estudiantes, pero para sorpresa de todos, estos eran alterados a medida que se iban esparciendo.

—No sabes callarte, ¿verdad?

—Creo que sabes muy bien la respuesta.

—Pues es hora de que aprendas a hacerlo. Bruno, ponlo lo más bajo posible, quiero divertirme con ella.

El tal Bruno conecta un par de cables en la silla y después se acerca a un generador.

Los primeros segundos solo siento un pequeño escalofrío, pero luego este va en aumento hasta sacudir mi cuerpo. Muerdo mi labio inferior hasta que siento la sangre, no iba a gritar, aguantaría lo más que pudiera.

—Bruno, uno más.

Me arqueo al sentir la nueva oleada de electricidad, lágrimas salían de mis ojos por más que intentaba controlarlas. Era demasiado, pero aun así, no había soltado ni un grito.

—Apágala. —Las sacudidas se detienen de inmediato, permitiéndome respirar—. No respondiste a la pregunta —dice señalando el generador, de inmediato sé a lo que se refiere. Se refiere a qué le pasa al cuerpo humano cuando recibe descargas eléctricas. Así que, con voz temblorosa, lo hago.

—Comienza a responder por sí solo sin importar que el cerebro dé una orden diferente, pierdes el control hasta vomitar o hacerte encima. Y en el peor de los casos, si sobrevives, puedes quedar con secuelas en tu sistema nervioso de manera permanente.

—¿Y cuánto crees que resistirá tu cuerpo con este nivel de descarga?

Si había una tortura peor que la física, era la psicológica.

—Cuatro días —susurro. Podría reducirse si no me alimentaba y no me hidrataba, y para cuando llegara al tercer día, no sabría diferenciar lo que es real de lo que no. Me volverían loca si no venían por mí antes.

—Ahora comprendo por qué fuiste la mejor de tu clase, eres una chica lista, lástima que tu inteligencia no te servirá mucho después de muerta.

Eso era cierto, pero me serviría para mantenerme viva y cuerda, solo tenía que darle tiempo a Alexei.

—Vete a la mierda —escupo.

—Como agradecimiento por tu maravillosa compañía, te contaré un pequeño secreto. —Se levanta y se acuclilla frente a mí—. Todo este tiempo tu padre te ha mentido, no eres Alina, ese era el nombre de tu madre. Eres Anastasia Smirnova, hija de Lucios Smirnov y Alina Smirnova. Y yo, soy tu querido tío Lucas. —Se levanta y yo no hago más que mirarlo—. Esa es la única razón por la que mis hombres no te harán lo mismo que a mi madre, es decir, a tu abuela, pero sí voy a romperte hasta que no quede nada de ti, y cuando me supliques la muerte, te la concederé.

Se va de la habitación, no sin antes dar la orden de que inicien la tortura. Esta vez no me contengo y grito hasta que mi garganta arde.

No era posible lo que decía ese hombre, él no podía ser mi tío. Era imposible.

Lloro entre gritos, deseando que todo fuera una pesadilla.

—¡Es mentira! —grito antes de ser arrastrada por las sombras.

Alexei Voronin

REGRESÉ de inmediato a la casa en cuanto el comando de voz me notificó que la mansión había sido asegurada, cuando solo yo, mi padre o Lucios podían autorizar el sistema. A menos que alguien hubiera robado nuestras huellas dactilares.

Solo bastaron quince putos minutos para que se la llevaran.

No habían forzado ninguna entrada, todo estaba tranquilo cuando puse un pie dentro de la casa. No hubo ni una baja, entraron como unos fantasmas y se llevaron lo más preciado que había aquí.

—¡Quiero las grabaciones de la última hora en todo el maldito país! ¡Ahora!

Saco el arma y me dirijo a lo que iba a hacer nuestra habitación: la cama se encontraba desordenada, el vestido seguía en el mismo lugar en el que lo había dejado anoche, todo se encontraba exactamente igual a como lo había dejado antes de irme. Solo que ahora el lugar se sentía frío y carente de luz, al igual que el resto de la casa.

Todo se sentía vacío sin ella.

Entro al clóset y reviso el historial de las puertas de los túneles. Si cerraron todo el lugar, esta era la única forma de salir de la habitación y llegar al búnker. Doy con el último registro y me voy a las grabaciones.

Veo como Alina sale de la habitación, usando solo mi camiseta. Cuando le faltaban un par de metros para llegar al búnker, uno de mis hombres sale de la oscuridad. Las grabaciones no tenían sonido, pero podía ver que Alina le decía algo. Cuando el hombre saca un arma, varios minutos después, cada músculo de mi cuerpo se tensa, pero no dispara. Cuando pienso que tal vez ha pensado mejor las cosas, Lucas Moretti aparece en la grabación. Esa rata traicionera los había dejado entrar. Me reenvío el video y me voy al despacho.

Iba a encontrar al infeliz que nos traicionó y le arrancaría la piel hasta que me dijera a dónde se la habían llevado. Esta guerra me tenía hasta la mierda.

Llego al despacho, encontrándome a mi padre y a Lucios, los hombres que manejaban las cámaras en el ámbito nacional también se encontraban aquí.

—Diré esto una sola vez —digo mirándolos con firmeza, coloco el arma frente a ellos, dejando en claro mi amenaza—. Si me dicen que no encontraron nada, les meteré un tiro en la cabeza a ambos, personal me sobra.

—Señor... nosotros... —Disparo, salpicando el lugar con su sangre, ¡maldito inservible! Miro a su compañero, esperando que hable—. ¿Y bien? ¿Tienes algo?

—N-no, pero...

Entierro la bala en su cabeza, ensuciándome.

—Llamen a los de seguridad, quiero que revisen de nuevo las cámaras, y quien me diga que no hay nada, terminará igual que estos dos. Y por favor, llévense los cuerpos —ordeno a mis hombres.

—Alexei —dice mi padre.

—Ahórrate el sermón, que no es un buen momento —digo con hastío.

—No iba a dártelo igual, Lucios tiene una manera de saber dónde está.

Miro al hombre. Él debía notar mis facciones tensas y la tristeza impresa en los ojos.

—Le di un relicario a Alina el día de su graduación, no es un rastreador, pero por él podremos saber sus pulsaciones. Para poder usarlo como localizador, tendrían que hackearlo.

—¿Y bien? ¿Qué estamos esperando?

—No es tan fácil, Alexei, solo una persona aquí en Rusia puede hacerlo, y es difícil de encontrar.

—Déjate de acertijos que mi paciencia es escasa en estos momentos, ¿quién es el hombre?

—Se hace llamar la «Comadreja», se supone que vive en los barrios bajos de Moscú, pero siempre se escabulle antes de poder ser encontrado.

—¿Y cómo es que ese hombre es el único capaz de hackear ese relicario? —pregunto mirándolo fijamente.

—Porque él fue quien diseñó su sistema. La madre de Ana tenía muchos contactos, y al parecer, ellos eran socios.

Esto era una mierda. Todo lo era, pero tenía que mantenerme sereno.

—Bien, lo buscaremos, manda a los hombres que necesites. Pero antes necesito que me digas si sabes quién es él.

Saco el teléfono y le muestro la grabación.

—*Blyat* —murmura mi padre por lo bajo.

—No puede ser, ese es Harry, se suponía que era de confianza. Dimitri lo puso como su guardaespaldas cuando tuvo su primer colapso.

Harry. Así que ese era el maldito Harry, ahora tenía doble motivo para matarlo.

—Quiero su expediente, quiero saber todo de él y quiero que me lo traigan.

Mil ideas venían a mi mente para hacerlo suplicar por su muerte, sufriría el doble de lo que Alina estaba pasando en este momento.

—Quiero ver las pulsaciones de Alina.

—Supuse que querrías hacerlo.

Abre una *laptop* y en ella veo sus latidos, se encontraban tranquilos.

Aún no estaba sufriendo.

—Por lo que se ve en esa grabación, fue drogada, así que debe estar inconsciente. En el caso de que le quiten el relicario, podremos saberlo, pero si la temperatura de este comienza a bajar, entonces se nos comenzará a acabar el tiempo.

—Conocen a Lucas mejor que yo en este aspecto, ¿qué creen que le hará?

—Alexei, es mejor no pensar en eso, tenemos que movernos para encontrarla.

—Y qué mierda crees que estoy haciendo, Lucios, están buscando al maldito *hacker* y no encuentran nada en las cámaras. Necesito saber si siguen aquí o ya se encuentran fuera de mis territorios.

—Es más posible que vayan camino a Italia, Lucas sabe que si atacamos, se iniciará una guerra.

—La comenzó contigo hace años, pero acaba de empezar una conmigo, y yo acabaré con ese hijo de puta, no me importa las consecuencias que me traiga. Se la llevaron y eso le costará la vida. —Me pongo de pie y cojo el arma—. Avísame de cualquier cambio en sus latidos, voy a revisar esas cámaras yo mismo.

Salgo del despacho, dirigiéndome al sótano. Sentía la ira

con ganas de controlarme, pero tenía que mantener la cabeza fría. Alina era lista, lo que me daba tiempo de encontrarla.

Confiaba en que no hiciera nada estúpido, pero esa lengua que tenía podía costarle la vida.

Lucas Moretti había firmado su sentencia de muerte con el diablo, y con gusto lo llevaría a ella.

TREINTA Y DOS
Alexei Voronin

31 de julio

Pasamos toda la noche revisando las cámaras y no encontramos nada, no teníamos forma de saber por dónde se habían ido sin ser detectados. Intenté dormir un poco —por petición de mi padre—, pero por más que traté, cada vez que cerraba los ojos no podía ver más que su sonrisa y sus ojos brillantes. Saber que en estos momentos podría estar siendo torturada, me dolía, iba más allá de una simple molestia en el pecho, sentía que me estaban arrancando cada parte de mí. El alma me dolía y, simplemente, no podía contemplar una vida sin ella.

Había verdad en la frase «el amor duele», porque si yo la perdía, ella se llevaría mi corazón, porque dejó de pertenecerme en el momento en el que la conocí.

Tocan la puerta de la habitación, así que me levanto a

abrirla. Mi padre me dijo que me llamaría en cuanto tuvieran algo, él creía que si seguía caminando de un lado a otro, mataría a todo el mundo. Entonces, esperaba que fuera importante lo que me tenían que decir, no quería agregar un muerto más a los cuatro que llevaba en las últimas horas.

—Tenemos algo —dice apenas abro la puerta—. Hallamos al *hacker*, pero también enviaron algo los italianos.

Tomo el arma y salgo de la habitación, confieso que me daba miedo saber qué era lo que habían mandado.

—¿Qué enviaron?

—Un *pendrive*, enviaron a un hombre que vive cerca de la frontera, lo amenazaron para que aceptara la tarea.

—Esos malditos italianos, ¿qué hay del traidor?, ¿hay algo de él?

—Nada, pero no ha salido de Rusia, así que será cuestión de horas encontrarlo.

—Bien, veamos qué hay en ese *pendrive*.

Esperaba estar equivocado, pedía por una vez en mi vida no tener la razón.

Todos en el sótano se encontraban ocupados, se movían de aquí para allá con ordenadores y armas. En el instante en el que tuviéramos la ubicación de Alina, saldríamos a Italia.

—¿Dónde está el *hacker*?

—Lo están trayendo.

No respondo y entramos a una pequeña habitación en la que solo teníamos acceso mi padre, Lucios y yo.

—Quiero ver qué hay en ese *pendrive*.

—¿Estás seguro? —pregunta Lucios.

—Solo ponlo.

Mi padre lo conecta en el ordenador y un video comienza a reproducirse en la pantalla plana.

—Hola a todos. —La cara de Lucas Moretti nos recibe con una sádica sonrisa—. Hoy mi bella sobrina y yo les traemos un espectáculo. Lucios, debo decir que tu hija se puso muy hermosa, lástima que tengamos que dañar su perfecta y suave piel.

Aprieto la mandíbula cuando veo a Alina suspendida en el aire completamente desnuda, su cuerpo se encontraba golpeado al igual que su rostro, intentaba mantener este oculto de la cámara. Podía ver los pequeños espasmos que la retorcían. ¿Qué le habían hecho?

—Anastasia es una joven maravillosa, deben de estar muy orgullosos de ella, pero también tiene una lengua muy peligrosa, y gracias a ella tuve una maravillosa idea. —Camina frente a la cámara, pensando sus palabras—. Electrocutarla era algo demasiado básico para mí, como ella misma lo dijo, así que qué tal esto —dice y un hombre sale detrás de ella tocando sus caderas. Saco mi arma como si eso pudiera evitar el hecho de que esto ya había sucedido—. Aleja tus manos de ella, Bruno —ordena Lucas—. No se preocupen, no tendrá el mismo destino que mi madre, Lucios, o al menos, no del todo. Bruno, por favor, has una pequeña demostración de cómo está siendo tratada nuestra invitada.

Bruno toma un látigo, y un horrible sonido corta el aire para después cortar su piel.

Alina grita, levantando su rostro, y toma las ataduras por las que era suspendida. Intenta sostener su propio peso, pero vuelve a desplomarse.

—Perdona, no te escuché —dice Lucas, mirándola.

—¡Que te vayas a la mierda, hijo de puta! —grita. Otro latigazo cae sobre su espalda y vuelve a gritar. Aprieto los ojos al palpar su dolor, me dolía, pero ella lo pasaba mil veces peor por mi culpa, debí haber hecho algo más—. No... vas a romperme.

—Mira a la cámara como si supiera que la observaba—. No caigas, Alexei, solo encuéntrame.

Otro latigazo, luego otro, y pierdo la cuenta de cuántas veces es golpeada. El suelo bajo sus pies se encontraba lleno de sangre y ya solo soltaba quejidos cuando era azotada.

Me obligo a ver cada segundo del video, sintiendo cada latigazo como si cayeran sobre mi piel. Esto era lo que sucedía cuando entrabas a mi mundo, solo que ella había sido condenada mucho antes de nacer.

La idea de que hubiera sido mejor no llegar a su vida vuelve a azotar mi mente. Todo se complicó para ella en cuanto entré a su vida, había vivido ocho años en paz, pero sabía que hubiera sido cuestión de tiempo que la encontraran.

Ambos habíamos tomado decisiones, ahora yo tomaría las mías con tal de salvarla.

~

Alina Klara

NO SENTÍA LA ESPALDA, los latigazos fueron devastadores. Quería hacerme un ovillo y echarme en una esquina a llorar. Intenté mostrarme fuerte frente a la cámara, no quería que Alexei viera exactamente lo que me estaban haciendo.

No me habían violado, al menos no del todo, era lo único que Lucas prohibió hacerme, pero lo demás... Lágrimas me salen sin control al recordarlo: ellos manoseándome, masturbándose frente a mí y corriéndose sobre mi cuerpo... Me estaban rompiendo y me decepcionaba de mí misma al saber que no era tan fuerte como creía.

Pego las rodillas a mi pecho, intentando calmar los espasmos de mi cuerpo. Estuvieron electrocutándome todo el día de ayer, y en la noche fui golpeada hasta que Lucas dijo que era suficiente. En la mañana fue que abusaron de mí.

La máscara que tenía estaba rompiéndose y rogaba porque pronto me sacaran de aquí. Las heridas en mi espalda debían ser atendidas lo más pronto posible, pero si no era así, llegar a mañana en la noche sería un completo milagro.

Abren la puerta de mi celda y entran tres hombres, eran los mismos de esta mañana. Retrocedo hasta que toco la pared.

Grito y pataleo cuando me toman de los brazos y las piernas.

—¡Suéltenme! ¡Malditos bastardos!

Mi mejilla arde cuando me abofetean, patean mis costillas y puedo sentir como una de estas se rompe. Me arrojan al suelo y uno de los hombres comienza a tocarme los pechos mientras saca su miembro.

—No, por favor, no. —Me inmovilizan, pero aun así no dejo de luchar a pesar del dolor que implicaba hacerlo—. ¡No! ¡Por favor, no! —Rozan mi entrepierna y comienzo a patear a quien esté a mi alcance—. ¡Por favor, se los pido! —Algo caliente toca mi sexo y ahí es cuando algo dentro de mí se rompe—. ¡Alexei!

Mi cabeza toca el suelo cuando me sueltan un puñetazo. Con manos temblorosas intento quitar el semen del hombre, mis dedos se llenan de él, provocándome arcadas que me hacen vomitar.

Me desplomo desnuda sobre el suelo, mi cuerpo dolía, me exigía un descanso, pero yo solo quería borrar todo de mi mente. Imágenes de lo que había pasado se repiten como una película y me comienza a resultar difícil diferenciar qué es real y qué no.

Recuerdos de mi pasado comienzan a llegar a la velocidad

de la luz: una mujer en el suelo, un niño abrazándome, yo en el laberinto, risas lejanas...

Pero ya no podía más, solo quería que las sombras me llevaran a donde mi diablo, solo ahí estaría segura.

—Alexei, no sé cuánto pueda resistir —susurro a la nada, sintiendo como el dolor se alejaba.

Y luego, oscuridad.

TREINTA Y TRES
Alina Klara

1 de agosto

Tuve una noche tranquila, lo que me tenía ansiosa y con los nervios a flor de piel. La espalda me escocía y me preocupaba el estado en el que se encontraba. Intenté ponerme de pie un par de veces, pero la falta de comida, agua y sangre comenzaba a afectarme, y sumado a eso, los golpes que había recibido.

Si venían por mí, no tendría la fuerza para luchar. El cansancio era tanto físico como psicológico, anoche me había desmayado sobre mi vómito, así que el estado en el que me encontraba era deplorable. No era ni la sombra de la chica que se llevaron, solo les había tomado tres días fracturarme y romperme.

Las palabras de Lucas venían a mi mente por minutos, aunque procuraba pensar lo menos posible en eso, también los recuerdos solían llegarme en mis momentos de mayor lucidez.

Si moría, no sería por un ataque de pánico, usaría las horas que me quedaban para recibir la muerte con dignidad.

No era propio de mí rendirme, pero sabía que algunas batallas en la vida no podían ganarse, y esta era la mía.

Pienso en los pocos, pero buenos momentos que pasé con Alexei. La sonrisa que solo me daba a mí, su mal humor, su manera de siempre encontrar la forma de molestarme, el cómo me engañó haciéndome creer que estaba enamorado de alguien más y el cómo creí todo este tiempo que nunca llenaría ese espacio que había dejado su Anastasia, cuando fui yo todo este tiempo. Era un insoportable y un idiota, pero lo amaba...

Me río sin gracia al ver el sentido del humor tan retorcido de la vida, amaba a ese idiota con cada fibra de mi ser y necesité de un maldito secuestro para darme cuenta. Y él nunca lo sabría.

Si este era mi último día, me podría ir satisfecha: salvé muchas vidas siendo una estudiante, incluyendo la de él; cumplí el sueño de graduarme; estuve con mi padre por un tiempo y conocí el amor. Por una vez, experimenté algo más allá del sentimiento producido por un libro, era la protagonista de esta historia, y vería a mi madre y a mi hermano de nuevo.

Cierro los ojos, sintiendo el frío del suelo, mi cuerpo permanecía hecho un ovillo en una esquina de la habitación, intentando ocultar mi desnudez, intentando desaparecer de aquí.

No había más que un silencio sepulcral en el lugar, podía escuchar mis respiraciones pausadas por el dolor en las costillas. Mi corazón, por primera vez en estos tres días, latía con normalidad. Abro el relicario que me dio mi padre y observo la foto, tuve la familia que siempre quise por cinco años, y aunque los recuerdos eran escasos y borrosos, fui feliz.

El relicario había perdido el calor de la primera vez que lo toqué, y conocía perfectamente la razón. No me equivoqué al pensar que mis días se reducirían, y podría sobrevivir a hoy de no ser por la electricidad que absorbió mi cuerpo durante el primer día. Esta comenzaba a afectar a mi corazón.

Percibo a lo lejos un leve estallido que hace vibrar el suelo, mi cuerpo se sacude al escuchar pisadas fuera de la habitación. Por un minuto, fui tan ilusa al creer que tal vez me dejarían morir en paz, pero qué equivocada estaba, seguro me torturarían hasta que mi corazón dejara de latir.

Un hombre alto y de complexión fuerte, cabellera negra y ojos marrones, abre la puerta de mi celda. No iba vestido como los demás hombres que habían venido por mí en varias ocasiones, tenía un traje negro y sus zapatos estaban muy bien lustrados. La suavidad de su mirada me hizo sentir pequeña en mi lugar.

—Anastasia... —dice y su voz acaricia lo que se supone es mi verdadero nombre: su acento italiano era tan marcado que me era difícil pasarlo por alto. Sus facciones me resultaban familiares de una manera inquietante.

—¿Qui-quién eres? —pregunto y fuerzo mi voz a salir, aunque no era más que un graznido.

—Vengo a sacarte de aquí, soy Lorenzo Moretti.

Me tenso aún más al escucharlo, era uno de ellos.

—Si vas a matarme, solo hazlo —susurro, estaba cansada de luchar.

—No haré tal cosa, tu novio está allá afuera, usando toda su artillería para matar a mi primo, y yo voy a ayudarlo.

—¿Qué? ¿Alexei está aquí?

Hago acopio de la poca fuerza que me queda y me recuesto contra la pared. Hago una mueca cuando mi espalda la toca. Sus ojos recorren mi cuerpo, profiriendo una palabrota en italiano, se acerca con paso cauteloso y me echa encima una manta que no noté que traía.

—Lo ayudé a entrar utilizando los túneles antiguos cuando supe que vendría, intenté darle tu ubicación en varias ocasiones, pero mi primo me tenía vigilado. Nunca ha confiado en mí, dice que soy un débil y que no merezco llevar el apellido de la familia.

—¿Por qué haces esto?

No comprendía por qué, siendo pariente de Lucas Moretti, no estaba aquí para acabar conmigo.

—Porque hace tiempo supe que tu padre y mi tío tenían planeado casarnos. Bueno, solo si tú aceptabas. Si mi primo hubiera tomado otras decisiones, hubiéramos sido esposos y mi deber hubiera sido cuidarte. Pero sobre todo, hago esto por el quizá que hubiéramos sido.

Me levanta con cuidado, apoyándome contra su cuerpo, y rodea mi cintura para mantenerme firme.

—Necesito sacarte de aquí antes de que Alexei vuele todo el lugar. —Saca dos armas y me tiende una, que tomo con manos temblorosas—. Intentaré protegerte lo más que pueda, pero si te digo que corras, hazlo y no mires atrás.

Salimos lo más rápido que pudimos, tomando en cuenta mi estado. Sentir el frío tacto del arma, despeja mi mente. Estaba sucediendo, Alexei luchaba allá afuera por mí, poniéndose como carnada para que yo pudiera salir de aquí. A pesar de que seguramente mi estado era peor que el suyo, me preocupaba su corazón, estos días debió de estar sometido a demasiadas emociones.

Los pasillos que recorríamos se encontraban vacíos, la estancia tenía un aspecto escalofriante: era una casa vieja que mantenían activa. Cuando damos un giro a la izquierda, nos encontramos con cuatro guardias que no dudan en levantar sus armas contra nosotros. Ambos disparamos sin pensarlo dos veces, y me sorprendo al notar que mi puntería había mejorado. O tal vez fuera la adrenalina lo que la mejoraba.

Los cuatro hombres quedan inertes en el suelo, seguimos nuestro camino hasta llegar a unas escaleras.

—Solo son tres pisos, Ana, abajo hay una camioneta esperando. ¿Puedes bajarlas o quieres que te lleve?

Siento por unos segundos los latidos de mi corazón, latía con desenfreno, hacer el esfuerzo de bajarla sola era un riesgo, pero lo tomaría.

—Estoy bien.

Me aferro a su cintura y comenzamos a descender.

Los disparos iban en aumento, se escuchaban explosiones y a personas corriendo. No era religiosa, pero en mi mente alzaba una plegaria por Alexei, mi padre y el suyo, ellos eran la única familia que me quedaba.

Cuando llegamos a la última planta, tomo una gran bocanada de aire que no me es suficiente. Ahora mi corazón latía de una manera anormal y sentía que mis pulmones se cerraban.

—Lorenzo —digo tomando su brazo con fuerza—. Sácame de aquí y llévame a un hospital.

Mi vista se vuelve borrosa y comenzaba a ver pequeños puntos negros.

Camino lo más rápido que puedo y llegamos a la camioneta, siento como me suben a ella y arrancan.

Escucho la voz de Alexei a través de una llamada telefónica.

—¿La tienes? ¿Está bien? —pregunta angustiado.

—Sí, la tengo, vamos camino al hospital, está demasiado débil y no deja de apretarse el pecho.

Un sudor frío me recorría el rostro y cada vez me costaba más respirar.

—¡Maldición, no! Llévala de inmediato, te daré el número de un cirujano en Rusia, habla con él y dile que lo mataré si no se sube a un avión y viene aquí —suspira y suaviza el tono—. Cariño, no sé si puedes escucharme, pero mantente consciente, ¿sí? Aún no vivimos nuestro momento, te amo, *printsessa*, recuérdalo.

La camioneta se queda en silencio, el golpeteo del movimiento del coche es lo único que siento. Intento lo más que puedo seguir la orden dada en sus palabras, pero todo comienza a perder sentido, mi cuerpo se siente liviano y una oleada de paz me recorre.

Solo quería despedirme de él y decirle que también lo amaba.

LAS PUERTAS de la biblioteca se abren para mí, aspiro el olor a libros del lugar. Cuando me dejaban salir de mi habitación, venía a este lugar o iba al laberinto. La biblioteca estaba en parte alumbrada por el techo abovedado de cristales y los estantes estaban atiborrados de libros. Este lugar era usado por mí o mi madre.

Camino por los pasillos hasta que lo veo sentado en una silla, husmeando los libros con desinterés.

—Pensé que no vendrías.

Sonrío cuando posa su mirada sobre mí.

—Soy bueno escabulléndome, printsessa. *—Pongo los ojos en blanco cuando escucho su manera de llamarme—. Supongo que por eso te gustan estas historias donde el príncipe salva a la princesa.*

Me gustaban esas historias porque mamá me las leía.

—Yo no quiero un príncipe.

Me siento a su lado y lo miro, me gustaba hacerlo a pesar de que siempre me dijera que no lo hiciera.

Me mira con el ceño fruncido.

—¿Por qué? Todas las niñas quieren esas historias.

—Los príncipes no son tan poderosos como los villanos de esas historias.

—Entonces, ¿quieres un villano?

—Sí. —Sonrío imaginándomelo, yo con un gran vestido y todo ardiendo a mi alrededor—. Sé que él siempre me cuidará de los monstruos.

Se lo conté una vez a mamá y me miró sorprendida, me dijo que ese pensamiento cambiaría cuando creciera, que ahora era muy pequeña para entender mis palabras, pero yo sabía que eso no sería así.

—Yo podría cuidarte.

—Dices que soy insoportable y una listilla, ¿ahora vas a cuidarme?

—Sip, voy a hacerlo. —Se pone de pie y me mira—. Eres mi única amiga, así que algún día nos casaremos y seremos tan felices como en esas historias.

Sonrío al escucharlo, pero ambos éramos unos niños. Aun así, esperaba que algún día pasara.

—¿Lo prometes, Rizos de Oro?

—Lo prometo, niña de la torre.

Lo abrazo con fuerza, también era mi único amigo. Mamá podía decir que él era malo y peligroso, pero yo lo quería.

—Espero verte en mi cumpleaños.

Me pongo de puntillas y beso su mejilla.

TREINTA Y CUATRO

Alexei Voronin

La mansión de los Moretti se encontraba solo protegida por unos cuantos guardias, Lucas estaba tan confiado que nunca imaginó que encontraríamos su ubicación y mucho menos que su primo nos abriría las puertas de su casa. Podría haber llegado matando todo lo que se moviera y sacar a Alina de aquí, pero con cierta reticencia acepté entrar con el mayor disimulo y dar la señal para que Lorenzo la sacara.

Salgo del túnel que da a la entrada principal, tomo a uno de los guardias por la espalda, presionando su cuello hasta que se desmaya. No lo mataría, era de cobardes si no lo hacías cara a cara. Mis otros hombres hacen lo mismo hasta que el frente se encuentra totalmente desprotegido, había llegado la hora.

Ponemos la dinamita y volamos la cerca, todos los guardias de Lucas vendrían por nosotros mientras Alina salía de aquí. Un plan con muchos finales, algunos felices y otros no tanto. Mis hombres terminan de entrar y, cuando inicia la balacera, le doy un festín a mi sed de sangre. Los hombres de Lucas atacan desde la puerta principal, tenía que entrar ahí y llevarme lo que buscaba. Otra razón por la que acepté esta estrategia era para llevarme a Lucas, a quien le esperaban largas horas de tortura.

Disparo a dos hombres que corren hacia mí, sus sesos quedan esparcidos por el lugar antes de que siquiera pudieran apuntarme. Avanzo hasta que estoy tan cerca para lanzar la bomba acústica. En segundos, los hombres se encuentran en el suelo, tapándose los oídos. Esa mierda dolía.

Entro como si se tratara de mi propia casa, recargo el arma y me pongo alerta ante cualquiera que intentara matarme. Según las palabras de Lorenzo, su primo se escondería en cuanto se diera cuenta del ataque, pero con lo que no contaba era que no solo veníamos por mi reina, sino también por su asquerosa cabeza. Subo las escaleras hasta llegar a lo que era su habitación, adentro habría quizá cinco hombres o más, saco otra arma, respiro y disparo a la manija...

Un hombre se lanza sobre mí, haciéndome perder el equilibrio por unos segundos, golpeo su cabeza contra la pared antes de soltarle un puñetazo en la nariz. No pierdo el tiempo en ver si esta inconsciente o no, ya que me voy sobre el siguiente hombre.

Mi codo golpea sus costillas, al mismo tiempo, sale otro hombre de la habitación con navaja en mano. No usaría mi arma, si querían luchar cuerpo a cuerpo, eso tendrían. Cierro la mano alrededor de la muñeca del hombre con la navaja y la giro hasta dejarla en un ángulo antinatural, grita e intenta apuñalarme, pero me hago a un lado y la hoja de la navaja se entierra en la garganta de su compañero.

El gorgoteo que hace al intentar respirar me eriza la piel, un puñetazo en las costillas me saca el aire. Al instante, aprovechan la oportunidad y me tiran al suelo, esquivo un puñetazo que va directo a mi rostro, tomo su cabeza y con un solo movimiento le rompo el cuello.

Un disparo impacta contra el cuerpo inerte sobre mí, de inmediato me lo quito de encima y saco el arma. El hombre frente a mí está listo para dispararme, por lo que me lanzo contra su pecho, y en el momento en el que su cuerpo toca el suelo, le disparo en el pecho.

Me pongo de pie jadeando y con las manos llenas de sangre, Lucas me apuntaba con un arma que temblaba ligeramente. Se veía más viejo de lo que parecía la última vez que lo vi.

Al parecer, solo era valiente cuando había varios kilómetros entre nosotros, porque ahora era más que obvio que estaba asustado.

—¿En serio pensaste que no vendría por ti?

Bajo el arma y camino con arrogancia a su alrededor.

—Supuse que estarías ocupado llevándote a mi sobrina.

Me tenso cuando lo escucho, no comprendía cómo, precisamente él, era tío de Alina. ¿Quién demonios era su madre? ¿Y Lucios lo sabía? Había muchas preguntas que después tendrían respuesta.

—Error de tu parte, esto de jugar al mafioso nunca se te dio bien.

Camino por la habitación, ojeando las pocas fotografías que había.

—Yo soy la cabeza de la mafia italiana.

Noto la molestia en su voz, así que tomo ese sendero.

—No, tu padre lo es. Solo que los años lo han ablandado lo suficiente como para escuchar tus estupideces.

—Estás en mis tierras, no puedes venir aquí e insultarme, además, quien tiene el arma soy yo.

—Lucas, estas no son ni siquiera tus tierras, tú no eres más que un bastardo, eso todo el mundo lo sabe. La mafia italiana por derecho le pertenece a tu primo, y ambos sabemos que si aprietas ese gatillo, fallarás, ya eres viejo. Lo único que te mantuvo vivo todos estos años fue permanecer escondido. Así que supongo que eso es un elogio, tomando en cuenta que no eres más que una rata italiana.

Aprieta el arma y pone un dedo en el gatillo, sonrío con suficiencia al saber el final de esta historia. Mi teléfono comienza a sonar, lo saco y veo que es Lorenzo.

—Un momento —contesto sin dejar de mirarlo—. ¿La tienes? ¿Está bien?

—Sí, la tengo, vamos camino al hospital, está demasiado débil y no deja de apretarse el pecho.

La tensión en mi cuerpo aumenta con esas palabras.

—¡Maldición, no! Llévala de inmediato, te daré el número de un cirujano en Rusia, habla con él y dile que lo mataré si no se sube a un avión y viene aquí. —Respiro hondo y aprieto mi arma—. Cariño, no sé si puedes escucharme, pero mantente consciente, ¿sí? Aún no vivimos nuestro momento, te amo, princesa, no lo olvides.

Cuelgo la llamada y niego con la cabeza, no me importaba haberme mostrado así ante él, no sobreviviría lo suficiente como para jactarse de ello.

—¿Qué tal mi sobrina?

Había llegado a mi punto muerto.

Le disparo en la pierna antes de que siquiera pueda parpadear, sus manos se dirigen de inmediato a esa zona. Lo tomo del cuello, dejándolo de rodillas ante mí, estrello mi puño una y otra vez en su asqueroso rostro. Mis nudillos comienzan a escocer, pero nada de eso importa cuando la ira se me sube a la cabeza. Su rostro se llena del rojo de la sangre, escucho algo crujir y supongo que es el hueso de la nariz, sigo hasta que me toman de los brazos, alejándome de él. Se desploma en el suelo, escupiendo sangre.

—Así te quería ver, en el suelo, que es al único lugar al que perteneces. Voy a arrancarte la piel con mis propias manos, voy a cobrarte con creces todo el daño que le has hecho, te haré comer tu propia mierda por mancillar su piel, te sacaré los ojos por haberla visto desnuda y te cortaré las manos por haberla tocado. Y cuando mueras, ¿sabes lo que haré? —Me acerco a su rostro y le escupo en la cara—. Te buscaré en el maldito infierno, porque nadie escapa del fuego del diablo.

Me acomodo el saco y miro a mi padre, que fue quien me separó de él antes de matarlo.

—¿Los tienes?

—Están en una de las camionetas.

—Perfecto, que los envíen a Rusia junto con este.

Salgo de la habitación, lo más fácil había pasado, ahora tendría que encontrar la manera de no querer volar a Rusia y arrancarles la cabeza a los hombres que la lastimaron en cuanto la viera. Porque eso sería lo más difícil, ver el daño que le habían causado con mis propios ojos.

Llego al hospital con el corazón en la garganta, no me molesto en preguntar en recepción, subo las escaleras hasta llegar a la planta vip. Sentía una pequeña molestia en el pecho, pero ahora no importaba, después dejaría que me revisaran, casi podía escuchar la voz de Alina regañándome.

En la sala de espera se encontraba Lorenzo, sentado con la cabeza recostada en la pared y los ojos cerrados, veía el cansancio en su rostro. El padre de Alina llegaría en cualquier momento, al igual que el mío.

—¿Qué pasó?

El miedo me producía un nudo en el estómago, estaba aterrado.

—Está en cirugía, el doctor que me dijiste que llamara viene en camino.

Odiaba saber que alguien más la operaba, el «doctorcito» no me agradaba, pero confiaba en su habilidad. Yo seguía aquí, después de todo, y él había sido el mentor de Alina.

—¿En qué estado la encontraste?

—Alexei, ya te torturarás cuando la veas, deja de ser un masoquista.

Suspiro, no lo podía evitar, si ella estaba en cirugía, era gran parte por mi culpa. Me repetía una y otra vez que no debí dejarla sola, debí confiar en mi instinto cuando me dijo que algo saldría mal.

—¿Qué tan grave estaba cuando se la llevaron los doctores?

—No podía respirar y su pulso era muy débil.

Mierda. Mierda. Mierda.

Tiro de mi pelo hasta que me duele el cuero cabelludo, no podía morir, no podía perderla.

—Ella va a estar bien, Alexei.

Me da un apretón en el hombro que me resulta reconfortante.

—¿Qué harás ahora que Lucas no es un estorbo? —pregunto, queriendo distraerme.

—Supongo que me tocará llevar la mafia italiana, el apellido está casi extinto. Solo quedamos mi tío y yo.

Su padre había muerto, al igual que su madre, y Tomasso estaba mayor, en cualquier momento nos dejaría.

—Tendrás que conseguir una esposa y engendrar rápido —digo con burla.

—Ni que lo digas.

Duramos un rato en silencio hasta que veo llegar a Lucios, Dimitri y al «doctorcito».

—Entra ahora mismo a esa sala de operaciones y que te

digan qué demonios pasa, no pienso durar ni un minuto más aquí sin saber nada —le ordeno.

—No puedo...

—Entra.

No lo grité, lo dije en un tono bajo, y este era más amenazante que cualquier grito o palabra que saliera de mi boca. Se dirige a la sala y espero a que salga.

Mi padre tenía machas de sangre en el rostro, al igual que Lucios. A ambos se les veía agotados, pero después de todo, esta era la vida a la que estaban más que acostumbrados.

—Lorenzo, gracias por tu ayuda —dice Lucios, era la primera vez que lo veía tan vulnerable.

—Sr. Smirnov, íbamos a hacer familia, y esto era lo menos que podía hacer después de todo lo que mi familia le ha hecho a la suya.

Me pongo de pie y los encaro.

—Ustedes dos tienen que explicarme cómo es que Lucas es tío de Alina.

—Lo haremos cuando ella despierte, tendrá muchas preguntas también.

—Preguntas que te hubieras ahorrado de haber hablado con la maldita verdad desde un principio.

—Fue lo mejor.

—¿Lo mejor? —digo con sorna—. Pues mira a dónde tus mentiras la han llevado. Si hubiera sabido de dónde provenía, quién era realmente y por qué la buscaban, estos problemas se hubieran evitado.

—¿Y qué querías que hiciera, Alexei? Tuve que alejarla de este mundo.

—Y esa fue tu peor decisión —le espeto, echándoselo en cara—. Si hubiera crecido en este mundo, sabría del poder que tiene, habría matado a Lucas hace años.

—Ella no es una asesina.

—Pues déjame decirte que eso va a cambiar, ella lleva la corona de la mafia sobre su cabeza. Ella es la legítima líder y, como tal, tendrá que volverse una asesina si no quiere que los lobos la devoren.

—Tú estarás ahí para que eso no pase —dice a regañadientes.

—Y eso es verdad, pero como bien sabrás, no soy inmortal, puedo protegerla con mi vida, pero ella tiene que valerse por sí sola.

Su padre asiente con la cabeza, dándome la razón. A partir de ahora, el mundo de la mafia esperará expectante a ver quién se pondrá a la cabeza. Si la ven aunque sea un minuto débil, se lanzarán sobre ella como buitres, porque así era este mundo. Todos quieren el poder, y ella lo tenía todo en sus manos.

El «doctorcito» sale de la sala usando un traje especial, nos mira a todos con el rostro pálido.

—Detuvieron la operación, su corazón se paró dos veces, así que no pueden continuar, está demasiado débil. La conectarán a una máquina para que la ayude, pero el tiempo se le acaba, necesita un trasplante.

Mi mundo se cae a pedazos cuando lo escucho.

—¿Dónde conseguimos un corazón?

La cabeza me dolía y sentía que iba a desplomarme en cualquier momento, pero debía ser fuerte, ella me necesitaba.

—No es tan sencillo, tiene que ser compatible, por lo que me dijeron su sangre, es O-, y es la más difícil de encontrar.

—Encuentra a alguien, no me importa a quién haya que matar, solo hazlo.

—¡Es que no lo entiendes! ¡Estoy haciendo todo lo que está en mis manos para salvarla! Ya llamé al hospital en Rusia, ellos me avisarán si encuentran uno en todo el país.

Lo tomo del cuello con mi paciencia yéndose a la mierda.

—Aquí está la diferencia, tú haces lo que está al alcance de tus manos, yo busco la manera de obtener hasta lo que se encuentra fuera de mis manos. Si tengo que matar a alguien y arrancarle el corazón para ponérselo a ella, lo haré. Por eso ella siempre me escogerá a mí y no a ti. —Abre los ojos a tal punto que parecen querer salirse de sus órbitas—. Digamos que eres pésimo disimulando, pero déjame dejarte algo muy claro. Es mía y solo mía.

Lo suelto y bajo las escaleras, no le arrancaría el corazón a nadie, Alina nunca me lo perdonaría, pero encontraría a ese donante.

Si era necesario, le daría el mío.

TREINTA Y CINCO

Alicia Toloni

Me suelto de él, ignorando el dolor en mi mejilla, no seguiría permitiendo que me maltratara. Lo miro y lo enfrento.

—Detente. No seguiré con esto, estoy harta, no solo me maltratas, sino que también me estuviste engañando con mi mejor amiga. Sabía que lo hacías, pero nunca imaginé que con ella. —Intenta tomarme del brazo otra vez, pero me alejo—. ¡No! ¡Ya te dije que no! Ahora me iré por esa puerta y no me seguirás, no intentarás buscarme porque iré a la policía y te pondré tras las rejas.

Lo dejo con la palabra en la boca y termino de bajar las escaleras, imploro para mis adentros que no me siga. Si lo hacía, podría llevarme fácilmente a rastras de vuelta al piso. Necesité de toda mi valentía para hacerle cara a la situación, pero el miedo comenzaba a ganar terreno.

Me cuelgo la mochila cuando llego al *parking*, estaba cerca. Al ver mi motocicleta, no puedo evitar correr hacia ella, me subo y la enciendo. Pero Matt venía por mí.

Mierda.

Acelero a fondo, soltándome de sus garras, debí hacerles caso a mis padres. Tal vez si lo hubiera hecho, no me sentiría tan desdichada.

—¡Alicia!

Es lo último que escucho al salir del *parking*.

Una sonrisa se forma en mis labios cuando siento la brisa en mi rostro. Me iría de Italia y viajaría por el mundo, haría lo que quisiera con mi vida, pero nunca más sería sometida por un hombre.

Me detengo en un semáforo, sonrío al ver a mis espaldas, nadie venía por mí y nadie nunca más lo haría.

Acelero cuando la luz pasa a verde, escucho una bocina a mi derecha, pero ya era demasiado tarde para esquivar el golpe. Una camioneta negra impacta conmigo, mandándome por los aires.

Todo a mi alrededor daba vueltas. Gritos. Sirenas. Y bocinas. No podía moverme, no podía gritar, solo podía ver el cielo azul brillante mientras todo se teñía de rojo.

~

Alexei Voronin

EL IMPACTO del choque me impulsa hacia adelante, mi frente golpea el volante y por unos segundos solo puedo escuchar el pitido en mis oídos.

No la había visto, iba tan concentrado en la llamada que, para cuando alcé la mirada, era demasiado tarde. Intenté girar, pero era inevitable.

Bajo de la camioneta, tambaleándome, me salía sangre de

un brazo y sentía la cabeza pegajosa, pero eso no me distrae lo suficiente como para no ir hacia la mujer tirada en el suelo. Su motocicleta estaba destrozada, detrás de su cabeza había un charco de sangre y su pecho parecía casi estático.

—¡Oye! ¡Oye!, mírame, mantente despierta, ya viene una ambulancia.

Me inclino hacia ella a pesar del dolor, su mirada estaba perdida en el cielo y apenas respiraba.

Había salido a toda velocidad del hospital, realizando llamadas para encontrar un corazón para Alina, pero en vez de eso, la sangre de una mujer inocente manchaba mis manos.

Escuchaba las sirenas, estábamos cerca del hospital, ella respiraba pausadamente y yo no podía hacer más que esperar que estuviera bien.

—Estarás bien, todo saldrá bien —le susurro, intentando calmarla, pero ella ya no parecía estar aquí.

En cuanto llegan los paramédicos, me separan de ella, la suben a una camilla y me voy con ellos en la ambulancia.

—¿Estará bien? —pregunto, nunca había sentido ese peso en el pecho, me sentía demasiado culpable.

—Su estado es grave, no responde, pero sigue viva.

Uno de los paramédicos me venda el brazo y me cura la herida de la frente. Evito hacer una mueca cuando la limpia.

Llegamos al hospital en cuestión de minutos y les digo a los doctores que la lleven al piso vip, que yo pagaría todos los gastos. Eso no recompensaba nada, pero sería bien atendida.

Lorenzo se levanta cuando me ve.

—¿Qué demonios te pasó? —dice y me desplomo en una silla a su lado.

—Tuve un accidente con una mujer que iba en una motocicleta, estaba hablando con el jefe de uno de los hospitales aquí en Italia y no vi que la luz estaba en rojo.

—¡Carajo! —exclama, solo nos encontrábamos él y yo en la sala. ¿Dónde estaban mi padre y Lucios?—. ¿Se pondrá bien?

—No lo sé, pero espero que sí —suspiro, me dolía la cabeza —. Dame tu teléfono, necesito encontrar ese corazón.

—Necesitas descansar, Alexei.

—Si no me lo das ahora mismo, iré a hacerme una prueba de ADN, y si soy compatible con ella, no duraré en darle mi corazón.

—Aunque fueras compatible, no podrías dárselo —suspira dándome su teléfono.

—¿Por qué?

—Pues porque casi te mueres dos veces por culpa de tu corazón, así que no eres el mejor candidato. Además, eres idiota si crees que ella, estando consciente, te dejaría hacerlo.

—Yo no puedo vivir sin Alina, Lorenzo, el mundo dejaría de tener sentido para mí.

Busco en sus contactos hasta hallar el que buscaba, al ser mafioso, tenía acceso a cualquier información.

—Y el de ella también, ¿acaso no te imaginas el dolor que le supondría despertar en un mundo en el que no estás tú? Ella te ama.

Me quedo en silencio por un momento, sabía que me quería y que era importante para ella, pero no que me amaba.

—No —niego y marco el número—. Ella no me ama.

Me pongo de pie y espero que contesten, pero me paso toda la llamada pensando en eso. ¿Y si nunca llega a amarme? No era alguien fácil, tenía muchos defectos y no se podría decir que fuese una buena persona. Pero había cambiado desde que entró a mi vida de nuevo, ella sacaba lo mejor de mí.

Pero un día podría hartarse e irse de mi lado, porque aquí yo era el único enamorado hasta la médula, lo que me hacía estar dispuesto a acabar con el mundo si ella me lo pedía.

Las siguientes tres llamadas terminaron igual, no tenían nada, no importaba cuántas amenazas hiciera, no había un corazón compatible con ella.

¿Tendría que matar a todo aquel que se me tropezara hasta encontrar uno?

—¡Alexei! ¡Lo tenemos! —Me doy la vuelta y veo al «doctorcito» correr hacia mí—. La chica del accidente, es compatible y su corazón está sano.

No sonrío a pesar de lo que escucho.

—¿Qué paso con ella? ¿Murió?

—No del todo, se fracturó el cráneo. Podríamos conectarla a una máquina, pero nunca se recuperaría. Acabamos de hablar con sus padres y vienen en camino.

Asiento, sintiéndome aturdido, había atropellado a esa chica y ahora ella estaba a punto de salvarle la vida a la mujer que amaba.

Me habían concedido una tercera oportunidad, la alejaron de mí hace veintiún años, nos reencontramos y le dimos inicio a esta historia. Ahora, estando al borde de la muerte, tenía una oportunidad más.

¿Esa chica hubiera tenido un accidente aun si no hubiese sido por mi culpa?

—¿Cuándo realizarás la operación? —le pregunto a Joshua, que se había quedado esperando una respuesta.

—En cuanto los padres firmen los papeles, no podemos sacarle el corazón a su hija sin su autorización.

—Bien, ¿puedo verla? —Me mira sin comprender mi pregunta—. A la chica, ella va a morir por mi culpa, pero me está dando la posibilidad de una vida con Alina. Tengo que agradecerle, incluso cuando las palabras nunca serán suficientes.

Me guía hacia una habitación, pero antes de entrar, me detiene.

—Siempre supe que no tendría oportunidad con ella, siempre ha deseado tener una vida como en los libros que lee y yo jamás iba a poder dársela. Pero tú lo has hecho desde que entraste a su vida, a pesar del peligro al que se ha visto expuesta.

Se aleja, dejándome solo en la puerta de esa habitación, tomo una bocanada de aire y entro. Los colores sombríos de la estancia me reciben, estaba intubada y tenía los ojos abiertos.

Joshua tenía razón, ella nunca se recuperaría.

Ignoro la incomodidad que recorre mi cuerpo y me acerco, me siento en una de las sillas ubicadas al lado de su cama y la observo. Estaba pálida, sus labios se encontraban azules, pero aun así podía ver que era una mujer bonita.

—No sé... —digo y carraspeo, intentando calmarme—. No sé cómo hacer esto, tampoco sé si podrás escucharme, pero quiero agradecerte. Sé que esto suena mal, porque estás aquí por mi culpa. Pero igual quiero decirte que cuidaré tu corazón y que se lo estás dando a una persona increíble. Créeme, ella más que nadie lo cuidará y usará esta nueva oportunidad para salvar muchas vidas, y sé que cada una de ellas será por haber dado tu vida y salvar la de ella. —Cierro un momento los ojos e intento desanudar el nudo en mi garganta—. Las palabras no son suficientes para esto, ella es el amor de mi vida, ella es mi aire, es el atardecer que quiero ver todos los días. Deseo más que nada hacer una vida a su lado, llegar juntos a viejos y saber que, por más obstáculos que nos puso la vida, lo habíamos logrado. La amo con mi vida y nunca imaginé lo fuerte y débil que me haría sentir eso. —Tomo su mano entre las mías y beso sus nudillos—. Cuidaré de tu familia, nunca les faltará nada. Y espero que tengas un lugar en el cielo, tú ya eres un ángel.

Salgo de la habitación, resistiendo las lágrimas, le había dado paso al terror que significaba perder a Alina. Ahora que la posibilidad de tenerla de nuevo a mi lado había aumentado, lo dejaba fluir. Estaba aterrado y solo rezaba porque todo saliera bien en la cirugía.

TREINTA Y SEIS

Alina Klara

Mi cuerpo se sentía ligero, las sombras en mis párpados se movían de un lado a otro, mi mente se encontraba en blanco, estaba sola en la oscuridad y, aun así, no estaba asustada.

Percibía movimientos a mi alrededor, una mano cálida sostenía la mía y trazaba círculos en ella, no tenía que ver para saber quién era. Intentaba evocar los recuerdos de lo que había sucedido: mi secuestro, las torturas, una explosión. Luego me liberaron, y por último, una punzada en mi pecho que me aterró a pesar de estar inconsciente.

—Cariño —me dice la voz de Alexei, que se escuchaba cansada—, anhelo por primera vez ser reprendido por alguien. Despierta, así sea para gritarme o para echarme en cara no haberte dicho la verdad, pero despierta..., por favor.

Sentía el dolor que desprendían sus palabras.

Quería abrir los ojos y decirle que estaba bien, pero que no debía descuidar su salud así, sin embargo, soy arrastrada de nuevo a las sombras. Lejos de mi diablo.

En esta ocasión, cuando regreso a la consciencia, nadie sostiene mi mano, pero percibía personas a mi alrededor. Mi mente estaba más despejada y los recuerdos venían con mayor claridad.

Regresaron las palabras de Lucas Moretti acerca de quién soy en realidad.

Los recuerdos de mi pasado.

Lucas disparándole a mi madre frente a mis ojos.

Siento como mi corazón comienza a latir desenfrenadamente, necesitaba abrir los ojos, necesitaba respuestas. Pero soy arrancada de la consciencia de forma abrupta.

El pecho me escocía, la vejiga me dolía y tenía hambre. Pongo todo mi empeño en abrir los ojos, y lo consigo.

La luz de las lámparas me encandila, provocándome una punzada en la cabeza, intento orientarme, estaba en una habitación de hospital. Era grande, había varios floreros con tulipanes azules, globos y peluches. Por un gran ventanal entraba la luz del sol, lo que empeoraba aún más la punzada en mi cabeza.

Mi mano derecha se encontraba agarrotada porque alguien la estaba apretando demasiado fuerte. Alexei dormía con el rostro sobre sus brazos, su cabello estaba más largo que la última vez que lo vi, una barba de varios días adornaba su hermoso rostro y tenía unas profundas ojeras debido a la falta de descanso.

Me iba a escuchar este idiota.

Golpeo su cabeza, quería hacerlo un poco fuerte, pero

llevar tanto tiempo en una cama no me ayudó. Sus ojos soño-
lientos me miran sin comprender, hasta que se centra y me ve
mirándolo con una cara de pocos amigos.

—Despertaste —dice como si fuera algo irreal—.
Despertaste.

Besa la mano que ya sostenía, y cuando vuelvo a mirarlo,
sus ojos están llenos de lágrimas. Tiro de él y dejo su cabeza
sobre mi pecho, haciendo una mueca, y lo abrazo.

—Estaba tan asustado, no sabía si despertarías. La idea de
contemplar una vida sin ti pasó tantas veces por mi mente que
casi pierdo la cordura. —Me mira con las mejillas húmedas, así
que las limpio con mi mano libre—. Me prometiste que nunca
te irías así, prometiste no hacer algo estúpido.

—Pues perdona, para la próxima, pediré una audiencia con
la Muerte para decirle que tiene prohibido llevarme —digo con
sarcasmo. Beso su frente y lo abrazo un poco más fuerte—. De
verdad lo siento, mi amor.

—Dios, no sabes cuánto te extrañé, te amo tanto.

Besa mis labios y una de sus lágrimas moja mi mejilla.

Lo tomo con mi mano libre y lo miro fijamente. A esos ojos
marrón chocolate con motitas que parecían oro, creí que nunca
más los vería.

—Te amo, Alexei Voronin —susurro—. Lo hago desde que
era una niña, lo hago desde el día en el que decidiste poner a
prueba mi carácter. En ocasiones solo quería matarte porque
me sacabas de mis casillas, pero me doy cuenta de que disfruto
que lo hagas. Una mirada tuya basta para calmarme. Me asustaba decírtelo porque me hacía sentir débil, pero estando
secuestrada, me di cuenta de que amo tu mal carácter, tu mal
genio y tu arrogancia. —Rozo sus labios en un suave beso—.
Te amo con el alma, mi diablo.

Estaba pasmado, su mirada brillaba y sonreía como un niño pequeño.

—Sabía que llegarías a amarme —bromea, pero el temblor en su voz delataba los nervios que sentía—. No sabes cuánto necesitaba escuchar esas palabras —suspira—. Me tienes a tus pies desde que me robaste mi lugar secreto.

—Dijiste que era nuestro.

—Sí, lo es. —Une nuestros labios en un beso dulce y delicado—. Es nuestro momento.

Lo dejo besarme hasta sentir que mi corazón quería salirse de mi pecho.

—Alexei.

—¿Mmm?

—¿Lo sabías todo? ¿De quién soy en realidad?

Se aleja para poder mirarme mejor, el miedo surcaba sus facciones.

—¿Estás molesta? —pregunta con cautela, terminando de separarse de mí.

Suspiro, debería estarlo, pero esperaba que tuviera una buena razón para no habérmelo dicho.

—No —respondo, no se molesta en ocultar su sorpresa cuando me escucha—. Lo que si me tiene molesta es que hayas descuidado tu salud. ¿Cuándo fue la última vez que dormiste las horas necesarias? ¿O comiste? ¿O te bañaste? No puedes darte el lujo de descuidarte, fuiste operado dos veces, y eso es algo serio.

—Al menos a mí no me han cambiado el corazón.

¿Qué?

La sangre abandona, mi rostro, dejándome de pronto mareada. ¿Mi... corazón? ¿Lo cambiaron?

—¿Qué pasó? —pregunto con voz ahogada.

Alexei parece darse cuenta de lo que ha dicho, era «el rey de las sutilezas».

—Tuvieron que hacerte un trasplante.

Así que estuve tan grave como imaginé, la electricidad me había jodido el corazón.

—¿Cuánto tiempo ha pasado?

—Duraste tres días inconsciente.

Asiento, eran muchas cosas que asimilar: no era quien había creído toda mi vida; me hicieron un trasplante del corazón; tenía estos recuerdos de mi pasado que, aunque fueran borrosos, me desestabilizaban.

—¿Por qué no me lo dijiste?

No tengo que decir a qué me refiero, era más que obvio.

—Era algo entre tú y tu padre, por más que quisiera decírtelo, respetaba que fuera un asunto familiar.

—¿Y cuándo pensaba decírmelo mi padre? ¿Cuándo estuviera muerta? ¿Acaso me iba a enviar una carta? —Estaba molesta, este tipo de cosas no eran de las que se ocultaban—. Por ocultarme cosas en el pasado es que tuvo que hacerse el muerto, y ahora mi ignorancia casi me cuesta la vida.

De los secretos y las mentiras, nunca salía nada bueno.

—Tu padre es un hombre al que no le gusta escuchar.

—Pues conmigo lo hará.

Una punzada en mi vejiga me recuerda mis ganas de ir al baño.

—Ayúdame a levantarme, me estoy orinando.

—Pero no puedes levantarte, los doctores...

—Pues para tu suerte, también soy doctora, y una muy buena, ya que tú estás aquí respirando. Así que ayúdame.

No vuelve a contradecirme y creo que es la primera vez que no lo hace. Salgo de la cama, haciendo una mueca, me dolía todo el cuerpo. Llego al cuarto de baño y me siento en el inodoro, la bata de hospital facilitaba la tarea.

—Espérame afuera —le digo al ver que se queda frente a mí—. Necesito privacidad.

—Pero si ya te he visto desnuda —dice incrédulo.

—No hemos llegado a ese nivel de confianza, así que fuera.

Sale a regañadientes, libero mi vejiga, sintiéndome relajada. Bajo la mirada a mi pecho, estaba vendado por completo.

¿De dónde habían sacado el corazón?

—Alexei —lo llamo y entra corriendo, me mira preocupado—. Ayúdame a levantarme.

Me lanza una mirada asesina que a cualquier otra persona la habría puesto a temblar, pero a mí no.

Cuando me estoy sentando en la cama, entran Dimitri y mi padre, a quien no puedo evitar mirar molesta. Después de todo, me había mentido toda mi vida.

—¿Por qué no nos avisaste de que había despertado? —pregunta con tono de reproche.

—No, eso es lo de menos, lo importante aquí es que tienes que contarme toda la verdad. Y ni se te ocurra mentirme, padre.

Estaba más que molesta, ¿cómo creyó que mintiéndome estaría más segura?

—Alina, ahora estás cansada y confundida...

—Te equivocas, estoy muy lúcida... y creo que es «Anastasia», ¿no? —No dice nada, así que prosigo—. Resulta que mi tío Lucas soltó la lengua por ti.

—Ana, es complicado. No lo entenderías.

—Ahí está tu problema, crees que, manteniéndome en la ignorancia, entenderé mejor las cosas, pero no es así. No entiendo una mierda, pero sabes qué es lo peor, enterarte mientras estás siendo torturada a muerte que tu padre te estuvo mintiendo toda tu vida. —Dejo correr un par de lágrimas—. Ya lo recuerdo todo, así que es mejor que hables.

No sabía si estaba siendo injusta, solo sabía que merecía conocer la verdadera historia. Quería saber qué le había pasado a mi madre con exactitud, por qué no recordaba nada y por qué me alejó de esta vida.

Pero, sobre todo, quería saber quién era yo. Porque ya no lo tenía claro.

TREINTA Y SIETE

Anastasia Smirnova

Mi cuerpo me pedía que descansara, pero si no obtenía respuestas ahora, entonces me vendría abajo. Esto era algo que necesitaba para no pensar en los últimos días.

—¿Y bien?

Se habían sentado y me miraban fijamente.

Mi padre suspira y comienza a hablar.

—Mucho antes de que yo conociera a tu madre, tu abuela Isidora, trabajaba para mi padre, tu abuelo, Antonio Smirnov. Ella era la encargada de su seguridad, ella era alguien muy querida por todos y una guerrera. Un día conoció a Jasha Syoma, tu otro abuelo, quien era uno de sus guardias, pero también el diseñador de armas más buscado del mundo por sus habilidades. Se enamoraron y tuvieron a una niña, Alina Syoma, tu madre.

»Siguió los pasos de su madre y comenzó a trabajar para mi padre. Un día enviaron a tu abuela a una misión, acabar con los italianos, pero ella terminó secuestrada por ocho meses. Durante ese tiempo, tus abuelos la buscaron, pero nunca la encontraron. Después de los ocho meses, enviaron su cabeza en una caja a Jasha. Eso los destruyó y fracturó la relación entre Jasha y Alina.

»Pasó un tiempo hasta que Antonio puso a tu madre en mi anillo de seguridad, y en el momento que la vi, quedé enamorado. —Sonríe con nostalgia y un nudo se forma en mi pecho —. Era una terca, al igual que tú, tenía un carácter indomable y una personalidad maravillosa. No me lo puso fácil, me rechazó una infinidad de veces, hasta que, de tanto insistir, me aceptó. Sabía que disfrutaba haciéndome sufrir.

»La relación, en un principio, fue clandestina, pero después Antonio nos descubrió. Él quería que nos separáramos, nunca lo hice, luché por ella con todas mis fuerzas. Al final, nos dio su bendición, él quería probar si de verdad la amaba y que no era un capricho más. El día de nuestra boda no fue como deseábamos, se convirtió en un baño de sangre que, sorprendentemente, fue detenido por Lucas. En ese momento, estuve agradecido con él, pero ahora, viéndolo desde otro ángulo, fue su primera jugada.

—Por eso firmaron la tregua —intervengo; tenía sentido.

—En parte sí, pero otra de las razones fue por tu abuela Isidora, ella murió por causa de nuestros conflictos, y nunca me perdonaría por eso. Alina perdió a una madre y tú a una abuela. Semanas después de la boda, tu madre me dijo que estaba embarazada. Eso me hizo el hombre más feliz del mundo, aunque también estaba asustado, ya que todos querrían llegar a ustedes para debilitarme.

»Nunca sucedió, gracias al cielo. Naciste siendo una niña fuerte y hermosa, mi heredera, mi niña, mi princesa. Me volví aún más sobreprotector con ambas, no quería que les sucediera nada. Por eso te tenía en una torre y procuraba que no salieras, y cuando lo hacías, era con un escuadrón que te cuidaba.

Cuando lo conociste a él —dice y señala a Alexei—, hablé con Dimitri y le prohibí verte, porque siendo solo un niño, tendía a meterse en muchos problemas, y no quería que te vieras envuelta con nada referente a él. Por lo visto, mis esfuerzos fueron en vano.

»Supe de todas las ocasiones en las que te colaste en mi casa para ver a mi hija y sé que tu padre siempre te ayudó —suspira —. Días antes de tu cumpleaños número cinco, viajé a Italia con Marizza, la esposa de Lucas Moretti, quien tenía seis meses de embarazo. Fuimos emboscados camino a casa de Tomasso por un grupo de narcos que tenían cuentas pendientes con Lucas, mataron a todos mis hombres y tomaron a Marizza. La orden directa era matarla, pero por más que quise defenderla, y hasta salí herido por el disparo de un francotirador, no pude. Pude acabar con el verdugo de Marizza, pero aun así, le dio tiempo de matarla.

—Lucas dijo que la entregaste —contesto, recordando sus palabras.

—Es porque no conoce esta parte de la historia, él nunca me dejó explicárselo. El día de tu cumpleaños iba a ser una gran fiesta —añade y yo asiento, ya lo recordaba—, Dimitri llegó con Lucas para prevenir cualquier incidente, pero en cuanto llegó a mi oficina, todo se fue a la mierda. Yo creí que estarías afuera hablando con Alexei, pero cuando te vi correr hacia el cuerpo de tu madre, supe que tenía que sacarte de ahí. El linaje Smirnov era pequeño, tu abuelo ya había muerto, y solo quedaban tú, tu madre y el bebé del que nunca llegó a contarme.

Las lágrimas humedecen mi rostro al recordar ese escenario: su cuerpo helado, sus palabras, mis manos llenas de sangre...

—¿Lo sabías? —pregunto mirando a la nada.

—Sí, los doctores me lo dijeron.

—Yo... lo vi, papá, el día que vi a mi madre llevaba un niño en brazos, y era hermoso.

Sus ojos se llenan de lágrimas, pero lucha contra ellas para no venirse abajo.

—Te mandé con Dimitri y Alexei a su casa, habías entrado en una especie de trance, pero cuando regresé, estabas como si no hubiera pasado nada, no recordabas nada. Así que utilicé eso para mantenerte a salvo, dejé a Dimitri a cargo y nos fuimos a Nueva York. En cuanto llegamos, te llevé a un doctor y el diagnóstico fue que desarrollaste amnesia disociativa —reveló, había escuchado de ella, podías olvidar años de tu vida—. Contraté a una de mis soldados para que se hiciera pasar por tu madre, eran idénticas, así que funcionó, tuviste una vida normal, la vida que debiste tener desde un principio.

»Supe que Lucas había dado con nosotros unos días antes de que cumplieras dieciocho. Cuando íbamos camino a tu fiesta, nos atacaron, salí vivo del accidente porque tu madre sustituta, no puedo decir su nombre, usó su cuerpo para protegerme. Ahí supe que corrías peligro de nuevo, entonces te di el empujón que necesitabas para mudarte a Rusia, ahí podía protegerte mejor, además de que Alexei era el rey de la mafia y líder de la mafia rusa.

—¿Entonces no me gané una plaza en la Universidad Estatal Lomonosov de Moscú? —pregunto.

—Sí lo hiciste, yo solo envié tus documentos. Por cierto, Joshua tiene tu verdadero título. —Asiento a lo último, ni siquiera me había detenido a pensar si es que el título que me habían dado en el acto de grado tenía mi nombre falso—. Lo único que les pedí fue que aceleraran el proceso —continúa—, si no te aceptaban, tenía varias universidades esperando que esta te rechazara. Siempre fuiste muy lista, hija, y la universidad de Moscú lo vio.

»Cuando me informaron que habías entrado, preparé todo, entre ellos a Joshua, él era nuestro médico de cabecera. Por eso le pedí que te cuidara, y así lo hizo, durante ocho años viviste la vida que siempre quisiste, aunque yo siempre te cuidé.

»Pero después, volvió a entrar Alexei en tu vida. Sabía que tú no lo recordarías, pero no sabía si él lo haría. Para mi alivio, no lo hizo, aunque claro, eso no duró demasiado. Ustedes desde pequeños tuvieron una conexión, sinceramente, nunca supe cómo se soportaban.

Sonrío y miro a Alexei, que tenía una sonrisa pícara en el rostro.

—¿Cuándo supiste que Lucas era mi tío?

—Después de que matara a tu madre, investigué todo sobre él, necesitaba conocer sus escondites, sus puntos débiles, pero entre todo eso también encontré su ADN. Era medio hermano de tu madre, tu abuela fue abusada durante su secuestro por Tomasso, y él, al no tener esposa ni herederos, decidió obligar a tu abuela a tener ese niño y después matarla.

Un escalofrío me recorre el cuerpo, era horrible lo que le había hecho, ninguna mujer merecía pasar por algo así. Era demasiada información para procesar, aún tenía muchas preguntas, pero había conseguido varias respuestas.

—Entonces, ¿mi nombre es Anastasia Smirnova?

—Sí, ese es tu nombre y, por lo tanto, eres la legítima heredera de la mafia a nivel internacional y la mafia rusa.

Me dejo caer en la cama, asimilando todo. Legítima heredera de un mundo que no conocía, y no solo estaba ese hecho, sino que toda mi vida había sido una farsa, en todo momento fui guiada por una mano invisible hasta terminar donde todos me querían. ¿Quería ser reina de un mundo que en cualquier momento podría consumirme?

Podría ser una heredera, pero en mi mente solo era

«Alina Klara» una estudiante de medicina, con el sueño de ayudar a las personas y salvar vidas. ¿Podría hacer ambas cosas? Porque no me creía capaz de olvidar a «Alina» y ser solo «Anastasia», era ambas y si me pedían que abandonara a una, me negaría a lo que estaba destinada incluso antes de nacer.

Pero ahora que sabía la verdad de todo mi pasado y de la muerte de mi madre y hermano, ¿les daría la espalda? No, no podría hacerlo tampoco. Mi madre murió por este mundo, después de todo lo que le arrebató decidió continuar y no solo eso, sino que se enamoró del príncipe de la mafia y se casó con él. Ella fue valiente y murió siéndolo; aún podía ver la determinación en su mirada cuando Lucas le apuntó con el arma y cuando quise entrar a la habitación ella se negó, ella aceptó su destino incluso más rápido que mi padre y yo.

Si ella había sido así de valiente, yo podía serlo por ella y mi hermano.

—¿Qué pasaría si no quiero ser la cabeza de la mafia? —pregunto solo para probar, pero ya había tomado mi decisión.

La tensión en la habitación me cae como un bloque encima, al parecer, no era una opción.

—Anastasia —dijo mi padre, se sentía extraño que me llamará así—, tú eres la última Smirnov, es tu derecho y deber, pero, así no tomaras el poder, estás con Alexei. Por ambos caminos terminarás siendo la reina de la mafia.

Miro a Alexei, recordando la conversación que tuvimos en su estudio la noche que me dijo que me amaba.

—¿Tu propuesta sigue en pie?

—Si así lo deseas.

No quería dirigir la mafia yo sola, no sabía cómo hacer tal cosa, pero Alexei sí sabía cómo y ya me lo había propuesto, liderar juntos.

—Aceptaré mi legado solo si Alexei puede liderar conmigo: ambos tendremos el mismo poder, ni más ni menos.

Alexei me mira como si estuviera loca, pero era eso o nada, él quería ser como mi consejero, pero yo lo quería como mi igual.

—Hecho, pero solo será así cuando ambos se casen. Y tendrás ambos apellidos, no permitiré que mi linaje muera contigo.

—Estamos en el siglo XXI, papá, no en la época victoriana.

—Es eso o nada.

—Acabamos de iniciar nuestra relación y ya quieres que nos casemos, creí que no te agradaba.

—Y no lo hace, pero si tú lo quieres, entonces, tengo que ceder.

—Queda en manos de Alexei si quiere que nos casemos en un futuro, podré hacerlo sola por un tiempo, sin presiones —digo, mirándolo.

—Klara, yo quiero pasar mi vida contigo.

—Si eso es una propuesta de matrimonio, ten por hecho que no voy a aceptar, soy una lectora de novelas, pido algo digno como tal.

—No esperaba menos.

Sonríe.

—¿Feliz?

Miro a mi padre.

—Por ahora. —Se pone de pie—. Voy a buscar a Joshua.

—Aún tienes que explicarme lo de mi supuesto matrimonio con Lorenzo.

—Era una estrategia nada más, pero lo hablaremos después.

—Bien, ¿Dimitri?

Se detiene con la evidente sorpresa en el rostro al escucharme.

—¿Sí?

—Gracias por ayudarlo a colarse a mi casa cuando éramos niños y por llevarlo a mi hospital cuando lo hirieron —le digo y él asiente sin más, luego se va junto con mi padre. Sé que nunca me diría si mi suposición es correcta, pero dentro de mí sabía que había sido así.

Miro a Alexei, su mente estaba en otro lugar.

—¿Quién me dio el corazón? —susurro.

Voltea hacia mí y puedo ver la tristeza en sus ojos.

—Cuando Joshua nos dijo que necesitabas un corazón y que no podían encontrarlo, perdí la cabeza. Salí de aquí y tomé una de las camionetas, comencé a llamar a los hospitales, iba tan concentrado en el teléfono que no me di cuenta de que la luz estaba en rojo. Cuando alcé la mirada, vi a una chica en motocicleta. Fue muy tarde, intenté esquivarla, pero la parte trasera de la camioneta la golpeó.

»El impacto me dejó lesiones en la cabeza y en el brazo, pero ella... su sangre era un poso bajo su cabeza. Las ambulancias llegaron en cuestión de minutos, ella no reaccionaba, pero seguía viva. Llegamos al hospital y la atendieron, minutos después, Joshua me dijo que su corazón era compatible contigo. Esa chica murió por mi culpa, pero te salvó la vida.

Esconde el rostro entre sus manos y veo la tensión en su cuerpo.

—Amor —digo y me estiro lo más que puedo, tomando sus manos—, mírame. —Lo que veo en sus ojos me estruja el corazón, él podía ser un asesino a sangre fría, pero nunca tocaba a los que eran inocentes—. No es tu culpa, no te puedo asegurar qué hubiera pasado aun si no hubiera chocado contigo, pero a la vida nos encanta sorprendernos. Cuando nuestro destino está escrito, no hay nada que podamos hacer. —Lo tomo de las mejillas y lo miro a los ojos—. No te sientas culpable. Cuidaré este corazón, le debo la vida y nunca podré agradecérselo, porque gracias a ella tengo la oportunidad de hacer una vida a tu lado.

—Le dije algo similar cuando fui a verla.

—¿Cómo están sus padres?

—Están destrozados, la última vez que la vieron huyó de casa para irse con su novio. Pero al parecer, huía de él cuando pasó el accidente.

Me dolía, murió estando peleada con sus padres. Si pudiera, le devolvería el corazón para que pudiera hablar con ellos y arreglar las cosas.

—Me gustaría hablar con ellos, y si podemos, ir a su funeral.

—Lo haremos, cariño. —Besa mis manos—. ¿Qué... qué te hicieron? —pregunta al cabo de unos minutos en silencio.

Me tenso al saber a qué se refiere y me cierro como una caja fuerte en segundos, no podía hablar de eso, no quería recordar. Y sé que no se merecía que me cerrara así con él, pero no podía.

Como respuesta, solo le dedico la sonrisa más honesta que podía formar en estos momentos.

Necesitaba tiempo.

TREINTA Y OCHO

Anastasia Smirnova

Una semana después

Me habían dado de alta hace unas horas, Joshua fue quien me operó y le agradecía a Alexei por haberlo llamado.

Regresaríamos a Rusia, no me ponía muy feliz viajar después de haber sido operada del corazón, pero era necesario. No había tenido la oportunidad de despedirme de Lorenzo y agradecerle, pero tenía la esperanza de vernos en un futuro.

Alexei me lleva en brazos para no tener que subir las escaleras que nos llevaban al interior del avión. Me deposita con una delicadeza que nunca imaginé en él sobre el asiento junto a la ventana y se sienta a mi lado.

Éramos los únicos en el avión, mi padre y Dimitri se quedarían un par de días más para solucionar el desastre que acarreaba llevarse al hijo del líder de la mafia italiana. Esperaba que todo se solucionara pronto.

—¿Estás bien? —pregunta Alexei, no estaba ocultando mi angustia tan bien como creía.

—Sí, estoy bien.

No habíamos hablado mucho después de que preguntó sobre mi secuestro, y sabía que era yo quien ponía esa distancia entre nosotros.

—Klara...

—Eres el único que no me llama por mi nombre —contesto, mirando por la ventanilla, viendo que alzamos el vuelo.

—Porque sé que no lo consideras tu nombre y porque me gusta llamarte así.

Él era la única razón por la que no me encontraba llorando en estos momentos.

Volteo para verlo y lo encuentro estudiándome con detenimiento.

—¿Qué pretendes encontrar, Sherlock? —bromeo.

—Estoy intentando averiguar qué pasa por esa cabecita tuya.

—Pues no lo podrás saber a menos que todo este tiempo me hayas ocultado que eres Edward Cullen

—Ah, así que de ahí tu fetiche por los seres de la noche, un vampiro, el diablo, ¿qué más? —pregunta siguiéndome el juego, este hombre no dejaba de sorprenderme.

—Quizá un hombre lobo.

Niega con la cabeza y pasa su brazo por mis hombros, acercándome a él.

—Cuando estés preparada, estaré ahí para escucharte, cariño.

Me aprieto más contra él, sintiéndome a salvo. Él dominaba la oscuridad, por lo tanto, esos oscuros recuerdos no podrían alcanzarme.

—Gracias —susurro.

—Pero quiero preguntarte algo.

—Dime.

—¿En serio quieres liderar la mafia? Sabes que puedo cargar con ella yo solo, pero si esa es la única manera en la que puedas tener una vida tranquila, entonces lo haré.

—Lo aprecio demasiado, pero es mi deber, tengo que hacerlo.

Suspiro, asimilando mis palabras, ya le había dado mi palabra a mi padre, aunque decirlo y aceptarlo eran dos cosas muy diferentes. Lideraría una organización criminal mientras trabajaba en el hospital y salvaba vidas.

Aunque no aceptara el poder, nunca tendría una vida normal, siempre correría el riesgo estando con Alexei. Y si no lo estuviera, también, pero estando fuera de este mundo, correría mucho más peligro.

Tenía un apellido que significaba poder y, además, estaba con un hombre que era el mismo diablo.

—Deja de pensarlo tanto.

Acaricia mi cabello, intentando distraerme.

—No puedo, soy una persona que sobrepiensa demasiado —digo, estaba cansada, pero me daba miedo cerrar los ojos—. ¿Puedes cantarme una canción?

Una risa ronca sacude su pecho, pero asiente.

—¿De cuna?

—No, no quiero dormir.

—Está bien.

Transcurren unos segundos hasta que escucho su hermosa voz cantando una canción en inglés.

«You tell me I won't ever change
So I just say nothing

And no matter where I go, I'm always gonna want you back
No matter how long you're gone, I'm always gonna want
you back
I know you know I will never get over you
No matter where I go, I'm always gonna want you back
Want you back
I remember the freckles on your back
And the way that I used to make you laugh».

Termina la última frase y yo siento mis ojos llenos de lágrimas, por alguna razón, nos sentíamos identificados con esta canción.

—Es hermosa. Y cantas hermoso.

—Te cantaré las veces que quieras —susurra.

—¿Te molesta si la bautizo como nuestra canción?

Ríe entre dientes.

—No, para nada.

—¿Te puedo preguntar algo?

—Por supuesto.

—La canción que pusiste la noche que me invitaste a cenar la escogiste porque, aunque yo no te recordaba, tú si lo hacías y esos recuerdos te lastimaban, ¿verdad?

—Sí, pero así me hubieran ofrecido borrar esos recuerdos, nunca lo hubiera aceptado.

—¿Por qué me hiciste creer que te gustaba alguien más?

—Supongo que, si yo sufría, era justo que lo hiciéramos los dos.

Lo golpeo en el muslo.

—Eso fue muy cruel, ¿sabes cuántas veces tuve que recordarme que amabas a alguien más y que, de paso, estaba muerta?

—Pues casi lo estaba, se encontraba encerrada en esa cabecita tuya.

Una sensación de pánico me recorre.

—¿Y si vuelvo a olvidarte, Alexei?

—Eso no pasará, y si fuera así, volvería a enamorarte, iría todos los días a ese hospital hasta que recordaras. Te perdí una vez y casi vuelvo a hacerlo, no pienso dejar que nada intente separarnos. Eres mía y yo soy tuyo, eso jamás cambiará.

El corazón se me acelera con sus palabras, intento tranquilizarme, ya que no podía dejarme expuesta a emociones demasiado fuertes.

—Dicen que, cuando te dan el corazón de alguien más, tiendes a tener sueños con esa persona.

—¿En serio?

—No sé si es cierto, pero una pequeña parte, por decir, de su alma, se une a la tuya.

—¿Crees que soñarás con ella?

—No lo sé.

Me acurruco mejor en su pecho y me dejo llevar por sus suaves caricias en mi pelo. El sueño me arrastra hasta las profundidades, llevándome a lo que tanto quería evitar.

Unos fuertes brazos me sujetan por el cuello mientras un hombre me arranca la camisa, dejándome expuesta. Mira mi cuerpo con lujuria y no hago más que patalear, intentando alejarlo.

Pero me da una bofetada, dejándome ardiendo la cara, lloro y grito a la vez que toca mi cuerpo. No quería esto, se mete uno de mis pechos a la boca y lo muerde, haciéndome sangrar.

—¡Por favor, no! —grito con todas mis fuerzas, rogando que alguien los detenga.

Pero nadie viene.

Manosea mi otro pecho para después llevárselo a la boca. A mi espalda, el hombre que me sostiene comienza a masturbarse sobre mi rostro.

Empiezo a moverme con más fuerzas, intentando escapar. Le doy una patada en el estómago al que tengo encima y me suelta, tomo la oportunidad y clavo mis uñas en el miembro del otro.

Me pongo de pie y salgo corriendo de la celda, la sala de torturas se encontraba sola. Llego a la puerta, pero esta se encuentra cerrada con llave. Los temblores de mi cuerpo no me dejaban pensar.

Me toman por el pelo, estrellándome la cabeza contra el suelo, veo borroso por unos segundos, siento una punzada en uno de mis costados y luego en el otro.

—¡Maldita perra!

—Deberíamos violarte.

Me hago un ovillo, soportando sus golpes, solo quería que se detuvieran y me dejarán en paz. Me arrastran por el pelo y me regresan a la celda para terminar lo que habían comenzado.

—¡No, no! —Lloro con más fuerza—. ¡Alexei!

Grito su nombre una y otra vez, deseando que me lleve a su lado, a las sombras, donde no podían tocarme...

Despierto con el corazón en la boca y lágrimas corriendo sin control por mi rostro, unas grandes manos me sostenían de los hombros.

—¡Suéltame! —sollozo—. ¡Por favor, no! ¡No más!

Araño sus brazos para que me deje salir, y cuando lo hace, salgo de la cama y corro al otro lado de la habitación. Estaba oscuro, no sabía dónde me encontraba, y me dolía, cada vez me costaba respirar más, me estaba ahogando.

Me dejo caer en el suelo, tomando mi cabeza entre las manos.

—Klara, soy yo.

Escucho la voz de Alexei, pero no estaba aquí, él no había venido por mí.

—Por favor, deténganse, no puedo más —susurro.

Me dolía, quería gritar, llorar, pero lo único que hacía mi cuerpo era sollozar sin control. Estaba atrapada en mi propia mente, no quería volver a dormir.

—Cariño, mírame, estoy aquí.

—No, no lo estás. —Me meso hacia adelante y hacia atrás —. Tú no viniste, no estabas.

Lloro con más fuerzas cuando todo comienza a repetirse una y otra vez.

—Por favor, mi amor, mírame.

Lo escuchaba más cerca, levanto entonces mi rostro, lo veía borroso por las lágrimas, pero estaba aquí.

Él sí estaba aquí.

—Alexei. —Corro a sus brazos, apretándolo con todas mis fuerzas para asegurarme de que era real—. No te vayas, por favor, no me dejes, me harán daño si lo haces.

—No voy a dejarte. —Su voz se escuchaba rota, así que lo miro, estaba llorando—. Perdóname, Klara, por tardar en buscarte, no cumplí mi palabra de protegerte, pero ahora estoy aquí y no me iré, nadie nunca más volverá a hacerte daño. —Toma mi rostro entre sus manos—. Déjame ayudarte a sanar, no me alejes, no es necesario que me lo cuentes, pero déjame ser tu ancla, mi amor.

Las lágrimas vuelven con más fuerzas al ver el daño que no solo me habían causado a mí, sino también a mi diablo.

—Sanaremos juntos. —Propongo—. Pero no me dejes sola en las noches, por favor, ellos me hacen daño.

—Velaré tus sueños, no dejaré que lleguen a mi ángel, no de nuevo.

Me toma en brazos y me lleva a la cama, nos acostamos juntos bajo las sábanas. Los latidos de mi corazón comenzaban a calmarse, al igual que mis respiraciones.

—No me violaron, al menos, no del todo —susurro, su cuerpo se tensa debajo del mío, pero me deja continuar—. El primer día me electrocutaron, era un voltaje bajo, pero aun así, me lastimó. Eso me costó mi corazón. En la madrugada llegaron dos hombres, solo vestía tu camiseta, así que la rasgaron. Usaron mi cuerpo para su propio placer, y cuando terminaban, me golpeaban hasta que me desmayaba del dolor.

»El segundo día te enviaron el video, rompieron toda la piel de mi espalda. Estoy segura de que no quedó ni una parte de ella sin marcar, me desmayé tras los primeros quince azotes, después de eso, me dejaron en mi celda y no volvieron hasta el anochecer. En esta ocasión, eran tres hombres, uno de ellos...

Se me corta la voz al recordar.

—No tienes que continuar si no quieres —dice, su voz era casi un gruñido.

—No, está bien —suspiro—. Uno de ellos se masturbó hasta correrse encima de mi sexo, intenté quitarme todo rastro de él en cuanto se fueron, pero vomité y me desmayé. En esos dos días, no recibí ni agua ni comida, sabía que no sobreviviría al tercer día. Habían comenzado los dolores en el pecho y mi espalda podía estar infectada, pero entonces llegaste y me sacaron de ahí.

»Grité, lloré, maldije y peleé, hasta intenté escapar el primer día, intenté ser fuerte, Alexei —digo llorando—, pero me rompieron, lograron romperme, tomaron todo de mí y lo arrojaron a un vacío.

Sus brazos se aprietan alrededor de mi cuerpo, reconfortándome, diciéndome sin palabras que estaba a salvo.

—No te rompieron, Ana, estás aquí y sigues luchando. Las heridas llevan tiempo en sanar, pero ninguna es tan grande como para no hacerlo. Estaré contigo en cada paso, puedes dejar ese peso sobre mí si lo deseas, cariño.

Sus palabras me daban aliento, pero aun así, el miedo de no volver a ser como antes me pesaba en el estómago.

—Me gusta que me digas Ana, solo contigo me gusta —le confieso.

—Supongo que podría decirte así de vez en cuando, pero sigues siendo mi Klara.

—Gracias y lo siento si te lastimé.

—No tienes que disculparte por nada, la vida es quien debería hacerlo contigo.

Cierro los ojos, pero en esta ocasión, sin el miedo cerrándome la garganta.

—Soy tu ancla —susurra, besando mi sien.

Vuelve a cantar la canción de hace unas horas y comienzo a relajarme entre sus brazos.

Sanaría, creía en sus palabras y tenía que creer en mí.

TREINTA Y NUEVE

Alexei Voronin

Su rostro se encontraba sereno, había logrado conciliar el sueño después de que le cantara tres veces. El calor de su cuerpo derretía mi frío corazón, cada latido que daba ahora era por ella.

No duermo en toda la noche, quería asegurarme de que no tuviera más pesadillas, el peso de la culpa había aumentado cuando entré a la habitación y estaba gritando. Se me desgarró el alma al verla así.

Haría pagar a los cuatro «hombres» que le habían hecho esto. Sabía que nos esperaba un camino largo, pero la apoyaría, y como le había dicho, era su ancla.

La mitad de su cuerpo se encontraba sobre el mío, era la única manera en la que podía dormir sin que las heridas en su espalda le dolieran. En el hospital no tuvo problemas gracias al sedante, pero aquí lo único que mantenía el dolor de su cuerpo a raya eran los medicamentos.

No me había dejado verle la espalda, me mantuvo fuera de su vista las veces que se duchó en el hospital.

Acaricio su cabello mientras pienso en todas las maneras en que los torturaría, serían tres días llenos de gritos de dolor. Agonizarían y suplicarían la muerte, pero no morirían hasta que yo lo permitiera.

Los primeros rayos del sol entraban por las puertas que daban al balcón. Sería un amanecer hermoso, pero todavía más porque Klara se encontraba a mi lado. Me había acostumbrado tanto a llamarla así que ahora que sabía su verdadero nombre no dejaría de hacerlo.

Se mueve, cerrando sus brazos con más fuerzas alrededor de mi cintura, y sonrío: creía que yo era el posesivo al dormir con ella.

No quería irme, quería permanecer a su lado y mantener a todos esos demonios lejos de mi ángel, pero tenía que torturar a cuatro de ellos. Eso no desaparecería su dolor, pero le darían algo de paz a su alma.

Yo haría hasta lo imposible por mantener esa calma en su ser.

Beso su sien para estrecharla entre mis brazos, teniendo cuidado con sus heridas. Poco a poco va saliendo del sueño, solo quería avisarle para cuando se despertara no pensara que me había ido sin una razón.

—*Printsessa* —susurro.

—¿Mmm?

—Me iré por dos horas, puede que menos, ¿estarás bien o quieres que me quede hasta que te levantes? —Acaricio su mejilla, hipnotizado por sus largas pestañas. No me cansaría de decir que era una diosa, mi diosa.

—¿Qué vas a hacer?

Mantenía los ojos cerrados, pero tenía su atención.

—¿Segura quieres saberlo?

Sigo el camino de sus cejas con mi dedo índice para descender luego por su nariz.

—Creo que sí.

—Tengo que torturar a mis invitados. —Se aprieta contra mi cuerpo en respuesta—. Me voy a quedar —digo tomando una decisión.

Me acomodo hasta tener su cabeza sobre mi pecho, la rodeo con mis brazos, asegurándome de que es real, estaba aquí y estaba a salvo.

—No quiero que cambies tus planes por mí.

—Cariño, los únicos planes que me interesan son en los que tú estás incluida. —Beso su frente—. Los demás pueden esperar.

—Técnicamente, soy tu jefa. Hasta que no nos casemos, no tendremos el mismo nivel de mando.

Ya estaba más despierta, río por sus ocurrencias.

—Y, técnicamente, yo sigo siendo el jefe. Hasta que no te presenten como la reina de la mafia, puedo hacer lo que desee.

—Eres imposible.

—Y tú, una terca.

Su respiración se vuelve pausada y, por unos segundos, pienso que volvió a quedarse dormida.

—¿Alexei?

—¿Sí? —Abre sus hermosos ojos marrones chocolate y me mira con una intensidad que me abruma el alma.

—Quiero que los mates, quiero que sufran.

El odio en sus palabras no me toma por sorpresa, yo los odiaba por haberla tocado y lastimado, pero ella lo hacía aún más.

—No dudes ni por un segundo que eso es lo que recibirán.

—Entonces, ponlos a sufrir.

—La última vez que me fui de esta cama te perdí por tres días y casi mueres —susurro tocando sus labios distraídamente.

—Voy a estar aquí cuando regreses.

—¿Estás segura?

—Lo estoy.

—Lo que diga la patrona entonces.

Me pongo de pie, teniendo cuidado de no lastimarla.

Llevaba la ropa de anoche y no tenía sentido ducharme cuando iba a ensuciarme, me asearía cuando regresara.

Me detengo en la puerta y volteo a verla, su cuerpo estaba enredado con las sábanas. Se mantenía de lado con el rostro enterrado en la almohada que había utilizado segundos atrás.

La había pillado la primera vez que lo hizo, sonrío ante el recuerdo. Habíamos avanzado tanto desde eso, ya no nos gritábamos a la cara al menos.

—Te amo, *printsessa* —le susurro y salgo de la habitación.

La intensidad de mis sentimientos hacia ella en ocasiones me dejaba en un terreno desconocido, aún no comprendía cómo los había ignorado por tanto tiempo. Ahora no podía dejar de pensar en ella.

Los pasillos en este piso estaban sin gente, había prohibido el paso por ellos, ya que no quería que molestaran a Klara. Pero en cuanto llego a la planta principal, el bullicio me recibe. Llego al comedor, encontrándome a Dimitri y a Lucios.

—Buenos días.

Tomo mi puesto a la cabeza de la mesa y de inmediato me traen mi taza de café negro.

—¿Cómo está Ana? —pregunta Lucios cuando aún no le he dado ni un sorbo a mi bebida.

—Está descansando, arreglaré unos asuntos y después pasaré el resto del día con ella.

—¿Qué asuntos?

En esta ocasión, quien pregunta es mi padre.

—Darles la bienvenida a nuestros invitados.

El café quema mi garganta, me ayudaba a despejar la mente.

—Podrías dejarnos esa tarea a nosotros —sugiere Lucios.

—Sabes muy bien que no aceptaré eso, son «mis» invitados, así que yo decido cómo serán tratados.

—Entonces, me encargaré de su ascensión.

Dejo la taza a mitad de camino cuando lo escucho.

—¿Qué?

No daba crédito a lo que escuchaba.

—Es hora de nombrarla líder, reina de la mafia.

—Lucios, no sé si te habrás enterado, pero tu hija acaba de regresar de un secuestro. Tuvo un trasplante de corazón y tiene que sanar sus heridas, tanto las físicas como las internas. No creo que sea buen momento para lanzarla al mar y esperar a que los tiburones no la devoren.

—¿No crees que pueda soportarlo?

—Creo que todos tenemos un límite para soportar situaciones. Pero, aun así, lo que yo piense no importa, es decisión de Klara, no nuestra.

—¿Por lo menos se lo dirás?

—Lo hablaré con ella.

Me pongo de pie y me voy, la sala de torturas se encontraba alejada de todos, quedaba más allá del lago. Era una especie de cabaña que habían construido únicamente para eso.

Salgo sin abrigo, el sol ya había salido, así que no corría ningún riesgo de coger una pulmonía o padecer algún otro incidente.

Sigo el camino que lleva al lago, paso de este y continúo adentrándome en el interior del pequeño bosque. La cabaña tenía buen tamaño, estaba hecha de madera oscura —lo que impedía que entrara el frío—, y estuvo bastante tiempo deshabitada, hasta ahora.

Era vigilada por dos hombres en la parte del frente y dos más los hacían por la parte trasera. Era poca seguridad, sí, pero así escaparan, los matarían antes de haber llegado a la valla principal.

Mis hombres me dirigen el saludo que es debido y entro, estaba bien alumbrada, tenía cuatro habitaciones con distintos utensilios.

Tres hombres me esperaban en el centro de la habitación.

—Cuando sea el momento, les daré la señal.

—Sí, Sr. Voronin.

La primera habitación estaba ocupada por Lucas, él sería el último al que visitaría. Quería que el miedo hiciera estragos en él. En la segunda se encontraba Bruno, en la tercera estaban los dos hombres que habían tocado y abusado de Klara, ellos serían los primero, y en la última habitación se encontraba Harry, a él le haría una visita cuando llegara el momento perfecto. Tal vez en unos meses.

Entro, encontrándolos encadenados, sus pies rozaban el suelo, pero no lo suficiente como para descansar sus piernas.

—Buenos días, caballeros, ¿qué tal su noche? —Ambos levantan la cabeza al escucharme, sus rostros estaban hinchados por la cantidad de golpes que habían recibido. Al parecer, Lucios se me había adelantado, debieron de terminar los asuntos en Italia más rápido de lo que creí—. Ya veo que tuvieron una demostración de cómo tratamos a nuestros invitados. Carter. —Uno de mis hombres entra y los desencadena, se desploman en el suelo a consecuencia de estar tanto tiempo suspendidos en el aire.

—No seré justo, caballeros, no me importa cuál de los dos fue quien se corrió sobre ella, ambos pagarán igual. Su compa-

271

ñero, por otro lado —digo señalando a la otra habitación—, no tendrá la misma suerte. Carter, la navaja.

Como el hombre preparado que es, me entrega una. El filo brilla cuando la expongo a la luz, me acerco al primero y tomo su rostro con una mano.

—¿Fuiste tú?

La hoja de la navaja recorre su cuello sin causarle daño, no quería matarlo, quería que muriera suplicando.

No me da ninguna respuesta, así que lo intento con su compañero.

—¿Tú?

Su mirada me da la respuesta.

—Disfruté cada segundo con tu puta, su piel es tan suave, sus pechos y su coño son una delicia.

Golpeo su asqueroso rostro, rompiéndole la nariz.

—Veamos qué tanto disfrutarás ahora. Carter, mantenle la boca abierta. —Se coloca detrás de él y lo inmoviliza—. Grita tan fuerte como puedas.

Tomo su lengua y paso la navaja debajo de esta, se retuerce a la vez que la sangre en su boca aumenta, su lengua queda tiesa entre mis dedos. Era asqueroso, la dejo caer y miro al hombre desplomado en el suelo.

—Hoy solo será algo sencillo, aunque si mueren antes, los iré a buscar personalmente al infierno.

Cojo a su compañero y le hago lo mismo.

Sus gritos eran música para mis oídos, Klara había gritado así y nadie fue a ayudarla. La única diferencia aquí era que los únicos que vendrían lo harían para causarles más dolor.

—Ahora quiero que sientan en carne propia lo que le causaron a ella, pero mil veces peor. —Le entrego la navaja a Carter—. Viólenlos hasta que lloren sangre, y si no lo hacen, entonces no se detengan.

Salgo de la habitación y entro a la otra, Bruno estaba más que consciente, había pedido que lo esposaran de espalda para tener total acceso a esta.

—Bruno, Bruno, Bruno —digo como en canturreo. Había una pequeña mesa con un par de cuchillos y un látigo con púas de metal en las puntas—. Sabes por qué estás aquí, ¿no? —Tomo un cuchillo y me acerco—. Pusiste las manos sobre mi reina y morirás por ello.

—Un día vendrán por ti, no eres un dios, no eres invencible.

—Tienes razón, no soy un dios, soy el diablo. —Rasgo su camisa—. Y el día que vengan por mí, me los llevaré a todos al infierno. —Voy a la mesa y elijo el látigo—. Ella se desmayó después de los quince azotes, veamos si tienes las mismas bolas que tuviste para tocarla y aguantar esto sin emitir un sonido.

El látigo rompe el aire antes de impactar contra su piel. Esta se abre de inmediato a causa de las púas, un hilillo de sangre corre hasta el suelo, la ira aumenta al recordar la sangre de Klara. Comienza a gritar después de los primeros cinco, lo que me molesta aún más. Ella no había gritado, ella había resistido.

—Eres un cobarde de mierda —escupo.

Lo azoto hasta que su espalda ya no es ni un reflejo de lo que era antes, pedazos de carne caen al suelo y la sangre no era más que un poso de sangre bajo sus pies. No pasaría de esta noche.

—Es una lástima que mueras tan pronto, pero te aseguro algo —le digo, tomando su cuello y presionándolo—, tu destino en el infierno será peor.

Sus quejidos se unen a los de sus compañeros al otro lado. La habitación de Lucas estaba un poco oscura debido a que la electricidad sería el «utensilio» que usaría en él.

Estaba sujeto a una silla con la cabeza gacha, su ropa se

encontraba mojada y de nuevo maldecía a Lucios por haberse adelantado. Levanta la cabeza en cuanto me siento frente a él, se le veía agotado, y tan solo llevaba un día aquí.

—¿Cómo está mi sobrina?

—Estará muy bien cuando ponga tu cabeza a sus pies. —Me inclino hacia él—. La tocaste, Lucas, le infligiste dolor, ahora mismo el cielo arde y el infierno llora por su reina. Tú no eres más que una escoria, sufrirás en esta vida y todas las que te siguen. Seré lo último que verás al morir, y cuando llegues al infierno, vivirás con la eterna duda de cuándo iré por ti. Te atormentaré hasta que el infierno deje de existir.

Enciendo el generador y los espasmos en su cuerpo comienzan. Estaba a la mitad, podría morir, sí, pero si no lo hacía, su destino sería peor.

—Es estimulante, ¿no? Sientes como la electricidad te va quemando por dentro, aunque la muerte para las ratas es mucho más lenta.

Me pongo de pie, sus gritos no tardan en llegar. Sentía que no era suficiente, pero sabía que tenía que ser paciente.

Me voy de la cabaña más relajado, olía a sangre y a muerte, tanto mi rostro como mi ropa estaban salpicados de rojo. La planta principal seguía igual a cuando me había ido, subo las escaleras hasta llegar a nuestra habitación.

Klara seguía en la misma posición, dormida plácidamente. Me sentía mejor al saber que las pesadillas no habían vuelto a ella.

Me ducho, quitándome la sangre, sabía que ella, a diferencia de mí, no disfrutaba de la muerte. No quería incomodarla. Regreso a la habitación, usando un pijama de una pieza. Me acuesto a su lado y la atraigo a mi pecho, oliendo su pelo.

«Esencia de rosas».

Olía igual como aquella vez que fue a mi casa, jamás me cansaría de ese olor.

—Volviste.

—Siempre volveré a casa, cariño.

Suspira, pegándose más a mí.

—¿Qué quieres decirme?

¡Mierda!

Ahora comprendía las palabras de Lucios cuando dijo que no podía ocultarle nada a su esposa.

—No es nada, solo descansa.

—Estás tenso.

—Acabo de acostarme, ¿cómo podrías saberlo?

El sonido de su risa calienta mi pecho. Demonios.

—Te conozco muy bien, Voronin, solo dime.

Nunca podría ocultarle nada, eso era seguro.

—Tu padre quiere nombrarte reina de la mafia mañana, pero le dije que tú debías decidir. Y si no quieres hacerlo porque no estás lista, no te preocupes, yo resolveré todo. No tienes que sentirte presionada, las cosas se harán cuando tú lo decidas.

—Está bien.

—¿Qué?

Observo su rostro en busca de algo que me indicara que no estaba segura de hacer la coronación.

—En algún punto, tendrá que suceder, y qué mejor que ahora. Eso me ayudará a distraerme, y tú estarás a mi lado, así que no me asusta. —Besa mi pecho—. Pero no puede ser mañana, mi cuerpo necesita acostumbrarse a este corazón. Tal vez a finales de la otra semana estaría bien —agrega.

No la cuestiono, si eso era lo que deseaba, así sería.

—Eres muy valiente, lo sabes, ¿verdad?

—Tú me haces sentir valiente, a tu lado sé que estaré bien.

Me muerdo la lengua para no decir lo que quiero decir. En algún momento la muerte vendría por mí, pero ahora no era el momento de hablar de eso.

—Yo siempre te protegeré, cariño.

—Y yo a ti.

Me da un tierno beso en los labios y vuelve a quedarse dormida.

Quien intentara apartarme de su lado, moriría en el proceso.

CUARENTA

Anastasia Smirnova

Una semana después

E l camino al hospital había sido largo, Alexei iba a mi lado mientras el chofer conducía. Había llegado el día que ni en mis sueños más locos me imaginé: hoy era mi ascensión, o así lo había llamado mi padre.

Hoy sería el inicio de una nueva etapa en mi vida, pero ahora ya no me escondía de nadie, sabía quién era y lo que era. Pero que fuera a dirigir una organización criminal no significaba que dejaría mi sueño de ayudar a otras personas.

Quería trabajar en un hospital, en específico, donde había hecho mis pasantías. Sabía que no lo necesitaba, pero quería hacerlo, y esa fue una de las razones por las que Alexei no se opuso. Aunque la idea de que trabaje junto con Joshua no le agradaba.

—Alexei —lo llamé. Nuestra relación había avanzado de modo considerable, pero sabía que nos faltaba muchísimo por recorrer. Si algo teníamos claro, era que nos amábamos y queríamos una vida juntos—, creo que la idea de recorrer este trayecto todos los días me agota de solo pensarlo. En ocasiones tendré turnos dobles, y conducir tras dos días sin dormir, no me agrada.

—Cariño, tienes un chofer y escoltas, no necesitas conducir.

—Pero...

—Podemos mudarnos si quieres —añade.

Eso no lo había pensado, era una buena solución, pero yo amaba esa casa, estaba ahí nuestro lugar secreto.

—No quiero mudarme, pero en tal caso, ¿a dónde iríamos?

—Ese es el menor de los problemas, ya viste la propiedad que tengo en la ciudad, podríamos vivir ahí.

—No quiero mudarme, me encanta esa casa.

—Entonces tienes que aceptar al chofer y las escoltas, no permitiré que conduzcas sola de noche y cansada.

—Pero ellos tienen que descansar —protesto.

—Es su trabajo, y como reina de la mafia, tienes que estar protegida.

—Aún no lo soy.

—Solo faltan unas horas.

—Lo del chofer no es discutible, ¿verdad?

—Cuando se trata de tu bienestar, nada es discutible.

El corazón se me acelera con esas simples pero preciosas palabras, este hombre tenía una capacidad de hacerme sentir mariposas en el estómago de una manera maravillosa.

—Nunca imaginé que se te diera bien esto.

—¿El qué?

Sus ojos me escrutan y tenía la sensación de que podía ver dentro de mí.

—Cuando hablamos por primera vez, después de que te

operara —aclaro—, no me pareciste más que un hombre arrogante y narcisista. Cuando me pediste que querías que fuera tu médica personal, solo me dieron ganas de atravesarte el corazón con un bisturí.

—Me alegra que seas honesta.

Río, poniendo los ojos en blanco.

—Pero cuando te tuve en mi mesa de operaciones, cuando Joshua me dejó tu vida en mis manos, pensé al ver tú rostro que eras alguien cariñoso y bondadoso. Por supuesto que ese pensamiento se esfumó cuando abriste la boca.

—¿Ya no crees que soy un arrogante y narcisista? —pregunta con la diversión bailando en sus ojos.

—¡Oh!, créeme, lo sigo pensando, pero ahora también sé que eres alguien cariñoso, amable y dulce. Solo necesitaba conocerte un poco más.

Tira de mi mano hasta acomodarme sobre su regazo.

—Ángeles como tú no van al infierno con demonios como yo —me susurra y esconde el rostro en mi cuello mientras acaricio sus rulos.

—Tú no eres un demonio, eres el diablo. Mi diablo.

—Tuyo en cuerpo y alma, cariño.

Levanta su rostro y une nuestros labios, el contacto envía una corriente que eriza cada parte de mi cuerpo. Pego nuestros pechos, aferrándome más a él, sus manos descienden a mis caderas, presionándome contra su ya dura y muy evidente erección.

Lo había extrañado.

—Klara.

Su voz sale en una especie de gruñido y la humedad entre mis piernas aumenta.

—Alexei.

Mi voz no parecía mía, estaba ronca por culpa del deseo.

—Estoy... intentando no pedirle al chofer que se detenga ahora mismo para tomarte aquí, necesitas recuperarte, aún estás herida y tu corazón...

—Alexei, por favor —suplico, nunca imaginé que lo haría—. Necesito que borres sus manos de mi cuerpo, quiero que borres todo lo que me hicieron, solo quiero recordarte a ti cada vez que vea mi cuerpo.

—Maldición. —Aprieta mis caderas, me sorprendo cuando se acciona una división en el coche que nos deja solos.

—¿Qué es eso?

—Es para tener privacidad, no podrán ver ni escuchar nada de lo que te haré a continuación.

Toma mis labios en un beso que me pone a temblar de la cabeza a los pies. Me pongo a horcajadas sobre él y siento como me presiona del todo. Lo sentía por completo, y sin poder evitarlo, balanceo mis caderas, haciéndolo gruñir contra mi oído.

—Esto acabará antes de empezar si continúas así.

—Te necesito. —Beso su cuello hasta llegar a su lóbulo y tirar de él—. Estoy mojada para ti, Alexei, ¿no quieres sentir cómo me pones?

—Serás mi puta perdición.

En un movimiento brusco, me deja debajo de él, teniendo cuidado con mi espalda. Sus manos se cuelan por debajo de mi camisa hasta tocar mis pechos por encima del sujetador. Intento con todas mis fuerzas no arquearme por el bien de mi espalda, ya estaba mejor, pero aún escocía.

—Alexei, por favor.

—Dije que terminarías suplicándome —dice con una sonrisa arrogante, tirando de sus labios.

—Y yo digo que, si no me tomas en este instante, yo misma me daré un orgasmo frente a ti y no podrás tocarme.

Sus facciones se tensan, al igual que todo su cuerpo.

—No lo harías.

—Pruébame.

Rozo sus labios con los míos sin besarlo del todo.

—No, cariño, tus orgasmos me pertenecen al igual que tú, así que tienes prohibido tocarte.

—¿Tú me lo prohíbes? Se te olvida con quién hablas, mi amor.

—Y a ti se te olvida lo posesivo que soy.

Toma mis labios sin dejar espacio a las palabras.

Masajea mis senos, poniéndome a temblar en cuestión de segundos. En contra de mi voluntad, mis caderas se levantan buscando algún tipo de liberación. El dolor entre mis piernas iba aumentando, me sentía a punto de estallar.

Se presiona contra mí, arrancándome un gemido. El bastardo no me estaba dando lo que quería, así que, importándome muy poco sus palabras, llevo una de mis manos dentro de mi pantalón. En cuanto toco la piel sensible, cierro los ojos.

—Si te corres, voy a castigarte.

Su mirada era desafiante, y la idea de que me castigara no me desagradaba del todo.

Dios, ¿desde cuándo era tan masoquista?

—Correré el riesgo —digo aumentando los movimientos.

Con una sonrisita, me desabrocha la blusa y me baja las copas del sujetador. Mis pezones se yerguen al sentir su cálido aliento, se prende de ellos, aumentando mi placer y la humedad entre mis piernas.

—¡Oh!

Jadeo. Introduzco dos dedos y me arqueo, haciendo una mueca que gracias al cielo no pudo ver.

Juega con mis pechos, llevándome a la locura: su boca era un pecado.

—Solo aceptaré que tus dedos lo hacen mejor.

—Todo lo hago mejor, cariño.

—Dios, pero qué arrogante.

—Cómo no hacerlo si estás, técnicamente, frotándote contra mí.

Y era cierto, lo estaba haciendo sin darme cuenta.

Vuelve su atención a mis pechos y solo me centro en alcanzar ese orgasmo, mis piernas se tensan por la expectativa y una oleada de placer me recorre cuando llego al punto más alto hasta caer en picada. Mi vista se distorsiona por unos segundos, pero regreso en sí cuando siento sus manos bajando mi pantalón.

—Cuando regresamos a casa, antes de la ceremonia, te daré tu castigo, pero ahora... —Saca su miembro y lo coloca en mi entrada—. Si es demasiado, dímelo y me detendré —asiento—. Prométemelo, no quiero lastimarte.

—Lo prometo.

Entra en mí con un solo movimiento, dejándome sin aire en los pulmones, había olvidado lo llena que me hacía sentir y lo bien que se sentía tenerlo dentro de mí.

—Ya estoy en casa, cariño.

Comienza con movimientos lentos, pero a medida que mis paredes se van cerrando alrededor de él me olvido de que estamos en un coche en movimiento, de mis heridas y de los últimos días.

—Soy el único que puede tenerte así, cualquiera que te mire o que intente tocarte morirá de la manera más dolorosa posible. —Un embate contra mi pelvis me pone a temblar, lo sentía en todos lados—. Eres solo mía, jodidamente mía.

Lo aprieto contra mis paredes, porque, aunque no debería, me excitaba que se pusiera posesivo. Me aferro a sus grandes hombros, sintiendo como ese nudo en mi vientre se iba constriñendo.

—Tu coño es solo para mi disfrute y deleite, tu cuerpo es digno de una obra de arte y qué suerte que yo sea el único que lo podrá pintar.

Cierro los ojos, dejándome llevar por sus palabras y el placer. Me encantaba.

—Y otra cosa que voy a pintar es esa preciosa expresión cuando estás a punto de correrte.

En efecto, mis paredes se contraen alrededor de él, me corro con un grito desgarrador que esperaba que no hubiera escuchado el chofer. Mis piernas y el resto de mi cuerpo quedan inservibles, Alexei da dos estocadas más y con un gruñido siento como se corre en mi interior.

Con un movimiento, me deja sobre su pecho. Con cuidado, lo saco de mi interior y me acomodo mejor. Sus caricias en mi pelo y mi espalda me tranquilizan. No le molestaban mis cicatrices y me dejaban de molestar cuando eran atendidas por él.

—¿Estás bien?

—Sí.

—Espero que al «doctorcito» esto le recuerde de quién eres.

Termino de ponerme la blusa y golpeo su pecho. Intento arreglarme lo mejor que puedo para que no sea tan evidente lo que hemos hecho. Miro por la ventanilla, percatándome de que estábamos estacionados en el *parking* del hospital.

¡Oh!, mierda, ¿cuánto llevábamos aquí? ¿Y si alguien nos vio o notó el movimiento de la camioneta? ¿Y si el chofer lo hizo?

Siento mi cara ruborizarse a medida que esas preguntas me

pasan por la mente, solo pedía que nadie se hubiera dado cuenta, no podría con la vergüenza.

Mis malditas hormonas me dominaban.

—¿Klara?

—¿Sí?

—¿Qué pasa?

—Nada, solo son los nervios por el día de hoy.

Y en parte era cierto. Mete un mechón de mi pelo tras de mi oreja y nuestros ojos se conectan.

—Se te da fatal mentir, cariño, pero está bien, bajemos del coche.

El aire frío me golpea el rostro, eliminando los restos de mi excitación y esperando que me quitara lo sonrojada también.

Alexei me toma de la cintura, apretándome contra él, nuestra imagen debía ser imponente, porque todo el que estaba en nuestro camino se hacía a un lado de inmediato. El diablo y la reina de la mafia habían llegado.

Entramos al hospital y me dirijo a la recepción, y como supuse, Joshua se encontraba ahí.

—¿Anastasia?

Había olvidado que él conocía todo sobre mí.

—Hola, Joshua.

Me recorre de pies a cabeza y se percata del brazo que me sujeta de forma posesiva.

—Sr. Voronin.

—Joshua.

Nos quedamos un momento en silencio, pero cuando la tensión comienza a ser asfixiante, decido hablar.

—Quería hablar contigo hace días, necesitaba agradecerte por operarme.

—No fue nada, Alexei fue quien me llamó.

—Aun así, gracias por venir.

Alexei me suelta a regañadientes y abrazo a Joshua.

—Técnicamente, no me dejó opción —susurra.

—Por qué será que no me sorprende —digo mirando a Alexei de reojo.

Suelto a Joshua y Alexei tira de mí, poniéndome a su lado.

—También quería saber si existía la posibilidad de que pudiera trabajar aquí.

—Pero ¿y tu legado?

—Alexei me ayudará a llevarlo, así que puedo con ambas cosas.

—Entonces, si es así, eres bienvenida. Las personas en este hospital te adoran y eres una increíble cirujana.

El brazo de Alexei se tensa alrededor de mi cintura.

—¿Puedo empezar dentro de dos semanas?

Era consciente de que aún no podía exigirle demasiado a este corazón.

—Por supuesto, voy a hablar con el jefe del hospital y arreglaremos todo.

—¡Muchas gracias!

La felicidad que sentía era embriagadora, lo había conseguido.

—Cuando quieras, Ana, ahora debo irme, tengo varios pacientes.

—Claro, por supuesto, nos vemos en unos días.

—Felicidades por tu ascensión.

Le regalo una sonrisa mientras se aleja, me volteo hacia Alexei y le echo los brazos al cuello.

—Gracias por acompañarme —le digo.

—A donde tú vayas, yo voy.

Salimos del hospital tomados de la mano, vine a Rusia buscando un escape y encontré una vida.

EL VESTIDO ERA PRECIOSO, la parte de arriba estaba hecha de plumas negras, tenía un escote pronunciado, pero era al mismo tiempo sofisticado. La falda era ligera y se arremolinaba alrededor de mis pies, me encantaba el vestido..., pero el escote en la espalda me hacía sentir insegura. No me había curado del todo y eran más que visibles mis cicatrices.

El cabello recogido no ayudaba demasiado, llevaba el relicario que me había dado mi padre y unos tacones negros. De maquillaje me había aplicado sombras oscuras y un pintalabios rojos.

Alexei entra a la habitación, echándome un susto de muerte.

—¡Carajo!, para la próxima toca siquiera.

—Por qué tendría que tocar la puerta si esta también es mi habitación.

—Podía haber estado desnuda.

—Es una lástima que no lo estés.

Siento que ardo bajo su mirada cuando me recorre de pies a cabeza, se acerca y se para detrás de mí, tomándome de la cintura. La imagen en el espejo era digna de estar en el olimpo, nos veíamos como unos dioses, y lo éramos.

—La palabra preciosa no le hace justicia a cómo te ves con ese vestido.

—Tengo ganas de ponerme otro —le contesto.

—¿Por qué?

—El escote en la espalda... yo...

Me callo antes de poder continuar.

—Cariño, mírame. —Nuestros ojos se encuentran en el espejo—. Las cicatrices no son motivo para avergonzarse, deberías portarlas con orgullo, lograron herir tu cuerpo, pero tu alma... es poderosa. Tus cicatrices son hermosas, demuestran que eres una guerrera. —Baja a mi espalda y besa cada una de ellas, siento que una sensación cálida me recorre por completo —. Pero te prometo que no habrá cicatrices nuevas.

Termina de besarlas y me abraza, me inclino hasta besar su cuello.

—Gracias —susurro.

—Siempre estaré para apoyarte. —Besa mi sien—. Y ahora tu castigo.

Me tenso con sus palabras.

—¿Y cuál será, si puedo saber? —Como respuesta, saca unas bolas metálicas—. ¿Qué es eso?

—Es solo para ayudarte a apretar los muslos.

Me lleva a la cama y me inclina hasta que quedo con el trasero a su disposición. Levanta la falda del vestido y me baja las bragas, su aliento me hace cosquillas cuando besa mi sexo.

—Estás húmeda —susurra sobre mí.

Siento que algo frío se introduce en mí: la sensación era excitante y extraña a la vez.

—Ponte de pie.

Lo hago sin prisa y no puedo evitar gemir cuando siento que están aún más adentro.

—Creo que me gusta, pero ¿qué hacen?

—Solo van a darte una pequeña lección.

Toma mi mano y besa mis nudillos, salimos de la habitación y me detengo al pie de las escaleras.

—¿Lista?

—Sí.

Había muchísimas personas en la planta principal, desde las que rondaban mi edad hasta algunas en sillas de ruedas. Todo estaba decorado con los colores rojo y negro, todos se dirigían al salón más grande, que era algo así como la «sala del trono».

Había un estrado al final donde se apreciaba un «trono», y en el que pronto habría dos.

—Tenías razón cuando dijiste que la mafia era como la realeza —digo en voz baja, las personas se van haciendo a un lado mientras nos dirigimos al centro de la sala.

—Es como la realeza, en todo el sentido de la palabra. Hoy te convertirás en la líder y reina de todos ellos.

—¿Pero ellos no toman sus propias decisiones?

—Sí las toman, pero cuando se traten de situaciones que son importantes, tendrán que acudir a ti y tú disidirás si tienen tu autorización o no.

—Ellos son como reinos pequeños, ¿no? Tienen también autoridad, pero no es mayor que la mía.

—Exacto, aprendes rápido.

—Pues que te digo. —Llegamos al estrado, donde se encuentra mi padre y Dimitri—. ¿Me pondrán una corona?

—Algo parecido, es un collar que ha pasado de generación en generación. Me lo quitarán a mí y te lo pasarán a ti, dejando muy en claro que le estoy entregando el poder a la legítima heredera.

—Hija, estás preciosa.

Abrazo a mi padre mientras deja un cálido beso en mi mejilla.

—Gracias, papá.

—Alexei, ve a tu puesto, ya vamos a comenzar —le pide papá. Me da un beso en la frente antes de irse.

Al otro lado del estrado, Dimitri se sitúa junto a su hijo. Nosotros nos quedamos en el otro extremo. Un sacerdote sube al escenario, mandando a callar a todos.

Sí que éramos la realeza.

—Damas y caballeros, por favor, tomen asiento. El día de hoy nos hemos reunido para presenciar la ascensión de Anastasia Smirnova, hija de Lucios Smirnov y Alina Smirnova. —Cuando dicen el nombre de mi madre, un coro responde: «Dios la tenga en su gloria», palabras que se extienden por toda la sala—. Alexei Dimitrievich Voronin, actual rey de la mafia e hijo de Dimitri Voronin, puedes subir.

Una cadena —que no había visto antes—, colgaba del cuello de Alexei. Tenía que ser de oro puro, era gruesa y se veía pesada.

—Hijo, ponte de rodillas. —Todos en la sala estaban atentos a la ceremonia y no pude evitar ponerme nerviosa—. Alexei Dimitrievich Voronin, ¿entregas tu título como rey solo y porque lo deseas? Si alguien en esta sala te ha obligado, puedes decirlo.

—Lo entrego porque lo deseo, padre.

Sus manos estaban apoyadas en una de sus rodillas y su cabeza se encontraba inclinada.

—¿Aceptas que Anastasia Smirnova se convierta en tu reina?

—La acepto, padre.

—¿Todos en esta sala aceptan que Anastasia Smirnova se convierta en su reina y en su líder?

—La aceptamos, padre.

Un escalofrío me recorre de pies a cabeza al oír sus palabras.

Me aceptaban a pesar de ser una completa desconocida para ellos, era un voto de confianza demasiado grande.

—Anastasia Smirnova, puedes subir.

Todos los ojos ahora estaban sobre mí, así que pongo toda la seguridad que puedo en mis pasos. Subo a la tarima y me detengo frente al padre.

—Hija, ponte de rodillas.

Me encuentro con los ojos de Alexei cuando lo hago, estaba sonriendo.

—Juras proteger a tus aliados, liderar con sabiduría y proteger al inocente.

—Lo juro, padre.

—Juras vengar a todo aquel que muera fuera del código, ser bondadosa cuando lo necesites y asesinar a todo aquel que atente contra tu familia.

Mi padre ya no era solo mi familia, todas estas personas lo eran ahora.

—Lo juro, padre.

—Entonces, por el poder que me es otorgado, te declaro reina de la mafia y líder de la mafia rusa.

La cadena cae en mi cuello y por unos segundos casi pierdo el equilibrio. Era irreal toda la situación.

Ahora era una reina y líder de la mafia. La mujer más poderosa del mundo.

Me pongo de pie y miro a todos en el recinto. Se encontraban de rodillas, se encontraban a mis pies.

—Ante ustedes, Anastasia Smirnova, reina de la mafia.

CUARENTA Y UNO

Anastasia Smirnova

La semana después de mi «coronación» había sido bastante ajetreada. Conocer a todas las personas de las cuales ahora era responsable había sido más agotador de lo que imaginé, pero fuera de eso, lo había disfrutado.

Alexei estuvo conmigo en cada uno de esos momentos y le estaba más que agradecida por eso. La mayoría se había comportado de manera educada, pero siempre podía ver la desconfianza con la que me miraban, y de cierta manera, los comprendía. No conocía lo suficiente de este mundo como para ser su líder, pero estaba más que dispuesta a dar lo mejor de mí.

También había comenzado a trabajar en el hospital, donde la rutina de estar en movimiento y ayudar a otras personas me sentó de maravilla. En muy pocas ocasiones, pensé en esos tortuosos tres días, y cuando no estaba en el hospital, Alexei me mantenía distraída. Ya fuera con sus dedos, su lengua o su...

—¿Ana? —Joshua me toca apenas en el hombro, sacándome de mis pensamientos—. ¿Estás bien?

—Sí, sí, dime qué sucede.

Dejo la taza de café humeante en la encimera, hacía un par de horas había amanecido. Mi turno comenzó ayer en la mañana y estaba a punto de terminar.

—Uno de tus pacientes quiere verte.

—¿Cuál?

Pago mi café y sigo a Joshua.

—Es mejor que tú lo veas.

—De acuerdo. ¿En qué habitación está?

—En la *suite* presidencial.

Frunzo el ceño, intentando recordar a todos mis pacientes.

—Gracias por avisarme.

Tomo el camino al ascensor mientras me bebo el café, estaba agotada, fue una semana en la que tuve operación tras operación. Joshua seguía siendo mi mentor, y como era el mejor cirujano cardiovascular, tenía muchos pacientes. Yo ya tenía los míos también.

El ascensor tarda unos minutos en llegar, este piso no era tan concurrido, pero aun así, había unas cuantas enfermeras y doctores por el lugar. La *suite* presidencial era la última y, por lo tanto, la más grande. Era la que había ocupado Alexei cuando estuvo aquí.

Una sonrisa se forma en mi rostro al recordar la primera vez que nos vimos, las cosas habían cambiado demasiado desde entonces, pasamos de querernos matar a darnos caricias en la oscuridad de nuestra habitación.

Nuestra habitación.

Nuestra casa.

Nuestro lago.

Nuestro futuro.

Un suspiro escapa de mis labios. Después de todo lo que habíamos pasado para llegar aquí, ahora teníamos la posibilidad de un para siempre. Solo esperaba que la vida no me lanzara más sorpresas.

La habitación me recibe en absoluto silencio, la cama estaba vacía e intacta, pero al ver más allá, un hombre con traje negro, rizos de oro y labios carnosos me mira desde la esquina de la habitación.

—¿Qué puedo hacer por mi paciente favorito?

Una sonrisa arrogante recorre sus rasgos.

Amaba esa sonrisa, pero nunca se lo diría.

—Me alegra saber que no me ha remplazado, Dra. Smirnova.

—Dificulto que haya alguien más arrogante y egocéntrico que usted, Sr. Voronin

Me acerco y rodea mi cintura, apretándome contra su pecho.

—Te extrañé —susurra sobre mis labios.

—Y yo a ti —digo antes de besarlo, sus labios rozan los míos con una caricia que me estremece de la cabeza a los pies.

Nunca me acostumbraría al efecto que tenía sobre mi cuerpo. Cada vez que lo veía, él era el polen y yo la abeja, siempre quería estar a su lado. Cierro los brazos alrededor de su cuello e intensifico el beso. Su lengua roza la mía, provocándome un gemido. Lo aprieto contra mí, queriendo tenerlo más cerca, queriendo fundirme en él.

Nos separamos con la respiración acelerada, escondo el rostro en su pecho a la vez que sus manos acarician mi espalda.

—Aunque me ha encantado ese beso y se me ocurren un par de cosas para obtener más de ellos, no he venido para eso.

—Levanto el rostro para verlo con una ceja enarcada—. ¿Qué? —me dice al notarlo.

—Creo que te golpeaste la cabeza, tú siempre quieres sexo.

—Una risa ronca nace desde el fondo de su garganta y no puedo evitar quedar embelesada.

—Y esta no es la excepción. —Presiona su prominente erección contra mi vientre bajo—. Pero quiero llevarte a un lugar.

—Aún no acaba mi turno.

—Cariño, eres la reina de la mafia, puedes salir unos minutos antes del trabajo.

Si lo veía de ese modo, tenía razón, tenía la autoridad para hacerlo, pero no estaba acostumbrada a ese tipo de poder.

—¿A dónde iremos?

—Es una sorpresa.

—Muy bien.

Tiro de él y salimos de la habitación. Si estábamos en un lugar público, podíamos intentar controlarnos, pero cuando no... parecíamos un par de conejos en celo.

Alexei me toma de la cintura cuando entramos al ascensor y un par de doctores me recorren con la mirada de arriba abajo. En cuanto las puertas se cierran, saca su arma y se lanza sobre el que no disimuló ni un poco al mirarme el trasero.

—Vuelves a mirar a mi mujer de esa manera y te volaré la cabeza.

Ambos hombres se quedan como dos hojas, temblando cuando les apunta con el arma. Suspiro.

—Alexei —digo en tono de advertencia, vuelve a mi lado y guarda el arma. Miro a mis dos colegas, que parecían a punto de desmayarse—. Podría decir que lo siento, pero estaría mintiendo, así que para la próxima, piensen muy bien cómo van a mirarme a mí y a las demás mujeres en este hospital, o seré yo quien sostenga esa arma.

Las puertas se abren, dejándonos en la recepción. Entrelazo mis dedos con los suyos y buscamos mis cosas, aquí todo era más concurrido, pero al ser tan temprano, estaba todo un poco calmado.

—Me encanta cuando te pones agresiva —dice, erizándome los vellos de la piel.

—No lo soy.

—Eso no es lo que dice mi espalda después de follarte.

Siento las mejillas calientes al recordar las veces que lo he mordido y rasguñado: puede que me ponga salvaje en ocasiones. Llego a mi cuarto de descanso, dejo la bata en el perchero y me pongo la chaqueta que complementa mi traje.

—Cariño, sabes que sigue en pie la opción de conseguirte una habitación mucho más grande.

—Cuando estás cansada, lo único que quieres es una cama, y esta es muy suave.

—Pero quiero que tengas todo, podría comprarte este hospital si lo deseas.

Niego.

—Amor, me encanta trabajar aquí, pero mi sueño es abrir un lugar donde puedan ir las personas más necesitadas sin tener que preocuparse por el dinero. Y no podría hacer eso con un hospital.

—¿Por qué no?

—Porque requiere mantenimiento, al igual que las máquinas, y tiene muchísimo personal.

Asiente, pasándose los dedos por la barbilla. Se veía tan concentrado que las ganas de besarlo salieron a la luz de nuevo.

—¿Y si tuvieran un patrocinador? ¿Alguien que pagara todo eso?

—¿De qué hablas?

—Digo, podrías tener a alguien que sustentara tu proyecto a largo plazo. Podrías usar el hospital para ambas cosas y en ningún momento habría pérdidas económicas.

—El dinero no es...

—No es algo que te interese, lo sé, pero si quieres mantener un hospital a flote, tienes que pensar en que debería darte ganancias y no pérdidas.

—¿Yo tengo el dinero para pagar algo así? —pregunto, abarcando todo con la mano.

—Y más, pero estaba pensando que yo podría dártelo y ser el patrocinador.

—¿P-por qué?

—Es algo que tú deseas y quiero dártelo, te mereces el mundo y más.

—¿Lo dices en serio?

—Cuándo no hablo en serio, cariño.

—Sabes que no es como si tuvieras que salir ahora mismo a comprar... el hospital, puedes pensarlo si quieres.

—Puedo pensarlo un poco, pero no cambiaré de idea.

—Me quedo con la parte donde dices que vas a pensarlo un poco.

Salimos de la habitación tomados de la mano, varias enfermeras se nos quedan viendo por el camino, en específico, a él. En cuanto salimos, tengo que abrazarme a mí misma por el frío, estaba nublado y no se veía al sol por ninguna parte.

Nuestra gente nos estaba esperando divididos en seis camionetas, entro casi corriendo para refugiarme en el calor de los asientos. Me pego a Alexei en cuanto entra y lo abrazo por la cintura.

—Creo que, de ahora en adelante, me gustaría que hiciera frío más seguido.

—¿Cómo no te afecta el frío a ti?

—Estoy acostumbrado.

Sus brazos se cierran alrededor de mí, atrayéndome a su calor corporal.

—Creo que yo nunca podré acostumbrarme.

—No lo hagas, me tienes a mí para mantenerte calentita.

—Eso es verdad.

Dejo que acaricie mi espalda durante todo el trayecto, tenía los músculos agarrotados y sus caricias me ayudaban a relajarme. En algún punto del trayecto, me quedo dormida entre sus brazos.

Unos labios recorren mi rostro, sacándome de las garras del sueño, sentía las extremidades pesadas.

—Cariño, despierta.

—No quiero.

Me acomodo contra su pecho, impregnándome de su olor.

—Te prometo que después de darte esta sorpresa podrás dormir.

Salgo de sus brazos, intentando despejar el sueño, estábamos frente a una casa que era más como un castillo, estábamos en la casa de Alexei.

—¿Qué hacemos aquí?

—Espera y verás.

Me toma de la mano y me saca del coche, presiona su cuerpo contra el mío protegiéndome del frío, la casa estaba como la recordaba, y tuve el mismo pensamiento de aquella vez.

Parecía de la realeza.

Solo que ahora «éramos» de la realeza.

El interior de la casa estaba cálido, olía a viejo, pero de una manera agradable. Alexei tira de mí y subimos por las escaleras. Todo en la casa era de madera, tenía un aspecto moderno y a la vez antiguo. Me había gustado cuando vine la primera vez y lo seguía haciendo.

Pasamos varios pasillos hasta llegar a una puerta que se encontraba al fondo.

—¿Qué hay adentro?

—Ya lo verás.

Tanto misterio me estaba poniendo ansiosa, soy de esas personas a las que por más que le digas que es una sorpresa quieren saber qué es. Las puertas se abren...

¡Oh!, mi Dios.

Era una biblioteca, estaba completamente alumbrada por luz natural. Las paredes eran de cristal, era pequeña, pero había cientos de libros en ella. Me suelto de Alexei y recorro las estanterías, era un lugar precioso y acogedor. El olor a libro llenaba toda la estancia: simplemente, me encantaba. Las estanterías tenían libros tanto viejos como nuevos.

—Alexei... esto es precioso —exclamo.

—La mandé hacer para ti.

—¿Qué?

Me volteo a verlo.

—Cuando me dijiste que eras una lectora, quise darte tu propia biblioteca. Traje los libros de tu piso y compré los que creí que te llegarían a gustar. Si quieres más, solo tienes que decírmelo y te los daré.

Sentía que el corazón se me saldría del pecho, me había dado una biblioteca solo para mí y podía tener todos los libros del mundo si quisiera.

—Pero cuando te lo dije, no estábamos juntos.

—No, pero te habría dado la casa.

—Pero es tu casa.

—Ya no, ahora es nuestra casa.

—Sabes que no la hubiera aceptado.

—Lo sé, pero la biblioteca era también un método de persuasión.

No lo negaría, este lugar era mágico, sentía que si abría un libro, todo en su interior cobraría vida.

—Me la querías dar para mantenerme segura —le digo y él asiente—. Pero ahora lo estoy.

—Y quiero asegurarme de que siempre sea así.

Entonces, hace algo que me deja sin aliento, se hinca en una rodilla y saca una cajita negra. Dios santo, me iba a proponer matrimonio.

Una propuesta de matrimonio en una biblioteca.

Sentí que podría desmayarme en cualquier momento.

—Anastasia Smirnova, mi ángel, mi guerrera, mi todo, los días a tu lado no son suficientes. Cuando se trata de ti, nada lo es. Sé que nunca seré digno de ti, pero soy un egoísta y quiero tenerte el resto de la vida a mi lado. —Abre la cajita, dejando a la vista un anillo de oro con un diamante azul—. Me harías el honor de concederme ese deseo, de poder ser testigo de tus triunfos y sonrisas, de estar ahí y sostener tu caída si lo necesitas, de poder admirarte todos los días. ¿Me aceptarías como tu esposo?

Las lágrimas salen sin control alguno, era la propuesta más hermosa del mundo. Y era mucho mejor que en los libros, porque era dirigida a mí y solo a mí.

—Sí —contesto—. Te acepto como mi esposo, Alexei Voronin.

Se pone de pie y me coloca el anillo en el dedo anular. Brillaba a la luz del sol y era precioso. Todo lo era.

—Tiene una inscripción —dice. Une nuestras frentes y nos miramos a los ojos.

—¿Qué dice?

—*Moy rassvet*[1].

—Tú eres el mío.

Lo beso en una caricia lenta hasta quedarnos sin aire.

—Mi prometida. —Saborea las palabras y no puedo evitar

299

sonreír. Era su prometida y él era mi prometido—. Ahora todos sabrán que eres mía.

—Eso ya lo saben todos —digo riendo.

—Sí, pero ahora lo tendrán tan claro como el agua. —Me toma de la cintura—. Te dije que nunca podrías escapar de mí, ¿y sabes por qué?

—Deslúmbrame.

—Porque caíste en las manos de un mafioso y te convertiste en lo más preciado para él.

Y tenía razón, yo caí en sus manos, se había ganado mi corazón y todo de mí.

—Pero se te olvida algo.

—¿El qué?

—Tú fuiste el que caíste a mis pies.

—Y siempre lo haré, mi reina.

Nos besamos con toda la pasión, amor y deseo que sentíamos por el otro. La vida nos pondría muchos obstáculos, pero mientras permaneciéramos juntos, todo estaría bien.

Había caído «en manos de un mafioso» y fue todo un placer haberlo hecho.

Epílogo

Anastasia Smirnova
17 de septiembre

Podía ver el laberinto desde la ventana de «mi torre», era un amanecer hermoso, el más bello que había visto. Quizá tenía que ver con el hecho de que hoy me convertiría en la esposa de Alexei Voronin.

Decidimos hacer nuestra boda aquí, ya que fue donde nos vimos por segunda vez y fue donde tuvimos nuestro primer beso. Habían arreglado la casa y los jardines después del ataque, pero no había vuelto a poner un pie aquí hasta ahora.

Organizamos todo en menos de un mes, ambos queríamos algo pequeño y sencillo. Pero como la reina de la mafia no podía darme ese lujo, todos tenían que ser testigos de nuestra unión, ya que ahora la reina tendría a su rey.

Todo estaba listo y perfecto para el día de hoy. Mi pasado había sido quemado junto al cuerpo de Lucas Moretti, mis pesadillas ya no eran tan frecuentes y las cicatrices de mi espalda y mi pecho ya no me molestaban. Estaba orgullosa de en quién me había convertido, logré crearme un nombre en el hospital y poco a poco iba ganando más reconocimiento.

Estar en mi vieja habitación me había traído recuerdos. Mis escapadas de niña, muchas de las cuales incluyeron ver a Alexei, mis cuentos de buenas noches y... los abrazos de mi madre. Recordarla lo hacía todo más doloroso porque ahora era consciente de la gran persona a la que había perdido. Ninguno de nosotros era perfecto, pero ella era la madre perfecta. Las palabras que me dijo antes de morir en ocasiones aparecían en mis sueños. Alexei siempre me despertaba antes de poder llorar y gritar, la extrañaba y daría lo que fuera porque estuviera aquí conmigo.

Pero ella y mi hermano estaban bien, ese era mi único consuelo.

Me alejo de la ventana y me siento en la cama, Alexei se había negado rotundamente a dejarme dormir sola. Amenazó a mi padre con un arma cuando intentó alejarlo de mí ayer por la noche, y la única razón por la que no había matado a todos en esta casa fue porque le aseguré que me escaparía de mi habitación y me iría a la suya. No podía dormir sin él, y a él le preocupaban que mis pesadillas quisieran aprovecharse de que no estuviese ahí conmigo. Escaparme había sido más sencillo de lo que pensé, la verdad.

Me había dejado sin palabras cuando entré a su habitación. Se encontraba bajo la luz de la luna, lo que lo hacía parecer un ángel y un demonio. No tenía dudas de que era ambas cosas.

—Creí que no vendrías —dijo sin voltearse a verme.

—Dije que vendría. —Llegué hasta el balcón y lo abracé por la cintura—. Y no puedo dormir si no estás conmigo.

—Cuando estás en el trabajo, no duermo.

Entrelaza nuestros dedos, haciendo resplandecer mi anillo de compromiso bajo la luz de la luna.

—¿Por qué?

—Me da miedo que puedas correr peligro y yo no pueda ayudarte, no quiero sentirme impotente de nuevo, no cuando se trata de tu seguridad.

—Estoy segura de que la próxima vez que corra peligro estarás ahí para protegerme. —le afirmé, poniéndome frente a él—. Estoy bien, mejor que bien.

—¿Puedo saber la razón por la que estás mejor que bien?

—Pues resulta que mañana me casaré con el hombre que amo, dejará de ser mi prometido y se convertirá en mi esposo.

—Debe de ser un hombre muy afortunado.

—Lo es, no todo el mundo puede tener a una mujer como yo —bromeo y le echo los brazos al cuello—. Pero yo también soy afortunada, tengo al mejor hombre a mi lado.

Juntó nuestras frentes y dejó un beso en mi nariz.

—Te amo, mi ángel, y planeo hacerlo toda la eternidad.

—No esperaba menos —susurré antes de besarlo.

Las estrellas y la luna fueron testigos del amor que nos habíamos demostrado el uno al otro después. No creía posible amar tanto a alguien, pero ahora no veía mi vida si no estaba él a mi lado.

—¿A quién le sonríes? —pregunta Roxanne sacándome de mis pensamientos. Era una de las pocas amigas que había hecho en el hospital. Nos habíamos vuelto cercanas en poco tiempo, pero aun así, no se iba el miedo de que pudiera ser como Raquel, aunque hasta ahora se había mostrado linda y amable.

Esa había sido razón suficiente para pedirle que fuera mi dama de honor.

—Nada, solo estaba recordando.

—No me engañas, cariño, esa mirada la conozco muy bien, estabas pensando en tu futuro marido.

—¿Tanto se nota?

Sentía las mejillas calientes por ser tan obvia.

—Solo falta que salgan corazones flotando sobre tu cabeza cada vez que piensas en él. —Toma asiento a mi lado, tomándome de la mano—. Pero cualquiera que tuviera ojos se daría cuenta de que están muy enamorados. Ese hombre está loco por ti. —Sonrío, aún no le había contado del todo sobre quién era, pero se hacía una idea y me había asegurado de que se encontraba bien con toda la situación—. ¿Por casualidad no tiene un hermano o un primo? Aunque debo decirte que el papá está para comérselo. No te molestaría si me convierto en tu suegra, ¿o sí?

Me río sin poder evitarlo, ella era así, cada vez que veía a Dimitri se lo devoraba con la mirada y me decía todo tipo de cosas que escandalizarían a cualquier persona. Aunque en varias ocasiones la había atrapado mirando a mi padre también.

—No tiene hermanos ni primos, y aunque te adoro, no creo que Dimitri sea el hombre que buscas. —Paso mi brazo por sus hombros—. Pero puedo presentarte a Lorenzo Moretti, creo que podría gustarte.

—¿Es italiano?

—Sip, y vendrá hoy.

—¡Oh!, genial, los italianos son tan calientes. ¿Has escuchado su acento? Está para correrse con solo escucharlo.

—Supongo que yo lo escucho normal.

—Pues es claro que sí, no todos tenemos a un ruso diciéndonos cochinadas al oído.

—Eso no es...

—Ni se te ocurra, Ana, he visto cómo te ruborizas. —Me muerdo la lengua porque tenía razón—. Bueno, ha llegado la hora de que vistamos a la novia, ¿has visto el vestido?

Niego.

—Ya deben estar que me lo traen, Alexei no me dio ni una sola pista, pero sé que es hermoso, él me conoce muy bien.

Como si lo hubiéramos invocado, llaman a la puerta. Roxanne corre a abrirla, dejando pasar a varias personas que traían el maquillaje, los tratamientos para el cabello y un vestido que se encontraba totalmente cubierto.

—Graciaass, ahora yo me encargaré de la novia.

Roxanne cierra la puerta y se recuesta sobre ella, suspirando.

—Sabes que alguien más puede arreglarme, ¿no?

—Sí, pero como tu amiga y dama de honor, es mi deber.

Se acerca al vestido y le quita el protector.

El aire abandona mi cuerpo en cuanto lo veo, Alexei era increíble, lo amaba mucho más en este momento. Era un vestido blanco, con un escote corazón en el que había rosas rojas, la falda era estilo princesa y las rosas se encontraban distribuidas por toda la falda. Era precioso, ese vestido de novia era perfecto para mí y él lo sabía.

—Quiero casarme con ese hombre —susurra Roxanne.

—No eres la única.

Limpio las lágrimas que habían comenzado a salir.

—Nada de lágrimas hoy, vamos a maquillarte y arreglar tu cabello, después te pondremos el vestido, saldrás y caminarás por el altar hasta llegar a donde está tu hombre.

—Me parece un buen plan.

Me siento frente al espejo durante las próximas dos horas. Durante cada segundo rememoro todas las cosas que hemos pasado juntos, las peleas, las risas, las lágrimas... Tenía todo lo que quería y más. Roxanne termina con el maquillaje para pasar a mi cabello. El maquillaje era sencillo y en el cabello me hace un recogido en el que pone varias flores pequeñas.

Me desnudo y me pongo el vestido, pesaba un poco, pero en cuanto lo tengo puesto las lágrimas luchan para salir de nuevo. Era una princesa, su princesa.

—¡Oh!, cariño, creo que nunca había visto a una novia tan hermosa.

—¿En serio?

—Sí, estás preciosa, más que eso, estoy segura de que le dará un ataque al corazón en cuanto te vea.

—Mmm, si eso pasara, la boda terminaría muy mal.

—Lo olvidé por un segundo, ¿no te parece curioso que ambos tengan la misma cicatriz en el pecho?

—¿Por qué debería parecérmelo? Fuimos operados del corazón, es lógico que tengamos cicatrices similares.

—Creo que es más que eso, tal vez no creas lo que diré, pero ustedes son almas gemelas.

Comienzo a negar sus palabras, pero me detengo al recordar la conversación que tuvimos hace tiempo. Le había dicho que nuestra alma gemela llegaba a nosotros cuando menos lo esperábamos. Tenía sentido que lo fuéramos, nos completábamos de una manera increíble, lo conocía como la palma de mi mano, pero siempre hallaba la manera de sorprenderme. La vida nos había unido de nuevo cuando ambos ni siquiera nos recordábamos, y nos había dado tantas oportunidades como eran posibles. Si eso no era ser almas gemelas, entonces no sabía que éramos.

Tocan a la puerta, sacándome de mis pensamientos.

—¡Oh!, Sr. Smirnov, un gusto verlo por aquí.

—Roxanne, ¿mi hija está lista? —Me volteo al escuchar que

306

papá entra a la habitación—. Ana..., estás preciosa, eres un ángel, mi niña. —Lo abrazo con todas mis fuerzas—. Ojalá, tu madre y tu hermano estuvieran aquí para verte.

—Ellos están aquí, papá —le aseguro.

—Si no te quieres casar, esta es tu última oportunidad.

—Papá, no voy a huir de mi boda, quiero casarme con Alexei. —Rompo el abrazo y lo miro—. Sé que le tienes cariño por más que te hagas el duro.

—Cómo le puedo tener cariño a alguien que me quitará a mi hija.

—Papá, él me hace feliz y lo amo, además, no es como si me estuviera secuestrando, aún tendrás a tu hija.

—Eso será al principio, pero después te olvidarás del viejo de tu padre.

—Entonces te daré nietos para que no te sientas solo.

—¡Anastasia! Mejor no, dejémoslo así. Tenemos que irnos, Alexei ya está en el altar.

—¿Lo viste? ¿Cómo está? —pregunto con los nervios a flor de piel.

—Está bien, no parece que quiera salir corriendo.

—Eso no ayuda en nada, papá.

—Solo está nervioso, cualquier hombre estaría nervioso el día de su boda.

—¿Tú lo estuviste?

Salimos de la habitación con Roxanne caminando frente a nosotros con los ramos de flores.

—Lloré cuando vi a tu madre, los nervios me hicieron perder la compostura.

—Estoy segura de que no fueron los nervios. —Bajamos las escaleras hasta llegar a la puerta principal—. Me gustaría ver fotos de tu boda.

—Cuando regreses de tu luna de miel, te las mostraré.

Las manos me comienzan a temblar cuando llegamos a la entrada del laberinto. Una alfombra roja indicaba el camino que recorrí en muchas ocasiones de niña, y ahora lo recorría para unir mi vida a la persona que amaba.

Comienzo a escuchar la música que indicaba mi llegada, sentía que me iba a desmayar y el corazón me aporreaba el pecho con todas sus fuerzas.

—Cariño, toma. —Roxanne me entrega mi ramo—. Es hora.

Recorremos el laberinto unos segundos en silencio, hasta que me acuerdo de algo.—De niña, me dijiste que cuando fuera grande me dirías qué significaba este laberinto. —Miro a mi padre por el rabillo del ojo—. ¿Ya soy lo bastante grande para saber su significado?

—Sí —dice con una sonrisa—. ¿Cuántas veces de niña te perdiste en este laberinto?

Frunzo el ceño intentando recordar, mis recuerdos del pasado a veces eran muy difíciles de evocar.

—Creo que varias.

—Bueno, en todas esas ocasiones siempre encontraste el camino a casa por tu cuenta. Eso aplica también para la vida; no importa qué tan perdida te sientas a veces, siempre encontrarás el camino a casa.

Asiento, ahora lo comprendía.

Todas las flores, la música y las personas desaparecen cuando lo veo. El traje negro que usaba resaltaba el brillo de sus ojos al verme, hoy se veía más apuesto y radiante. Su mirada me atrapa en cuanto nuestros ojos se encuentran, todo en mi interior se calma cuando me regala una preciosa sonrisa. Llegamos al altar en cuestión de segundos.

—Te entrego a mi hija, Alexei Voronin, lo más preciado

que tengo en mi vida. Así que si la lastimas, te cortaré la cabeza —dice mi padre con voz severa.

—Le aseguro que planeo hacer todo, menos lastimarla.

—Hija, si terminas matándolo, no te culparé.

—Eso creo que no pasará —digo sin apartar la mirada de Alexei, me extiende la mano y la tomo.

Sus dedos se entrelazan con los míos, sonrío sin dejar de mirarlo.

—Estás preciosa, *printsessa*.

—Y tú estás guapísimo.

El padre inicia la ceremonia ordenando silencio, de lo único que era consciente era de la mano de Alexei entre las mías.

—Cariño, los votos —me susurra al oído varios minutos después, tomándome por sorpresa.

—¿Qué? ¡Ah!, sí. —Sacudo mi cabeza intentando despejarme—. Lo siento.

—Despistada. —Me toma de ambas manos, mirándome a los ojos mientras sonríe—. Yo, Alexei Dimitrievich Voronin, te tomo a ti, Anastasia Smirnova, como mi esposa. Prometo serte fiel, estar contigo en la salud y en la enfermedad, estar en las buenas y en las malas. Prometo estar para apoyarte y ser tu ancla, nunca más estarás sola porque estaré contigo, prometo protegerte hasta de mí mismo. Prometo amarte toda la eternidad y escucharte hablar sobre tus libros siempre. ¿Me aceptas como tu esposo hoy y siempre?

No tenía que preguntarlo, pero asiento con la vista empañada por las lágrimas.

—Te acepto.

Me pone la sortija junto al anillo de compromiso, tomo su mano y agarro su sortija.

—Yo, Anastasia Smirnova, te tomo a ti, Alexei Dimitrievich

Voronin, como mi esposo, prometo serte fiel, estar contigo en la salud y en la enfermedad, estar en las buenas y en las malas. Prometo apoyarte y animarte, prometo siempre escucharte y discutir contigo aun cuando sepa que tienes razón, prometo demostrarte todos los días cuánto te amo y cuidar de ti. Prometo ser tu musa siempre y estar a tu lado. Te amo, mi Rizos de Oro.

—Le pongo la alianza y volvemos a entrelazar nuestros dedos.

—Es un placer presentarles a todos al Sr. y la Sra. Voronin Smirnov, puede besar a la novia.

Alexei tira de mí hasta unir nuestros labios en un beso que decía todo lo que sentíamos en este momento. Me separo y miro sus hermosos ojos brillantes.

—¿Y ahora qué? —pregunto con una sonrisa.

—Qué romántica es mi esposa. —Vuelve a besarme—. Ahora seremos tú y yo al atardecer en una isla.

—Me encanta esa idea, mi esposo.

Volvemos a besarnos hasta olvidarnos del mundo entero, porque eso era lo que me provocaba él, me hacía sentir segura.

Era mi refugio.

Mi diablo.

Mi hogar.

Mi todo.

Mi alma gemela.

Mi esposo.

FIN

¿Quieres saber qué sucedió luego con Alina y Alexei?
Únete a mi lista de correo y recibe gratis una copia digital de
Crónicas de Alina y Alexei: lo que sucedió después...
Suscríbete aquí: https://bit.ly/extrasEMDUM

Alina y Alexei regresan en la segunda novela de esta serie:
Huyendo de un mafioso: Un juego de amor y venganza.

Notas

4. ALINA KLARA

1. «Padrino» en ruso.

10. ANASTASIA SMIRNOVA

1. «Idiota» en ruso.
2. Malcriada.
3. Salvaje.
4. Mocosa.

13. ALEXEI VORONIN

1. «Mierda» en ruso.

18. ALEXEI VORONIN

1. Divina.

41. ANASTASIA SMIRNOVA

1. Mi amanecer.

Índice